KB234608

하느님 귀염둥이의 행복

수녀 30인의 작은 삶과 마음이 따뜻한 이야기

하느님 귀염둥이의 행복

이충우 엮음

도서출판 사람과 사람

하느님만을 바라보고 봉헌의 삶을 살고 있는
수녀들의 글을 모아 책을 펴낸다 하니 매우 뜻깊은 일입니다.
책을 통해 많은 사람들이 주님의 손길을 느낄 수 있다면
큰사랑의 실천이 아니겠습니까.
특히 세파에 찌든 이들과 간절한 기도가 필요한 이들에게
기쁨이 될 것입니다.
'하느님 귀염둥이의 행복' 출간을 함께 기뻐하면서
좀더 많은 사람들이 읽을 수 있기를 바랍니다.

2000년 5월 성모성월에

두봉주교

차 례

제3부 작은 자의 일상

제4부 운명인가 선택인가

수녀의 가슴이 아무리 작아도

힘들고 어려웠던 시절이었지만 힘들다는 생각보다는

당연히 해야 되는 일로 모든 것을 받아들이고

착실히 주어진 길을 걸었던 선교 초년병의 시절이었다.

그러나 이제 우리는 빈털터리가 아니다.

안팎으로 넉넉해진 살림. 그런데도 마음이 이토록 편치 못함은 웬일일까.

두려움과 빈 마음으로 첫걸음을 내디딘 후

아득히 멀리 걸어와 문득 주위를 살펴보니

처음에 그토록 싱그럽고 맑았던 길이 생기를 잃고 있음을 느꼈기 때문일까.

앗, 나의 실수

"여기는 노틀담 수녀원인데요. 전부두 신부님 계세요?"

"예? 전부두 신부님요?"

"예, 전부두… 신부님이라셨는데…. 거기가 ○○성당 아닌가요?"

"○○성당은 맞는데요, 그런 신부님은 안 계신데요."

"그럼 본당 신부님 성함이 어떻게 되시는데요?"

"○○○ 신부님이십니다."

"어머나, 그래요!"

주소록을 펴보니 방금 전화 받은 이의 말대로였다.

'어찌된 일이람.'

혼자 중얼거리며 다시 돌렸으나 방금 들었던 그 목소리였다.

"실례지만 전화 받으시는 분은 누구세요?"

"예, 사무장입니다."

"다름이 아니라 좀 의아해서요. 틀림없이 본당 신부님 성함이 전부두가 아니시란 말씀이지요?"

"예, 전부두가 아니고 ○○○ 신부님이십니다."

"혹시 해양사목 하시는 신부님 아니세요?"

"예, 맞습니다."

또록또록 대답도 잘해 주신다.

"죄송한데요, 신부님 자동차에 사진과 이름이 적혀있던데요."

"아! 하하하!"

"왜 그러세요?"

"잠깐만 기다리세요. 바꿔드리겠습니다."

"여보세요. ○○○ 신부입니다."

"어머, 신부님 안녕하세요? 전부두 신부님이 아니세요?"

"하하하, 수녀님이셨군요."

"그렇지 않아도 지난번에 이름이 이상하고 재미있다고 저희가 깔깔 댈 때는 가만히 계시더니…."

"하하하, 그것은 제가 해양사목을 하는 신부가 아닙니까? 그래서 모 든 부두를 드나들 수 있다는 출입증이지요."

사진 바로 밑에 '전부두'라고 또박또박 써넣으니 처음 뵌 신부님 성 함이 전부두라고 생각하지 않을 사람이 세상에 어디 있겠는가.

새 소임지에 발령을 받은 지 4개월이 지났을 때, 본당신부님 축일이 라 카드를 써야 했다. 전통적으로 우리 수녀원에서는 막내수녀 아니면 재주가 남달리 뛰어난 수녀가 예쁘게 카드를 만드는 것이 관례로 되어 왔다. 그런데 책임자인 내게 카드를 쓰라며 억지들을 쓰는 것이었다. 처음 왔다고 텃세가 심하구나 싶기도 했고 이런저런 생각이 들었지만 카드 한 장 쓴다고 해서 전통이나 관례가 깨지겠나 싶어 승낙했다. 본당신부님 세례명을 물으니 '베드로다' '바오로다' 하는 것이었다. 갑론을박하고 있을 때, 목소리 큰 수녀님이 단호히 말씀하신다.

"내가 여기 몇 년을 살았는데 그걸 모르겠어요. 베드로예요."

평소에 실수라든가 실언도 안 하시는 수녀님인지라, 일필휘지로 멋있게 '존경하옵는 베드로 신부님' 으로 시작하여 멋있게 써내려 갔다. 다음날 미사가 끝나고 성당 마당에 신자와 수녀님들이 신부님을 둘러싸고 축가와 박수, 그리고 선물을 드리고 돌아서려는 순간 신부님이 내게 가까이 오시더니 속삭이신다.

"수녀님, 이 카드 누가 쓰셨는고?"

"제가요."

그것도 아주 자랑스럽다는 듯이 큰소리로 말했다.

"나는 베드로가 아니고 바오로올시다."

"어머나…."

순간, 홍당무가 되어 눈물까지 핑 돌았다. 얼마나 무안하고 송구스러웠던지, 평상시 꼼꼼하지 못한 구석을 또 들킨 기분이었다. 나의 이런 기분은 아랑곳없이, 수녀님들은 배꼽을 잡고 웃어대고…. 아마도 실수는 나의 속성 가운데 일부가 되어 습관성인 듯하다. 그러나 어쩌랴. 실수로 성장하는 특성을 지닌 나인 것을….

● 글 | 김혜련 마리 막달레나 수녀 | 노틀담수녀회

그건 수도자의 목소리가 아니다

기도는 질보다 양입니다. 멋진 기도를 문법에 맞게 잘하는 것보다 예수님과 친구 되는 시간, 그 분과 만나는 시간을 자주 가져야 합니다. …
악마와 기도는 적대 관계에 있습니다. 그러므로 기도는 악을 없애는 좋은 무기가 됩니다. 기도는 악을 깨뜨리고 악에의 경향을 쳐부숩니다.
예수님과 친구가 되십시오. 그러면 죄악을 줄일 수 있습니다. 기도를 꾸준히 바치면 악은 점점 그 기운을 잃게 됩니다.

강의 주제를 되새기며 개인 묵상을 위해 용산 성직자 묘지로 갔다. 72기의 묘소를 차례로 돌면서 아는 분들의 묘소에는 묵주의 기도를 한 단씩 바치고 명복을 빌었다.

김재문 신부님. 사제서품 일 년여만에 스물 여섯의 아까운 나이에 세상을 떠난 젊은 사제였다. 1979년 서품 받은 지 서너 달 후 신장 수술을 받고 온 몸에 다른 사람의 피를 갈아넣어야 하는 고통 속에 시력까지 잃게 되었다. 갓 사제가 되어 사목생활도 제대로 익히기 전, 병원에서 날마다 죽음의 고통과 싸우고 있었다.

우리가 병실을 찾아갔을 때, 그는 혼자서 미사를 드리고 있었다. 아직 미사경본을 완전히 익히지도 못한 상태에서 장님이 되었기 때문에 온통 심혈을 기울여, 눈이 보였을 때의 기억을 최대한 되살려 한 마디 한 마디에 심금을 울리는 정성으로 미사를 드렸다. 우리가 옆에서 작은 소리로 경본을 읽어 주면 그는 크게 화를 냈다.

미사가 끝나고 우리는 어떻게 하면 그를 기쁘게 해 드릴까 의논했다. 그리고 성가를 불러 드렸더니 워낙 음악을 좋아했던지 굉장히 기뻐하셨다.

"누가 저를 위해서 성가 말고 다른 노래를 하나 불러 주세요."

갑작스런 주문에 수산나 자매가 노래를 부르겠다고 자청했다. 무슨 노래든지 주문하시면 불러 드리겠다고 했더니 '기다리는 마음'이란 제목의 노래를 청했다. 그녀는 노래를 잘했고 테너 솔로 파트를 맡고 있었다. 당시 나는 노래라면 기가 죽어 늘 뒷전에 처져 있는 상태였다. 오르간 연습 시간이면 진땀을 흘리고 중노동에 시달린 것보다 더 빨리 지쳐 버리곤 했다.

"그만! 노래, 그만 해요. 그걸 노래라고 불러요?"

짜증스런 고함 소리에 우리는 모두 놀라서 웅성웅성했다.

"왜 그러세요, 신부님? 무슨 일이세요?"

그녀는 박자도 음정도 정확한 노래를 불렀는데 화를 내며 중단시킨 의도를 우리는 알 수 없었다.

"당신의 목소리는 수도자의 소리가 아닙니다. 이 노래 다른 사람이 불러 주세요."

우리는 더욱 놀랐다. 왜냐하면 눈이 보이지 않는 신부님이 목소리만 듣고 어떻게 수도자의 소리가 아니라고 한단 말인가. 더구나 그런 상황에서 누가 또다시 노래를 부를 것이라고, 다른 사람에게 노래를 청한단 말인가. 뒤에 서 있던 내가 나서서 항의했다.

"신부님, 우리 중에 노래를 제일 잘하는 사람더러 그만 하라고 하시는데 누가 노래를 하겠어요. 저 자매님은 구교우 집안에서 태어났고 주일학교 교사까지 한 사람이에요. 우리 중에 제일 열심히 수도생활 하려는 사람더러 수도자의 목소리가 아니라고 하면 누가 노래하겠어요? 몸이 안 좋아서 짜증이 나시겠지만 너무 심하게 무안을 주시는 것 같아요."

"지금 말한 수녀님, 노래하세요."

"신부님, 저는 우리 중에서 노래를 제일 못해요. 끝까지 완전하게 부를 수 있는 노래가 없을 만큼 소질이 없는 사람이에요."

아무리 달래고 변명해도 그는 막무가내로 내가 '기다리는 마음'을 불러야 한다고 우겼다. 가사를 모르면 한 줄씩 가르쳐 주겠다고까지 했다. 생각해 보면, 그는 억지를 쓰면서 고통을 잊으려 했고, 화를 내면서 살아 있음을 자기 자신에게 납득시키려 하고 있었던 것이다. 죽음을 기다려야 하는 절박한 상황이고 그것을 수용하기에 너무 이른 나이라서 쉽게 받아들일 준비가 되어 있지 않았던 것이다.

일출봉에 해뜨거든 나를 불러 주오
월출봉에 달뜨거든 나를 불러 주오
기다려도 기다려도 님은 오지 않고
빨래소리 물레소리에 눈물 흘렸소

이 노래 가사가 그날처럼 절실하고 슬펐던 적이 있던가. 고통 중에 죽음이 빨리 오기를 기다리는 절박한 마음, 그러나 극도의 고통은 계속되는데 구원의 주님은 오시지 않고…. 나는 눈물을 흘리며 노래를 불렀다.

"고마워요, 수녀님. 수녀님은 좋은 수녀님이 되실 거예요. 수녀님은 자기의 부족을 알고 있으니 반드시 좋은 수녀님이 될 것입니다. 하느님은 부족한 사람과 같이 계시거든요. 부족하지만 정성껏 부른 노래가 뭐든지 신청하세요 하는 자만심을 가진 사람의 노래보다 훨씬 듣기가 좋아요."

그는 끝내 '수도자의 목소리가 아니다' 라는 말을 취소해 주지 않았다. 그 후 6년이 흐른 다음, 그 자매는 수도원에서 내보내졌고, 본인은 성소에 대한 확신으로 다른 수도회를 택했으나 끝내 수도자의 길을 가지 못했다. 지금은 결혼하여 한 아이의 엄마가 되었다.

바람 부는 초겨울이면, 낙엽이 구르는 묘소 앞에서 청년 사제의 평화로운 안식을 기원하며 그 때 그 노래를 다시 불러 보곤 했다.

● 글 | 최성윤 스텔라 수녀 | 샬트르 성 바오로 수녀회 서울관구

상거지 수녀의 친구들

명동성당 근처에는 구걸하는 사람이 많다. 정해진 자리에서 일 년 내내 상주하는 사람부터 주일날에만 정기적으로 출근하는 사람, 비오는 날만 출근하거나 상주하는 걸인이 퇴근(?)한 뒤 그 자리를 잠깐 차지하는 사람에 이르기까지 그 모습도 무척 다양하다.

명동성당의 걸인 요한

한때 어느 수녀님이 내게 '상거지' 라는 별명을 붙여준 적이 있었다. 거지들의 것을 자주 얻어 온다는 이유에서였다. 그 뒤부터 거지들 역시 '사람들은 거지가 준 것을 더럽다고 하여 받으려 하지 않으니 상거지나 먹으라' 면서 내게 자꾸만 가져다준다.

명동성당 언덕길에 요한이라는 걸인이 있다. 수족이 뒤틀리고, 언어가 불편한 사람인데, 언제부터인가 명동성당 언덕길에 상주하면서 아침부터 저녁나절까지 구걸을 했다. 수족이 불편하긴 하지만 눈이 아주 반짝이고 영리한 사람이었다. 본원에서 가톨릭회관으로 출퇴근을 하던 나는 그를 볼 때마다 "안녕하세요?" 라고 인사를 했다. 그때마다 그는 책을 읽고 있었다.

어느 해 봄날, 그는 내게 어눌한 말투로 말을 걸어왔다. 얼른 알아들을 수 없어서 그의 입가에 귀를 갖다대고 한참 애쓴 뒤에야 겨우 알아들을 수 있었다.

"거지는 영세할 수 없나요?"

그가 내게 물은 말이었다. 나는 그렇지 않다고 했다. 가톨릭교회는 가난한 이나 부유한 이나 예수님을 주님으로 모시고 하느님을 찬미한다고 말해 주었다.

그는 다시 팔다리를 흐느적거리며 몸짓으로 말했다. 자기가 교리실에 들어갔더니 다른 예비자들이 자리를 피하고, 냄새가 난다면서 인상을 쓰더라는 것이었다. 교리실은 좁은 층계를 올라가야 하기 때문에 몸이 불편한 자기로서는 한 번 올라가기가 무척 힘들다고 했다. 지난 몇 년 동안 죽을힘을 다해 몇 번 시도했지만 번번이 사람들 눈총 때문에 쫓겨나곤 했다는 것이다.

나는 명동성당 교리담당 신부님을 찾아가서 그의 사정을 이야기했다. 그는 몇 년 동안 독학을 하여 『초대받은 당신』이라는 교리책을 거의 암기할 정도로 잘 알고 있고, 내가 지나갈 때마다 모르는 것을 묻곤 했기 때문에 영세하는 데 아무런 문제가 없다고 했다. 그러자 신부님은 그에게 개별적으로 세례를 주겠노라고 약속하셨다.

영세식 날, 공동체 앞에서 많은 사람과 함께 영세를 하지는 못했지만 그는 특별히 따로 세례를 받았다. 요한이라는 세례명으로 하느님의 아들로 다시 태어났다. 그 후, 그는 얼마나 행복한 사람이 되었는지 모른다. 내가 출근하거나 퇴근할 때면 일그러진 얼굴이긴 하지만 함박웃음을 머금고 반가운 얼굴로 인사를 했다. 이미 거지가 아니라 그리스도 안에서 한 형제가 된 것이다.

어느 해 겨울날이었다. 퇴근길에 본 그는 추위에 콧물을 흘리고 있었다. 휴지를 꺼내서 침과 코를 닦으라고 건네 주었더니, 품속에서 음료수를 꺼내는 것이었다.

"내가 … 따뜻하게 … 데웠어요."

차디찬 캔 음료를 체온으로 데운 것이다. 나는 기꺼이 받았다. 그리고 그의 따뜻한 마음과 체온을 함께 마셨다. 그 후에도 그는 사람들로부터 받은 음료수나 사과 등을 내게 주려 애썼다. 그럴 때마다 나는 그것을 기꺼이 받곤 했다.

본당 소임을 하는 동안, 부유한 사람들의 식탁에 초대받는 경우가 가끔 있다. 산해진미를 차려 놓고서, 비타민 C가 많다느니 다이어트에 좋다느니 하는 말, 그리고 가락시장에 가서 싱싱한 걸로 몇 만원 주고 산 것이고, 첫물이라 아주 맛있다는 등 서론이 긴 식탁이 있다. 그런 날이면 십중팔구 며칠 동안 토사곽란으로 고생을 한다. 하지만 요한이 준 것은 어떤 것을 먹어도 탈이 나지 않았다. 가끔 수녀원으로 가져오기도 하는데, 요한에게서 받은 것이라고 하면 대부분 되돌려 준다. 비위가 약하다느니, 그의 더러운 손이 떠오른다느니 등등 덧붙이면서….

욕쟁이 할머니의 고집

명동성당 언덕길에는 요한처럼 상주하면서 구걸하는 사람이 있는가

하면, 일요일에만 살짝 왔다가 돌아가는 시간제 걸인도 있다. 박성순 할머니도 그런 분이다. 개신교 신자임을 밝힌 할머니는 가끔 구걸한 돈을 새 돈으로 바꿔 주일예배 때 헌금하는 신앙심을 보이는 분이기도 하다.

내가 할머니를 처음 만난 것은 폭우가 쏟아지던 어느 해 여름날이었다. 걸인 사이에도 텃세가 있고 영역이 있어서 남의 자리를 침범하면 문제가 시끄러워진다. 할머니는 비오는 날이나 요한이 결근(?)한 날만 골라서 구걸하러 나온다.

그날, 나는 마침 대구로 출장가는 날이었다. 서류가방을 품에 안은 채 억수같이 쏟아지는 비를 우산으로 간신히 막으면서 명동성당 언덕 길을 내려왔다. 언덕길에는 빗물이 시냇물처럼 콸콸 소리를 내며 흘러 내려 신발 속에서 빗물이 버걱거리는 소리가 들렸다.

그런데 그 빗속에서 지팡이를 옆구리에 끼고 앉은 채 "백 원만 줘 유!" 하는 외침이 들렸다. 우산도 없이 얇은 블라우스에 몸뻬바지는 물 속에 잠겨있는 처절한 모습이었다. 흩어진 머리카락에 하얗게 불어터 진 손가락이 눈에 들어왔다. 기차 시간이 급했지만 할머니를 그냥 지 나칠 수가 없었다.

"할머니, 일어나세요. 태풍이 온다는데 이 빗속에서 구걸을 하시다 니요. 지나가는 사람도 없잖아요. 이 빗속에서 무슨 동냥이 되겠어요. 어서 일어나세요. 감기 걸리면 어쩌려고 이러세요."

할머니는 억지로 일으키려는 내 손을 완강히 뿌리친다.

"놔유. 연탄이 다 떨어졌당게. 삼천 원은 벌어야지 집에 돌아가지. 며칠째 불도 못 땠당게."

할머니 고집을 당할 수 없다는 생각이 들었다.

“할머니, 오늘은 제가 연탄값 드릴 테니 개인 날 다시 오세요. 가서 연탄도 쌀도 사서 밥해 잡수시고, 뜨끈한 아랫목에 몸을 녹이세요.”

나는 출장비에서 일부를 꺼내 할머니에게 드리고 나서 서둘러 서울역으로 나갔다. 덕분에 나 역시 비 맞은 생쥐꼴이 되고 말았다. 레인코트를 입었지만 수도복까지 다 젖은지라 시트가 젖을까 봐 승무원에게 부탁해서 신문지를 두껍게 깔고 자리에 앉았다.

며칠 후, 사무실 문 앞에 커다란 과일바구니 하나가 놓여 있었다. 탐스런 바나나와 참외, 복숭아 등 과일이 잔뜩 들어 있었다. 경비실에 물어보니, 아침에 어느 할머니가 두고 간 것이라고 했다. 아무리 못 들어가게 해도 실랑이를 벌이면서 기어이 들어갔다는 것이다. 어떻게 생긴 할머니인지, 뭐라고 하면서 두고 갔는지를 경비원에게 되물었다.

“거 있잖아요. 언덕길에 거지 할머니…. 얼굴 동그랗고 고함 잘 지르는 욕쟁이 할머니요. 수녀님한테 큰 은혜를 입었는데 갚을 길이 없어 궁리하다가 오늘 새벽에 일어나 옹달샘에 가서 목욕재계하고 가락동 농수산물시장까지 가서 사왔다고 했어요.”

“세상에, 구걸하는 할머니가 이 비싼 과일을 내게 가져왔단 말인가요? 그 할머니 사시는 곳이 어딘지 아세요?”

할머니는 불암동에서 마을 버스를 타고 20~30분 들어가야 하는 과수원집 처마끝의 단칸방에서 산다고 했다. 시골에서 살다가 서울로 올라와 아현동 산비탈에서 리어카를 끌며 부부가 장사를 하며 근근히 생계를 꾸려 왔다고 했다. 그러다가 10년 전에 남편이 사고로 죽고, 큰아들은 데모하다가 머리를 다쳐 정신병원에 입원했고, 알코올 중독자인 둘째 아들은 할머니가 구걸해 놓은 돈을 저녁마다 나타나서 빼앗아 가곤 한다는 것이었다. 그럴 때면 빼앗기지 않으려고 발버둥치는 어머니를 두들겨패기조차 한다는 것이었다. 버스 운전기사와 결혼한 딸이 하나 있는데, 그 딸마저 남편이 바람을 피우는 바람에 집에서 쫓겨났다는 것이다. 어린 딸을 데리고 집에서 나온 그녀는 음식점에서 일하는데, 길 곳이 없어서 식당 한쪽 구석에 쪼그리고 자면서 아이를 키우고 있다고 했다. 경비원은 할머니가 아무에게나 고함을 지르고 덤비니까 가까이 하지 않는 게 좋을 것이란 충고까지 해주었다.

병원비 좀 깎아주세요

그로부터 한동안 할머니의 모습이 보이지 않았다.

어느 날, 동생 부부가 찾아왔기에 함께 가보자고 했다. 할머니가 사신다는 불암동 너머 과수원집을 물어 물어서 찾아 나섰다. 한나절만에 찾은 그곳은 네 사람이 마주 앉을 수도 없는 아주 작은 방이었다. 부엌은 연탄 아궁이 하나에 찬장 하나이고, 수도 시설도 없어서 물을 길어다 먹어야 하는 상황이었다.

문을 열자 연탄가스 냄새가 코끝을 진동시켰다. 할머니는 흔들어도 모를 정도로 인사불성이 되어 누워 있었다. 얼른 문을 열어 환기시키고 김칫국물을 떠다가 먹이는 등 수선을 피웠다. 얼마 후 의식을 되찾은 할머니는 나를 만나던 날 감기 몸살에 걸렸다고 했다. 비를 너무 많이 맞은 탓이었다.

성가복지병원 수녀님들에게 부탁하여 할머니를 입원시키고 나서 나는 동생 부부와 함께 할머니 방을 수리했다. 우선 환기통을 바꾸고 주인에게 구들장 수리를 부탁했다. 그리고 전기장판을 사다가 새로 산 담요와 함께 방을 정리해 놓았다. 주인에게 방세 밀린 것은 없느냐고 했더니, 할머니는 경우가 발라 쓸데없는 남의 신세는 절대로 지지 않는다는 것이었다. 방세는 한 번도 거른 적이 없다고 했다.

어느 날, 병원으로 문병을 갔더니 할머니 칭찬이 자자했다. 얼마나 부지런하고 깔끔하신지 병실이나 세면장이나 쓸고 닦고 하여 창틀이며 유리창까지 반짝반짝하게 닦아 놓는 환자는 처음 봤다는 것이었다. 담당 의사는 할머니가 특별히 아픈 곳이 있는 것은 아니라고 했다. 다만 기력이 없는 데다가 감기 몸살이 겹쳤을 뿐이라고 했다.

병실에 들어서자, 할머니는 땅바닥에 넙죽 엎드려 큰절을 했다.

"여그가 천국이여! 여그가 천국이랑게. 정말 고맙구만이라. 내 평생에 누워서 삼 시 세 끼 더운 밥 받아먹는 것은 이번이 처음이랑게. 나 그냥 여그서 살믄 안 되까? 청소도 해주고 빨래도 해주고 그라문 안 되까? 나이가 좀 많기는 많제? 아이구, 나도 참 염치없는 늙은이여. 그렇제? 근디 말이여 병원비가 많이 비쌀틴디 이 일을 어쩐디야. 이거믄 될라나 몰러."

할머니의 말씀에 새삼 가슴이 아렸다. 얼마나 한 많은 세상을 살았으면 병원을 천국이라고 할까.

몸뻬바지 속을 여기 저기 뒤져 만원 짜리 몇 장을 꺼내서, 퇴원할 때 의사 선생님한테 돈이 이것밖에 없으니까 좀 깎아 달라고 부탁해 보라는 말에 코끝이 찡했다. 처음 입원하던 날, 병원비 걱정은 하지 않아도 된다고 말씀드렸지만, 할머니는 그동안 병원비를 할인 받기 위해 복도랑 층계 청소까지 하신 것이었다.

"할머니는 참 대단한 분이세요. 복도에 누가 담배꽁초를 버리거나 침 뱉는 것을 보시면 온 병원이 떠나가게 야단을 치고, 이 병원 주인 노릇해요. 의사들도 담배 피우다 걸리면 할머니한테 혼이 나죠."

이젠 퇴원해도 좋다는 담당 선생님마저 할머니한테 혼쭐이 난 모양이었다. 아무튼 퇴원하는 날에 할머니는 몹시 울었다. 천국에서 쫓겨나는 하와보다 아마 더 울었을 것이다. 평생 처음 침대에 누워 본 기분은 구름을 타고 하늘을 나는 것 같았다고 했다. 자다가도 침대 시트를 만져보곤 했다는 말씀에 작은 행복조차 누려보지 못한 할머니가 참으로 애처롭게 보였다.

할머니의 찰밥 도시락

하지만 다시 명동성당에서 만난 할머니의 모습은 엄청나게 달랐다. 오전 11시가 되면 그때까지 구걸한 돈으로 빵과 우유를 사서는 명동성당 주변에서 구걸하는 사람들에게 골고루 나누어준다. 고함 지르는 모습도 눈에 띄게 줄었다. 전에는 요한과 곧잘 자리다툼을 벌였는데, 이젠 각자 자기 자리에서 자기 몫의 구걸을 하는 질서 잡힌 직장(?) 생활이었다.

혹 누구와 다툼이 있을 때면 "난 법원수녀님하고 잘 아는 사이랑게. 나를 우습게 보지 말란 말이여" 하는 말씀마저 애교로 들렸다. 그 덕택에 명동이나 남대문 시장 일대의 걸인들은 나를 보기라도 하면 얼른 알은 체하고 반가워한다.

어느 날, 할머니는 까맣게 썩은 앞니를 드러내면서 내게 작은 보따리를 건네 주었다. 풀어보니 양은도시락에 따끈한 찰밥이 가득했다.

"내가 봉게 요새 집으가(댁이) 얼굴이 하얗더랑게. 봄에는 햇빛도 쐬고 그래야 허는디, 허구 헌 날 사무실에서 책만 들여다 봉게 얼굴에 핏기가 없제. 그라고 봄에는 찰밥으로 골을 메워야 혀. 그래야 어지럽들

안 허는 법인게."

　"할머니, 힘들게 버신 돈을 왜 이렇게 쓰세요. 전 괜찮으니까, 이 다음부터는 할머니를 위해서 쓰세요."

　"나는 돈을 벌잖여. 그라고 스님(할머니는 나를 늘 수녀랬다, 스님이랬다 맘대로 부른다)들은 돈을 안 벌잖여. 누구한테 들응께 돈벌믄 다 수녀원에서 뺏어간다드만."

　나는 웃고 말았다. 아마도 할머니는 수녀들이 가난 서원을 하고 개인 소유를 하지 않는다는 것을 이해하시지 못할 것이다.

　그날, 나는 아주 기쁜 마음으로 찰밥을 수녀원에 가져가서 자랑했다. 그러자 수녀님들은 오늘도 거지 할머니한테 먹을 것을 얻어 왔냐고 하면서 "거지 중에 상거지라니까…" 하면서 놀려댔다. 거지들의 것을 얻어먹는 수녀인지라 전혀 기분이 언짢지 않았다.

　아니, 우리 모두 거지일 수도 있지 않을까. 알몸으로 태어난 우리들은 먹을 것, 입을 것, 생활하는 모든 것을 다른 누군가의 손을 빌어 얻어 살고 있다. 아무리 부자라 해도 그 누구의 도움도 받지 않고 먹고 입고 생활하는 사람은 한 사람도 없다. 그런데도 사람들은 모든 것이 하느님으로부터 주어지는 선물임을 왜 모를까. 자기 삶의 영역에서 어느 정도의 노력에 따라 먹고 입고 사는 수준이 다를 뿐인 것을.

● 글 | 최성윤 스텔라 수녀 | 샬트르 성 바오로 수녀회 서울관구

수지침 놓는 '아마추어 의사' 수녀

오, 하느님! 도와주소서

앰뷸런스가 도착했다. 가슴이 쿵쿵거리고 다리가 후들거린다.

"또 어떤 환자란 말인가. 나 원 참…. 여기가 병원 응급실인가. 하느님, 당신이 알아서 하소서!"

우리는 잠시 마음을 진정시킬 요량으로 방금 도착한 환자를 어떻게 대할 것이며 어디를 손쓸 것인가를 의논한 다음에 수지침통 하나만을 들고 앰뷸런스로 향한다. 속으로는 덜덜 떨리지만 최대한 태연하게 가장해야만 한다. 환자와 함께 온 일행들이 잔뜩 긴장한 채 우리를 주시하고 있다.

환자는 수지침을 놓고 있는 우리에게 의사 진단서 또는 빽빽하게 써넣은 각종 검사 결과서를 내밀기도 한다. 그럴 때면 "어디 한번 볼까요?" 하며 신중하게 들여다 보는 척하지만 일반 사전에도 나와 있지 않는 의학용어들을 어찌 알겠는가. 우리는 환자를 앞에 두고서 자연스럽게 한국말로 "이거야 원, 읽을 수가 있나. 무슨 말인지 어디 알 수가 있어야지…" 라고 중얼거리지만 상대방이 알아채리지 못하게 한바탕 웃곤 한다.

사실 처음에는 X—레이 사진을 내미는 환자만 와도 부담이 되어 어쩔 줄 몰라 했었다. 그도 그럴 것이, 들여다보는 시늉은 해야겠는데, 문외한인 우리로서는 어떻게 봐야 상하 좌우가 똑바른 것인지 알 수 없지 않은가. 그런가 하면 아픈 상태에 대해서는 한마디 말도 없이 X—레이 사진이나 진단서를 내밀고는 "독또라(여의사를 칭하는 말), 어떻습니까? 고칠 수 있겠지요?" 하고 초조하게 묻는 환자 앞에서는 정말 난감하기 짝이 없었다.

그래도 이젠 어느 정도 이력이 붙은 모양이다. X—레이 사진을 내미는 환자에게는 "병원에선 어디에 이상이 있다고 하던가요?" 라고 되물어 환자의 상태를 유추해 낸 후, 처방책을 찾아 침을 놓아주는 요령도 생겼다. 그러다 보니 우리의 놀라운 의술(?)에 대한 소문은 입에서 입으로 전해졌고, 심지어 진짜 의사까지 찾아오는 일조차 생겼다.

아무리 정식 의사가 아니라고 설명해도 상대방은 계속 '독또라' 라고 불러댄다. 정말 마음속으로 얼마나 낯뜨거웠는지 모른다. 물론 이제는 진짜 의사가 와서 자신에 대해 진료 상담을 해도 천연덕스럽게 마주 앉아 이야기할 수 있으니, 어느새 우리 스스로도 '수지침 전문의' 라는 자격을 인정하고 있는지도 모르겠다.

한번은 안면신경 마비로 고생하던 산마을 청년이 그곳에서 선교하는 수녀님의 소개로 찾아왔다. 이곳 교구는 산마을에 본당과 공소가 많아 숙박시설로 이용할 수 있도록 되어 있다. 하지만 그 청년은 하룻

밤을 묵어가는 데는 불편이 있어 자가치료를 할 수 있도록 일회용 침과 뜸, 압봉 등을 처방법과 함께 자세히 알려 주었다. 그리고 네 번쯤 왔을 무렵, 이젠 어렵게 오지말고 그 방법대로 집에서 계속 치료하라고 했다. 그랬더니 일 주일 후에 의사의 소견서를 갖고 왔다. 내용인즉, 우리들의 진료로 환자가 80퍼센트 정도 나았으니 그 병원을 계속 다닐 수 있도록 허락해 달라는 뜻밖의 내용이었다.

정성이냐 실력이냐

언젠가는 멀리서 온 환자가 있어서 어떻게 알고 왔느냐고 물었다. 그는 병원 의사가 자기는 고칠 수 없지만 떼우안떼벡의 믹쓰떼끼야에 가면 '꼬레아나'(한국 여자를 칭하는 말)들이 있는데, 그들은 고칠 수 있으니 찾아가 보라고 했다는 것이다. 그는 먼 나라에서 자기 민족을 위해 이렇게 치료해주고 있으니 얼마나 고마우냐면서 하느님에게 감사한다고 했다. 그는 우리들의 신분이 수녀가 아니라 여의사인줄로 알고 있었다.

분명 수지침의 효능은 우리가 체험하고 있는 것 이상이었다. 그러나 문제는 우리들의 진짜 실력이다. 환자의 말을 자세히 들은 다음, 책에서 그 병과 관련된 대증처방을 찾아 침을 놓는 아마추어 수준인데도 환자는 소문을 듣고 밀려들고, 몇몇 의사들마저 자신이 치료할 수 없는 환자를 우리에게 보낼 정도로 실력(?)을 인정받고 있으니, 어찌 우리의 실력만으로 가능한 일이겠는가.

얼마 전, 아들과 함께 우리 수녀원을 방문한 어느 한국인은 길다랗게 줄서 있는 환자들을 보고 크게 감동 받았다면서 우리를 칭찬하길래 우리의 안타까움을 솔직히 고백했다. 그랬더니 다음과 같은 예화를 들려주면서 오히려 우리를 격려했다.

"아주 소문난 운명 철학자 밑에서 그 철학자를 도와주던 청년이 있었습니다. 어느 날 스승이 자리를 비운 틈을 이용해 그 자리에 앉아 찾아온 사람들을 보았는데, 뜻밖에도 잘 맞추어 사람들이 몰려들기 시작하자 아예 자리를 하나 냈지요. 그러나 시간이 지나면서 겁이 나기 시작했습니다. 사람들이 너무 많이 몰려오니까요. 그래서 공부를 시작했습니다. 웬걸요. 공부를 한 다음부터는 빗나가기 시작하는 거예요. 왜냐하면 모르고 할 때는 정성을 다해 영감으로 했지만 공부를 한 다음부터는 이론으로 했기 때문이지요."

수지침 진료가 있는 풍경

2년 전, 뉴욕 한인성당에서 신부님 두 분이 대학생 12명과 함께 봉사활동을 오셨다. 마침 주교좌성당 주보이신 성모님의 축일을 맞아 성모 승천 대축일을 함께 지내게 되어 모두가 함께 주교좌성당으로 미사를 봉헌하러 갔다.

그런데 주교님과 교구 사제들과 함께 미사를 집전하셨던 뉴욕의 한인성당 신부님들은 우리가 그렇게 유명한 사람들인지 몰랐다며 굉장히 흐뭇해 하시는 것이 아닌가. 우리는 영문도 모른 채 그 칭찬에 맞장구치며 자화자찬했더니, 신부님은 "그런데요, 그 유명한 이유가 잘 살아서가 아니라 모두 수지침 때문이던걸요" 하며 우리를 놀리면서도 격려해 주었다. 어쩌면 우리는 '한국인 선교사'로 불리기보다는 '한국인 수지침사'로 더 많이 불리고 있는지 모를 일이다.

　노련한 수지침사(?) 수녀님들이 다 떠나고 신출내기들인 우리들만이 남았을 때 가장 염려되었던 것이 바로 수지침 진료였다. 그래서 처음에는 열심히 기도하고 하느님의 도우심에 의지했다. 안면 신경마비나 특별히 표시가 나는 중증 환자를 위해서는 9일기도까지 바쳤다. 그러면서 잔뜩 긴장된 마음으로 그들의 상태를 관찰하면서 얼른 제자리로 돌아오기를 얼마나 고대하며 조바심했는지 모른다.

　'이가 없으면 잇몸으로 산다'는 옛 속담처럼 우리는 가장 쉬운 압봉과 부항을 주 치료법으로 채택했는데, 한 사람은 압봉을 극찬하고 다른 또 한 사람은 부항이 효과가 있다고 했으니 그 외에 별다른 치료법이 있을 리 없었다.

　요즘은 부항 뜨는 날이 정해져 있을 정도로 인기 절정이다. 믹쓰떼끼야의 꼬레아나에게 가면 단 한번에 고칠 수 있다는 소문은 꼬리에 꼬리를 물고, 멀리 치아빠스주에서 사돈의 팔촌까지 떼지어 와서는 병과 관계없이 부항을 떠달라고 졸라댄다. 실제로 처음에 극심한 고통으로 어쩔 줄 몰라 했던 환자가 콧노래를 부르며 나갈 때는 우리들 역시 절로 신이 난다.

　수지침 진료는 매주 금요일과 토요일 오전중에 실시된다. 사람도 늘어나, 진료하는 수녀 두 명과 접수하면서 침을 뽑아주는 여자 한 명, 기계로 맛사지해 주는 여자 한 명, 뜸을 떠주는 여학생 한 명, 그리고 처방대로 침만 놓아주는 남자 침사 한 명이다. 물론 이들의 수고비는 일당으로 지불하고 있다.

　진료가 있는 날이면, 맨 먼저 번호표가 들어 있는 통을 새벽 6시쯤 진료소에 갖다 놓는다. 그러면 줄 서서 기다리던 사람들이 하나씩 표를 꺼내 순번을 기다린다. 진료는 보통 오전 7시 30분부터 시작되어 12

시를 전후하여 끝내는데 사람이 많을 때는 오후 3시까지 연장하기도 한다. 그런 날이면 우리 모두는 기진맥진하여 오후 활동이 힘들다.

하지만, 이 마을 사람들에게는 '누이 좋고 매부 좋은' 날이다. 떼세오(공동판매) 팀에서는 음료수와 음식을 만들어 팔고 택시기사들은 환자를 실어 나르기에 바쁘기 때문이다.

기적은 어디서 오는 것일까

확실히 수지침 진료 현장은 우리가 하고 있는 많은 활동 중에서 가장 감동적이고 현실적으로 하느님을 체험하는 곳이다. 수지침을 단 한 번 맞고 나았다는 사실에 우리 자신들도 믿어지지 않아 묻고 또 물어보지만 깨끗이 나았다는데 어쩌겠는가. 아마도 이곳 분위기와 장시간 기다리는 동안에 환자들끼리 주고받는 대화 등을 통해 심리적으로 위로받은 점도 큰 효과를 보지 않았을까 생각된다.

무엇보다 중요한 것은 그들 말대로 우리를 신뢰하기 때문일 것이다. 하느님께 대한 성모 마리아의 전적인 신뢰가 인류 구원사에 중요한 한 몫을 이루고 있듯이, 이곳 사람들은 하느님 외에 어디에도 의지할 데 없는 수지침 선교사(?)인 우리를 신뢰함으로써 자신의 병을 고치고 있는 것이다.

진료 대기실 겸 뜸 뜨는 살롱에는 커다란 텔레비전이 설치되어 있어서 종교적이거나 교육적인 비디오를 보여준다. 제1~2 진료실에는 조용한 음악이나 성가를 틀어놓고, 게시판에는 성서 구절을 적어놓아 가능한한 종교적 분위기를 느낄 수 있도록 도와준다. 그리고 우리가 의사가 아닌 수도자임을 애써 알린다.

사실 우리는 처음에 이들과 가까워지기 위해 수도복 대신 사복을 즐겨 입었고 수녀님들끼리 '에르마냐'(sister)라고 호칭했다. 이곳에서는 어린이든 어른이든 모두 상대방 이름을 부르기 때문이다.

그런 때문인지 이곳 사람들은 우리들을 친자매간으로 오해하기도 했다. 소문만을 듣고 온 사람들에게 '몽히따'(수도자의 애칭)라고 밝히면 대개는 깜짝 놀라고 오히려 더 기뻐한다. 우리 역시 서로에게 '마드레'(수녀님)라고 부르기 시작했다. 그러자 그들은 '마드레시따'(수녀의 애칭)라고 하며 더 친근감 넘치는 호칭으로 우리들을 부른다.

수지침 요법을 우리에게 주신 것은 하느님의 더없이 큰 선물이다. 우리는 이 수지침으로 어디든지 주저함 없이 사람들을 찾아가며 또 그들과 쉽게 가까워질 수가 있다. 전혀 아는 사람이 없는 산마을도 수지침 무료진료를 앞세우고 서슴없이 갔다. 또 환자들은 마음이 약해져 있기 때문에 의사를 향해 자신들의 모든 것을 열어 놓기 십상이다. 침을 놓으면서 하느님 이야기를 많이 할 수 있다는 게 얼마나 하느님의 지혜이신가. 실로 위대하신 하느님이시다.

우리는 가끔 감기에 걸리거나 배탈이라도 나면 의사들이니 자기 병은 자기가 고치라는 농을 주고받으며 웃기도 하지만 불가능이 없는 하느님의 힘을 빌어 오늘도 우리는 놀라운 기적을 창출해 내고 있다.

어떤 동네에 들어가든지 너희를 환영하거든 주는 음식을 먹고 그 동네 병자들을 고쳐주며 하느님 나라가 그들에게 다가왔다고 전하여라.

(루가 10, 8-9)

● 글 | 정명희 안나 수녀 | 한국순교복자수녀회

사나떼들아, 미안하다

멕시코 믹스떼끼야에 자리잡고 있는 우리 수녀원의 마당은 넓지 않지만 나무는 많다. 처음 이곳에다 거처를 정했을 때에는 돌멩이에 잡초만이 어지러이 널려 있었다. 그러나 틈날 때마다 망고, 아조아까떼, 치꼬사뽀떽 과일나무 씨앗이나 작은 묘목들을 얻어다가 심었더니, 일곱 해가 훌쩍 지난 지금에 와서는 제법 굵은 가지를 멋스럽게 뻗으며 서늘한 그늘을 드리워 우리들의 땀방울을 식혀주는 친구가 되었다. 이름 모를 새들도 날아들어 한결 즐겁게 해 주었다.

사나떼 추방작전

그러나 어느 날부터인가, 사나떼(sanate)라는 새떼들이 몰려들어 우리를 귀찮게 하기 시작했다. 사나떼란 새는 이 지역에서 흔하게 볼 수 있는 새들로서 수십 마리가 떼를 지어 다니며 사람들 가까이 서식한다. 생김새가 까마귀와 비슷한데, 검은 색에 가까운 짙은 군청색의 윤이 나는 깃털을 가졌지만 결코 예쁘다고 할 수 없는 목청으로 '끼익 끼익' 울어대는 것이 특징이다.

이른 새벽부터 울어대는 사나떼 소리에 눈을 뜨게 되는 일까지는 그런 대로 자연과 가까이 접하고 사는 삶의 정취라고 위안하며 지냈다. 그러나 시간이 지나면서 조금씩 늘더니 수십 마리가 넘는 대가족이 되면서부터는 그만 귀찮은 동물이 되고 말았다. 무엇보다도 새떼들이 배설하는 분비물 처리가 예삿일이 아니었다. 마당이 더럽혀지니 곱게 보아 줄 수가 없었다. 여러 가지 방법으로 새떼를 쫓으려 했지만 좀처럼 떠날 기미가 보이지 않았다.

여느 때처럼 사나떼 무리들이 들판으로 외출 나간 어느 날 아침, 배설물로 더럽혀진 마당을 청소하면서 무심코 망고나무 위를 올려다보니 두 개의 둥지가 눈에 띄었다. 보아하니 빈 둥지인 듯 싶었다. 주인이 없을 때 둥지를 치우면 행여나 보금자리를 옮기지 않을까 하는 생각으로 최 수녀님과 함께 힘껏 나무를 흔들어 댔다.

나뭇가지들이 흔들리며 떠는 소리가 요란했다. 그때까지 나뭇가지 군데군데 남아있던 두서너 마리의 사나떼가 놀라 소리지르며 이리저리 푸드득거렸다. 그러나 힘없이 흔들거리며 곧 떨어질 것 같던 새둥지는 쉽게 떨어지지 않았다. 우리는 더욱 세게 흔들어댔다.

그런데 이게 웬일이람.

빈 둥지처럼 보였는데, 깃털이 채 자라지도 않은 새끼 두어 마리가 맨 날개를 파닥거리며 튀어 나와 가까이 있는 레몬 나뭇가지로 옮겨가는 것이 아닌가. 순간, 아차 싶었다. 그러는 사이에 멀리서도 소리가 들렸던지 사나떼들이 몰려들어 그 시끄러운 목청을 한껏 돋구며 '끼

익 끼익' 야단법석을 떨었다. 우리는 사태가 쉽게 누그러질 것 같지
않아 그날 아침의 사나떼 추방작전은 일단 보류하기로 했다.

　다음 날, 혹시나 하고 망고나무를 살펴보니 새떼가 현저하게 줄어들
었다. 우리는 어제의 노력이 어느 정도 성공을 거둔 것으로 생각하고
만족해 했다.

이건 사나떼의 보복행위야

　그런데 그날 오후 외출하고 돌아오는 길이었다. 수녀원 가까이 왔을
때 머리 바로 위에서 '끼익 끼익' 서로 소리를 주고받으며 몇 마리 사
나떼들이 날고 있었다. 평상시와 같이 무심코 발길을 옮기는데, 갑자
기 뒤에서 커다란 사나떼 한 마리가 내 귀밑으로 바짝 '휘-익' 하는
스침소리와 함께 잽싸게 스쳐 지나쳤다.

　더욱 놀란 것은 그 사나떼가 10여 미터 지점에서 급커브하여 다시 내
게 정면으로 돌진하는 것이었다. 나는 얼른 주저앉았다. 사나떼는 머리
카락이 닿을 정도로 아주 낮게 머리 위를 스쳐 날더니 수녀원 망고나무
꼭대기에 앉아서 격렬하게 울어댔다.

　뜻하지 않은 사나떼 습격을 받은 나는 놀란 가슴에 집안으로 황급히
뛰어갔다. 그리고 불길한 생각에 방 안을 한참 동안 서성거렸다.

　'별 것 아니겠지. 별 것 아닌 거야.'

　애써 우연히 일어난 일이라며 스스로를 위안했다. 그러나 다음 날,
수녀원 가까이에서 또다시 어제의 그 수놈 사나떼의 습격을 받았다.
이번에는 마치 내 머리를 쪼으려는 듯 달려들다가 이내 비켜서 길 옆
에 서있는 고무나무 가지에 올라앉아 위협하는 눈길로 나를 쏘아보며

끼익끼익 울어대는 것이었다.

집 안으로 급히 뛰어 들어와 창문 너머로 바깥을 살펴보니 사나떼 두어 마리가 합세하여 끼익끼익 소리를 질러댔다. 그리고 수녀원 주변을 몇 번 맴돌더니 사라졌다.

'그래, 이건 틀림없이 사나떼의 보복행위야.'

그제서야 나는 새들의 보복행위라는 생각이 들었다. 순간, 온 몸에 소름이 끼쳤다. 최 수녀님과 정 수녀님에게 그간의 일을 자초지종 설명했더니 믿어지지 않는다는 눈치였다. 정 수녀님은 예전에 보았던 '새'라는 무시무시한 영화 줄거리까지 이야기기하면서 괜스레 으스스한 분위기를 만들기까지 했다.

'그렇다 해도 며칠 그러다가 말겠지.'

수녀님들의 반응을 위안삼으면서 마음을 굳혀도 불안하기는 마찬가지였다. 다음날, 그리고 그다음 날도 여전히 사나떼의 위협은 멈추지 않았다. 결국 별일 아닐 거라고 대수롭지 않게 여기던 수녀님들도 사태가 심각하다고 여겨 우리는 해결책을 찾기로 했다. 망고나무 윗부분을 완전히 잘라내어 사나떼의 보금자리를 없애면 수녀원 가까이 오지 않을 것이라고 생각했다.

며칠 후, 동네 아저씨 한 분에게 부탁을 드렸다. 전후 사정을 들은 그 분은 오히려 싱글벙글 웃기만 했다.

"거, 사나운 사나떼를 잘못 건드렸구먼. 해코지한 사람이나 짐승은 가만두지 않는다우. 잘못했다고 정식으로 사과드려요."

그러나 사람이어야 어떻게 마음을 전할 수 있지 않은가. 말이 통하지 않으니, 나는 사나떼들의 화가 풀릴 때까지 몸조심할 수밖에 별 도리가 없었다.

사나떼의 보복행위는 근 한 달 동안 집요하게 계속되며 나를 괴롭혔다. 언제 그 날카로운 주둥이와 발톱으로 나를 할퀼지 몰라 외출하고 돌아올 때마다 수녀원 가까이에서는 모자를 푹 눌러 쓰고 다녀야 했다. 한 달 정도가 지나자 사나떼의 사나운 습격도 멈췄다.

그동안 정말 단단히 마음 고생을 치루었다. 사나떼와의 전쟁을 치루면서 과연 내가 무엇을 잘못했는지를 차근차근 생각해 보았다. 마치 장롱 깊숙이 감춰 두었던 묵은 옷가지를 하나씩 꺼내어 보듯이 이 마을에 처음 들어섰던 날부터의 기억이 되살아났다.

나는 심술궂은 욕심보?

정말 아무 것도 가진 것 없는 빈털터리 선교사였다. 그러기에 용기보다 두려움이 앞섰다. 모든 것이 낯설고 전혀 다른 멕시코였다. 물론 우리들의 첫 걸음은 참신함 그 자체였다. 지금 생각해 보면 아무 것도 지니고 있지 않음은 그 자체로 큰 축복이었다.

돈이 모자라 시멘트조차 바르지 못한 벽. 따라서 블록으로 쌓은 속벽이 엉성하게 드러난 집이었다. 작고 조촐했다. 우리는 한쪽 곁을 경당으로 마련하여 십자고상 아래 풀꽃을 꽂으며 매일매일 마음을 다한 감사의 정을 드리며 주어진 모든 것을 소중히 여겼다.

찬장 대용으로 사용하던 사과상자. 수저 두 벌과 짝이 제각각이던 접시, 그리고 이 빠진 찻잔 등도 있었다. 이것저것 살림도구들을 행주로 닦아 사과상자 속에 넣을 때마다 은은하게 스며들던 맑은 느낌이 참 좋았었는데…. 정들었던 사과상자를 치우고 깨끗하고 반듯한 진짜 찬장을 들여놓아 주방은 한결 산뜻해졌으나 우리는 한동안 허전했었다. 그동안 개미처럼 하나씩 둘씩 물어 나른 덕택에 주방이 참으로 넉넉했는데, 아니 수녀원 전체가 많이 달라졌다. 예전의 텅 빈 모습은 찾아 볼 수가 없다.

작열하는 태양 아래 땅에 흠뻑 젖은 채 십리도 더 되는 들길을 따라 산새가 쪼아먹었던 야생 열매들을 따먹으며 걸었던 공소 가는 길, 지금은 30분이면 도착한다. 자동차가 있기 때문이다.

자동차로 공소에 갈 때마다 저만치 앞서 걸어가는 기억 속의 우리들 모습을 나는 늘 지켜본다. 가죽끈이 낡아 여덟 번은 족히 기워 신고도 버리지 못했던 샌들, 그 집착은 수도자로서의 청빈에서 비롯된 것이 아니었다. 선교사로서의 첫걸음을 같이 내딛으며 충실히, 그리고 착실한 걸음으로 걸을 수 있도록 땅에 절게끔 해준 신발의 고마움을 소중하게 생각하기 때문이다.

믹스떼끼야의 사람들은 정말 순박한 사람들이다. 이제는 모르는 사람이 없을 정도로 모두가 친하다. 병든 사람, 슬픈 사람, 행복한 사람, 나태한 사람, 술주정뱅이, 부자, 가난뱅이, 젊은이, 새로 태어난 아기들, 그리고 돌아가신 분들. 그동안 이곳에서 수많은 이들과의 만남에서 그리스도인으로서의 행복하고 복된 삶을 함께 살아가도록 노력해 왔다.

힘들고 어려웠던 시절이었지만 힘들다는 생각보다는 당연히 해야 되는 일로 모든 것을 받아들이고 착실히 주어진 길을 걸었던 선교 초년병의 시절이었다. 그늘 한구석 없는 수녀원 마당을 바라보면서, 나는 이곳이 머지 않아 넉넉한 푸르름으로 가득 채워지리라는 꿈을 안고 매일 물을 길어 부었다. 무엇이든 무상으로 주시는 하느님, 강렬한 햇빛, 맑은 공기, 바람, 물, 흙의 양분으로 싹 틔운 씨앗 하나 하나의 생명력은 경이롭기만 했다. 그러나 이제 우리는 빈털터리가 아니다. 안팎으로 넉넉한 살림, 그런데도 마음이 이토록 편치 못함은 웬일일까.

두려움과 빈 마음으로 첫걸음을 내디딘 후, 아득히 멀리 걸어와 문득 주위를 살펴보니 처음에 그토록 싱그럽고 맑았던 길이 생기를 잃고 있음을 느꼈기 때문일까. 무상으로 주신 이 모든 것에 감사하기보다는 나도 모르는 사이에 그것에 안주하고 혼자 소유하려던 욕심보를 보았기 때문일까.

우리를 찾아 온 사나떼들은 성가시게 하는 한갓 미물이라 업신여기고 내쫓으려 했을 때 분명 나는 심술궂은 욕심쟁이였다. 사나떼들이 그토록 집요하게 보복행위를 했던 것은 내가 아니라 바로 나의 심술궂은 욕심보였던 것이다.

하느님은 누구에게나 이 지구상의 모든 것에게 당신의 숨결을 주시어 모두가 그 생명 안에서 풍요한 삶을 누리도록 하셨다. 생명력 넘치는 이 풍성한 녹음에 작은 벌레들의 움직임과 날짐승들의 날갯짓이 사라진다면 이곳에 진정 무슨 의미를 줄 수 있을 것인가. 선교 초년의 그 단순함과 착실함을 되살리기 위해 부단한 정진을 해야겠다. 우리가 누리고자 하는 그 맑고 소박한 삶은 지극히 단순한 마음을 지님에서 비롯됨을 다시 한 번 마음에 새긴다.

사나떼 몇 마리가 마당에서 맴돌다 앵무새가 먹다 떨어뜨린 또르대야 쪼가리를 잽싸게 물고 날아간다. 오후 햇살에 반사되어 빛나는 아몬드 나뭇잎이 출렁이며 눈앞을 서늘하게 비춘다.

'사나떼야, 정말 미안하다.'

● 글 | 정명숙 바르톨로메오 수녀 | 한국순교복자수녀회

슬기로운 네로

그해 겨울, 대구는 유난히도 추웠다. 영하 17도에 함박눈은 앞이 안 보일 정도로 펑펑 쏟아졌다. 굳게 닫혀진 수녀원 정문과 높은 담에 둘러싸인 넓은 정원이 온통 하얀 눈으로 덮였다. 바람소리만 서글플 정도로 들려올 뿐 주위는 고요했다. 밤은 점점 깊어갔다.

침실은 사람의 체온으로만 녹을 정도로 얼어 있었다. 온기를 느낄 곳이란 한 군데도 없었다. 이불 밖으로 얼굴을 조금만 내밀어도 코끝이 찡할 정도였다. 그도 그럴 것이 엉성한 유리문 사이로 눈이 날아들어와 창턱에 수북히 쌓일 정도였으니…. 몸은 점점 오그라들어 나중에는 완전히 이불 속으로 기어 들어가도 덜덜 떨릴 뿐 잠이 안 왔다.

본관과 뚝 떨어진 별관에는 친구 수녀와 단 둘만이 있기에 그날 밤은 더 추운 듯했다. 손을 비비며 한참 떨다보니 이불 속이 체온으로 따스해지기 시작했다.

깜박 잠이 들었는데, 잠결에 개들이 요란스럽게 짖는 소리가 들려 눈을 떴다. 귀를 기울여보니 수녀원 개들이 짖는 소리였다. 정문 쪽에서 들려왔다. 무슨 일이 일어난 듯했다. 그러나 본관에서는 나가보는 사람이 없는 듯했다.

친구 수녀의 침대 쪽으로 머리를 내밀고 혹시 깨었나 하고 살펴봤으나 그녀는 세상 모르게 깊은 잠에 빠져 있었다. 할 수 없이 일어났으나 혼자 나갈 용기가 나지 않았다. 친구 수녀를 깨웠다. 우리는 손전등을 켜들고 문 밖으로 나섰다. 한 발자국을 내디디니 무릎까지 눈에 푹 빠졌다.

방문에서 정문까지는 약 80미터 가량 된다. 정문 쪽을 비추어 보니 본관 정면 입구 성모상 앞에서 개들이 짖고 있었다. 전에는 밤에 보육원에서 밤중에 응급환자가 발생하여 사람들이 밖으로 나오면 개들이 전부 몰려들었는데 오늘은 웬일인지 돌아보지도 않고 계속 짖고만 있었다. 좀 이상하고 섬뜩한 느낌이 들었다.

그래도 용감했다기보다는 젊어서 경험이 없기에 우리 두 사람은 조심조심 개들이 짖는 곳으로 가까이 다가갔다. 네로를 위시하여 다섯 마리의 개들이 네 발을 마구 동동 구르듯이 하며 둥글게 모여서는 큰 소리로 짖고 있었다.

네로가 나를 보자마자 급히 달려와 옷깃을 물고는 큰 뭉치가 있는 곳으로 끌고 갔다. 가마니였다. 서둘러 펼쳐 보니 거기에는 금방 태어난 갓난아기가 있었다. 누군가 탯줄도 자르지 않고 실로 묶어 큰 수건에 둘둘 말아서 버렸던 것이다.

아기는 울지도 못하고 있었다. 개들 역시 가마니를 밟거나 물어뜯지 않은 채 둘레를 빙빙 돌며 네 발을 구르며 짖고 있을 뿐이었다. 참으로 놀라운 일이었다. 며칠 전만 해도 밤중에 집을 지키라고 풀어놓았더니 닭장과 토끼집을 마구 부수고 다 잡아먹어 야단치고 미워했던 개들이었다. 또 한편으로는 사나운 개들인지라 조금 무섭기도 했다. 그런데 핏덩어리인 갓난애를 조금도 다치지 않고 오히려 보호한 것이 너무나도 신기했다.

갓난아기는 추위에 새파랗게 얼어 있었다. 움직이지도 않아 죽은 것 같았다. 얼른 방안으로 옮겨 탯줄을 자르고 인공호흡 등 응급처치를 한참 하고 나서 목욕을 시켰다.

한 시간 가량 지나서야 겨우 모기 소리만한 가는 소리로 서글프게 '아—' 하고 울어댔다. 그러나 상태가 너무 안 좋아 곧 죽을 것만 같았다. 우리는 '요셉'이란 이름으로 대세를 준 후 처음이자 마지막 음식으로 생각하고 설탕물을 조금 떠 넣어준 후 온돌방에 뉘여 놓았다.

그러고 나자 어떻게 아기를 싼 가마니가 성모상 앞(정문에서 약 30미터 떨어진 곳)에 버려졌는지 궁금했다. 정문에 가서 살펴보니, 정문은 굳게 잠겨져 있었다. 다만 정문 밑에서부터 가마니를 질질 끌고 성모상 앞에까지 온 흔적이 그대로 남아 있었다. 가마니를 끌고 올라온 양옆에는 수많은 개 발자국들이 있었다.

사람이 사람 구실을 못하면 '개만도 못하다' 라는 말을 한다.

누군가 자기가 낳은 아기를 탯줄도 끊지 않고 벌거벗긴 채로 눈 속에 내버렸는데, 개들은 오히려 그 아기를 살리려고 안간힘을 썼다는 이 사실을 어떻게 설명할까. 물론 아기를 버린 사람은 버릴 수밖에 없는 어떤 말 못할 딱한 사정이 있었을지 모른다. 그나마 다행인 것은 죽이지 않고 수녀원 정문 밑으로 밀어 넣어 버린 것이라고 위안을 삼아야 할까.

하얀 눈이 더러운 모든 것을 깨끗하고 포근하게 감싸 덮어주듯, 인간들의 간악하고 추악한 죄를 모르시는 듯이 숨으셔서 사랑하시는 하느님의 섭리를 다시금 생각하게 된다.

곧 죽을 것만 같던 아기는 기적적으로 살아났다. 살도 포동포동하게 찌고 얼굴도 예쁘고 성격이 쾌활하면서도 양순해서 우리 수녀님들로부터 한껏 귀여움을 받다가 넉 달 후 아기 없는 어느 유복한 가정에 양자로 갔다. 그때 우리 모두는 '두 번 부활했다' 하면서 축복해 주었다.

이 일이 있은 후부터 크고 사나워서 늘 미움받던 네로가 일약 지혜롭고 의로운 충견(忠犬)으로 모든 수녀님들의 사랑을 받게 되었다. 그리고 정문 옆에는 야간 당직자를 두고 초인종을 설치했다. 혹 밤중에 사람 눈을 피해 버려지는 아기를 보호하기 위해서이다.

부모에게 버림받은 것도 슬픈 일인데 아무도 모르게 죽는 일은 없어야 하지 않을까. '하느님은 사랑이시다' 란 말씀이 새삼스럽다.

● 글 | 유순자 데오판 마리 수녀 | 샬트르 성 바오로 수녀회 대구관구

영혼이 내게 가르쳐준 것들

어느 여름날 오후였다. 모처럼 아무도 없는 성당에서 나만의 시간을 가질 수 있다는 기쁨으로 감실 앞에 고요히 앉아 성체 조배를 하고 있었다. 그런데 갑자기 웬 여자의 비명 같은 소리가 들렸다.

"찾았다, 찾았어! 경아야, 우리가 드디어 찾았다. 삼 년 동안 전국을 찾아 헤맸는데 수녀님이 여기에 계셨군요."

성당 안에 들어선 그녀는 내게 달려와 내 목을 끌어안고 울음을 터뜨렸다. 참으로 황당한 일이었지만, 우선 그녀를 진정시켜야만 했다.

사랑의 아픔이 남긴 것

느티나무 밑에 앉아 물을 마시는 그녀의 얼굴을 찬찬히 훑어보았지만 한 번도 만난 적이 없는 여인이었다. 인형처럼 예쁘게 생긴 여자아이가 나를 빤히 올려다보는데 엄마와 똑같이 생겼다. 어쩌면 하느님은 이렇게 예쁜 사람을 똑같이 만드셨을까 싶게 모녀가 닮았다.

"어떻게 저를 찾아 오셨지요? 저는 자매님을 한 번도 뵌 적이 없는데 3년만에 찾았다는 말은 무슨 뜻인가요?"

그녀는 자기가 식물인간이 되었을 때 나를 한 번 본 적이 있다고 했다. 식물인간이 된 상태에서 만나다니…. 그럼 내가 원목실에 근무할 때 만난 사이냐고 물었다. 그것도 아니란다. 순간, 나는 정신적으로 문제가 있는 사람이 아닐까 하는 생각이 머리를 스쳐갔다.

식물인간인 사람이 어떻게 나를 만났느냐고 다시 되묻는 내 표정을 눈치챘는지, 그녀는 정신이 이상한 사람이 아니라는 말을 아주 예의바르게 했다. 그리고 아이의 이름은 경아이고 자기는 그 애 엄마라고 했다. 그러면서 다음과 같은 이야기를 들려주었다.

그녀는 어려서부터 많은 사람으로부터 사랑받고 자랐는데, 빼어난 외모 때문인지 많은 남자들이 따랐다고 한다.

"대학 다닐 때, 사랑하는 사람이 있었어요. 하지만 그의 부모님은 제가 너무 예쁘다는 이유로 결혼하는 것을 반대하셨어요. 여자가 이쁘면 팔자가 사납다는 이유 때문이죠."

그녀로서는 남자 부모님의 반대를 받아들일 수 없었다. 혹 아이가 생기면 부모님이 받아 주시지 않을까 생각했지만 임신한 몸으로 찾아 갔다가 품행이 방정하지 못한 여자란 소리만 듣고 문전박대를 당했다. 결국 아이를 지우고(당시 그녀는 이 길만이 최선이라 생각했을뿐 살인이란 생각은 전혀 못했다고 했다) 부모님을 설득하기 위해 수년 동안 동거 생활을 하면서 기다렸는데, 오히려 부모 자식간의 인연을 끊자는 바람에 할 수 없이 헤어졌다고 한다.

그동안 낙태 수술을 여섯 번 정도 받는 등 힘든 대가를 치렀는데, 남

자와 헤어진 뒤 낙태 후유증으로 여러 차례 자살을 시도하기도 했다고
한다. 그러나 번번이 미수에 그쳤고, 우연히 지금의 남편인 공군 장교
를 만나 결혼했다는 것이다.

"남편은 성품이 온화하고 멋진 사람이에요. 시부모님도 얼마나 저
를 아끼고 사랑해 주시는지 모든 사람이 부러워할 정도였어요. 그런데
임신이 되지 않는 거예요. 낙태를 여러 번 한 게 원인이었던 것 같아
요. 친정부모님이 별별 약을 다 구해 주시고…. 그러다가 저 아이를 갖
게 됐어요. 그때는 천하를 다 얻은 기분이었어요."

혹 자연유산이라도 되지 않을까, 10개월 동안 내내 조심한 덕분에 무
사히 분만하게 되었는데, 그만 아기를 낳다가 실신하고 말았다. 그로부
터 3개월간 식물인간인 상태로 있었다는 것이다.

당시 병원에서는 소생이 불가능하다고 선언했지만, 남편은 절대로
죽게 할 수 없다면서 산소호흡기를 떼지 못하게 했다. 죽어 있던 3개
월 동안, 그녀가 체험했다는 이야기는 또 한번 나를 놀라게 했다.

'엄마, 나 죽고 싶지 않아요'

"수녀님은 영혼이 있다는 것을 믿으세요?"
"네."
"전 제가 죽는 모습을 보았어요. 분만할 때 아무리 힘을 주어도 아기
가 나오지 않아 온 힘을 다 기울이다가 실신했는데 제 영혼이 몸에서
연기처럼 빠져나가는 거예요. 의사와 간호사들이 분만실에서 이리 뛰
고 저리 뛰면서 제 입에 산소호흡기를 물리고 심장에 충격을 주고, 어
떻게든지 저를 살리려고 애쓰는 모습을 보면서 '나 여기 있다'고 아무

리 소리쳐도 아무도 내 말을 못 알아듣는 거예요.

남편이 들어오고, 친정엄마와 시어머니 울음소리가 귀청을 울리는데, 나는 그것을 다 보고 있으면서 내 말을 전할 수 없어서 얼마나 안타까웠는지 몰라요. 중환자실로 옮겨지면서 갖가지 주사 바늘이 내 몸 여기 저기를 찌르고, 사람들은 내 몸뚱이를 자기네 멋대로 다루는데 저는 속수무책이었어요.”

그러다가 그녀는 갑자기 깜깜한 터널 속으로 빨려 들어가는 것을 느꼈다고 한다. 멀리 지구가 보였다. 순식간에 우주 공간에서 지구를 내려다보면서 어디론가 빨려 들어가는 것 같았다. 잠시 후, 어디선가 온 하늘을 울리는 목소리가 들려왔다.

“넌 이곳에 올 수가 없는데, 왜 이곳으로 오고 있느냐? 넌 내가 너에게 맡겨준 생명들을 무수히 난도질하여 죽였다. 저 소리를 들어보아라. 네가 죽인 아기들의 목소리다.”

순간, 갓난아기들의 울음소리가 우주를 가득 메웠다. ‘응애응애’ 하는 비명과 함께 ‘엄마 나 죽고 싶지 않아요. 엄마 나 살고 싶어. 나 좀 살려 주세요. 아악…’ 하는 소리가 귓전을 따갑게 때렸다. 그러면서 그녀는 자신의 영혼이 우주 궤도를 돌고 있다는 느낌이 들기 시작했다. 마치 아기들의 비명소리를 들으면서 돌아야 하는 홀로코스트처럼…. 그 속도가 얼마나 빠른지 그녀는 비명을 지르고 살려달라고 애원하지 않을 수 없었다.

“수녀님, 상상을 해 보세요. 놀이공원의 궤도열차를 탄다고 생각해 보세요. 아기 죽인 죄가 다 씻길 때까지 영원히 그 궤도를 돌아야 한다면…. 그것도 난도질당한 아기들의 살덩이들이 여기 저기 흩날리는 것을 보면서 말입니다. 제 영혼이 계란 모양으로 변한 채 우주궤도를 영원히 돌아야 한다는 걸 상상하실 수 있나요?”

그녀는 어떤 종교도 갖고 있지 않았다. 외동딸이어서 어려서부터 금지옥엽으로 컸고, 남부러울 것 없는 환경에서 믿음이라는 게 필요하다는 의식조차 없이 살아왔다. 빼어난 미모와 넉넉한 가정환경, 똑똑하다는 말을 들었기에 많은 남자들이 그녀 곁을 맴돌았다. 그녀는 이 세상에 오직 자기밖에 없는 줄 알았고, 남을 위해 희생한다는 것은 상상도 못해 봤다고 한다.

“그런 제가 그 영겁의 고통 속에서 ‘하느님, 제발 살려 주세요. 제가 잘못했어요. 정말 잘못했어요. 저는 제가 살인한다는 생각도 없이 자식들을 수없이 낙태했습니다. ‘저 아이들을 위해 제가 무엇인가 할 수 있는 기회를 제발 한번만 주세요. 하느님, 저 좀 살려 주세요’ 하며 기도한 것이에요.”

무의식의 기억 속이지만, 한없이 맴도는 궤도를 따라 돌면서 1백 일 동안 내내 살려 달라고 울부짖었다. 그러다가 산소호흡기를 떼기 하루 전날, 어떤 분의 중재로 깨어나 세상에 다시 오게 되었다고 한다.

‘어떤 분의 중재’라는 말에 나는 귀가 번쩍 열렸다. 그때까지 나는 상담심리학 강의를 들을 때 읽었던 『내가 보고 온 사후의 세계』라는 책을 떠올리고 있었는데, ‘어떤 분의 중재’란 말을 듣는 순간 ‘기도란 시간과 영원을 이어주는 매개체’라는 생각이 퍼뜩 스쳤다.

진심으로 용서를 구할 때

“저는 하느님께 한 번만 기회를 달라고 애원하면서 계속 하느님의 이름을 불렀어요. 평소에는 농담으로라도 하느님이란 단어를 입에 올려 본 적이 없었던 제가 어찌된 셈인지 '하느님! 살려주세요' 라는 말을 계속한 거예요. 그러자 무한궤도를 돌던 제 영혼이 서서히 속도를 늦추더니 어떤 지점에 멈추어 섰어요."

당시 그녀는 기억 속에서나마 구토를 계속했고 어지러움에 정신이 혼미했다고 한다. 그런데 어느 순간, 그녀 앞에 밝은 빛이 한 점 솟더니 사람의 형체를 갖추기 시작했다. 연기 같기도 하고 형광등 불빛 같기도 한 그 빛은 밝고 온화한 목소리로 그녀에게 말했다.

"내 딸아, 너는 네 잘못으로 인해 참으로 큰 고통을 받았구나. 그러나 네가 내 아버지께 진심으로 용서를 구했으니 네게 주어진 기회를 한 번 더 잘 사용하여 보기 바란다."

그 말을 듣는 순간, 그녀는 마음이 편안해졌다고 한다.

"제가 어떻게 해야 참으로 용서를 받겠습니까?"

"저기를 보아라. 너를 위해 기도하는 영혼이 있지 않느냐. 세상에 돌아가 그 영혼을 만나보고, 그에게 도움을 구하여라. 네가 참으로 용서받을 수 있는 방법을 가르쳐 줄 것이다."

그 분이 그녀에게 보여준 모습은 오늘 그녀가 본 성당 안의 모습 그대로였다. 커다란 나무십자가 위에 한 남자가 매달려 있고, 처참하게 죽은 그 남자 밑에는 오래된 나무 뿌리로 만든 제단이 붉은 카펫 위에 놓여 있다고 했다. 나무 뿌리 사이로 백합꽃이 있으며, 제단의 오른쪽 벽에는 작은 상자 같은 것이 놓여 있는데 빨간 전등불이 켜져 있었다고 했다. 그리고 그 앞에 어느 수녀가 회색 수도복에 회색 모자를 길게 늘어뜨린 채 무릎을 꿇고 기도하고 있었다는 것이다.

그녀가 성당 안에 들어서면서 비명을 지른 이유는 3년 전 혼수 상태에서 그 분이 보여준 그 장면을 다시 봤기 때문이었다.

죽음의 잠에서 깨어난 후 전국에 있는 성당이란 성당은 다 찾아 다녔다고 했다. 처음에는 기독교 예배당을 찾았는데 거기에는 십자가에 못 박힌 예수님이 없었고, 성당에 가더라도 수녀님의 의상이 다르다고 했다. 그러다가 우연히 나를 만난 것이었다.

"수녀님, 감사합니다. 영원히 죄받을 저 같은 죄인을 위해서 남몰래 기도해 주셔서 제 영혼이 다시 살아난 것입니다. 정말 감사합니다. 이제 제가 어떻게 해야 평생 지은 죄를 갚을 수 있을까요?"

생명은 하느님의 선물

그녀의 감격에 찬 인사를 받은 나는 교회의 가르침에 다시 한 번 놀라운 감사를 느꼈다. 가톨릭교회는 오래 전부터 연옥 교리를 가르쳐 왔다. 착한 영혼들은 당연히 천국에 가고, 악한 일을 한 사람은 지옥에 간다는 교리는 어느 교회에서나 가르치고 있다. 그러나 가톨릭교회에서는 착하기도 하지만 잘못하고 살다가 죽은 수많은 영혼들이 연옥에서 단련을 받고 있으며, 그 연옥의 영혼들이 천국에 갈 수 있도록 기도하라고 가르친다. 나는 그녀와의 만남을 통해 교회의 가르침이 진리에 어긋남이 없음을 다시 한 번 느꼈다.

그날도 나는 한여름의 더위를 무릅쓰고, 한숨 자고 싶다는 육신의 요구를 인내하면서 연옥 영혼을 위해 기도하고 있었다. 그런데 그 기도의 은혜를 받았다는 한 여인의 죽었다 살아난 이야기는 많은 것을 생각하게 해 준다. 하느님은 참으로 자비하신 분이시다.

그녀는 다시 성당에 들어가 자기가 빛 속에서 만난 그 젊은 사람이 십자가에 달리신 그 분과 얼굴이 닮았다고 했다. 나이가 30대 초반의 잘 생긴 남자라고 했다. 예수님은 2천 년 전뿐만 아니라 오늘날에도 살아 계신 분이시고, 우리의 구원을 위해 조금도 당신의 눈길을 돌리지 않으시는 분이시다.

그 후, 그녀는 10개월간 오산에서 두세 시간씩 차를 타고 와서 내게 교리를 배웠고 영세를 했다. 영세식에는 남편이 인형 같은 딸과 참석하여 아내의 영세를 축하했는데, 남편은 내게 아내를 다시 살려주신 하느님에게 진심으로 감사한다면서 아내와 딸이 신앙생활을 잘 할 수 있도록 자기 자신도 신자가 될 생각이라고 했다.

벌써 15년 전 이야기이니, 지금쯤 경아라는 딸아이는 고등학생이 되었을 것이다. 얼마나 예쁘게 자랐을까? 한 번 보고 싶다.

소임 이동이 될 때마다 가슴에 남는 사람들의 얼굴이 있고 사연이 있기 마련이다. 수도자의 신분인지라, 나는 떠나 온 곳의 신자들과 만나는 것을 한사코 사양해 왔다. 나와의 친교를 중요시해서 하느님에 대한 방향을 인간에 대한 애착으로 혼동하여 내가 그들의 하느님 노릇을 하려고 하는 오류에 빠지기 싫어서이다. 하지만 경아라는 아이는 한번 만나고 싶다. 그 만남을 통해 낙태가 얼마나 무서운 죄인가를 다시금 생각하게 되었고, 교리 시간에 '낙태는 살인'이란 가르침을 힘주어 가르칠 수 있었기 때문이다.

사람에게는 태아의 생명을 마음대로 할 권리가 없다. 생명은 하느님으로부터 오는 것이며, 하느님은 인간에게 생명을 무상의 선물로 주셨다. 사랑하는 이가 준 선물도 아끼고 애지중지하는 우리가 아닌가. 하물며 내게 생명을 무상으로 선물하신 그 분의 사랑을 우리는 날마다 감사해야 하지 않을까.

● 글 | 최성윤 스텔라 수녀 | 샬트르 성 바오로 수녀회 서울관구

세상에서 가장 아름다운 수녀

첫 서원을 한 나는 기쁨과 감격, 앞으로 펼쳐질 일에 대한 두려움까지 겸한 설레임을 안고 첫 소임지로 향했다. 홀어머니와 넉넉지 못한 가정을 뒤로하고 피할 수 없는 거대한 하느님의 힘에 휘말려 수녀원에 들어오려 애쓰던 그때, 열심히 살아보겠다고 옆도 뒤도 돌아보지 않은 채 저 높은 곳을 향하여 질주하던 수련소 생활, 그리고 하느님이 은총과 자비로 먼저 불러주셨음에 감격했던 첫 서원 대피정….

차창가의 낯선 모습 속에서 지나간 일들이 출렁이는 파도와 같이 밀려왔다 밀려가곤 했다.

소임지에 도착했다. 분원장 수녀님의 첫인상은 엄숙하다거나 냉정해 보이지도 않는 그저 평범한 모습이어서 다소 마음이 놓였다. 그리고 보름쯤 지나 새로운 생활의 긴장이 조금 풀리는 것 같던 어느 날, 신나게 빨래며 청소를 하다가 물 한 양동이를 들었는데 허리가 삐끗했다. 앉지도 서지도 못하고 일 주일은 꼬박 누워서 지냈고 한 달간 소임을 할 수가 없었다. 빈대도 낯짝이 있는데 아픈 육신보다 송구스러운 마음에 짓눌렸다. 나의 속마음을 꿰뚫어 보시듯 분원장 수녀님은 오히려 나를 위로했다.

"수도자는 아플 때 가장 귀하고 소중한 것을 하느님께 봉헌하는 시간이니, 열심히 아프고 마음을 편안히 가지세요."

쑥찜기를 구해 와서 허리 찜질을 해주던 그 다정한 모습, 허리 아플 때 빨래하면 무리가 온다고 당신이 손수 빨래하신다. 그때부터 아픈 사람들을 바라보는 내 눈은 달라졌고, 그들의 아픔에 함께 하고자 작은 희생과 기도를 나름대로 바치고 있다.

하느님의 일에 임하는 마음 자세는 우선 나의 고통 때문에 다른 사람을 힘들게 해서는 안 된다고 마음을 다졌다. 그리고 전혀 아픈 표정을 짓지 않으려고 안간힘을 썼다. 교리며, 교안 연구며, 하루에 한 시간씩 오르간 연습이며, 꽃꽂이며 할 것 없이 내게 주어진 소임에 혼신을 다했다.

'하느님, 절 어쩌시렵니까. 연옥이라도 좋으니 데려가 주세요.'

가장 정직하고 편히 쉴 수 있는 작은 내 방에서 허리가 너무 아파 하느님에게 하소연하며 침대에 오를 수조차 없어 방바닥에 꼼짝없이 누워있곤 했다. 그러나 내가 아무리 철저하게 은폐해도 그 분은 내 머리 꼭대기 위에 앉아 있는, 사람 보는 귀신이었다.

"아이쿠, 이 철옹성 공주님같으니라고…. 수도자는 독신녀가 아니에요. 수도 가족이에요."

안타까움과 사랑으로 애태우시던 그 말씀도 내게는 들려오지 않았다. 최소한 낯짝을 가진 빈대이고 싶었다.

어디서 어떻게 소식을 들으셨는지, 부임한 지 얼마 되지 않은 화창한

봄날, 어머니와 조카들이 찾아왔다. 너무 보고 싶어서 참다못해 오셨다
는 말씀이었다.

"어머님, 저는 하느님의 사람입니다."

그 한마디만 건네준 채 어머니와 조카들을 돌려보냈다. 한 번 반가
이 맞으면 또 보고 싶으셔서 찾아오실 것만 같았다. 오로지 한마음으
로 주님을 섬겨야겠기에 행여 내게 두 마음이 생길 것만 같아서….

돌아서 가시는 어머님의 여윈 어깨와 마냥 좋아 뜀박질하는 조카들
의 뒷모습을 바라보면서 내 가슴에 모든 실핏줄이 끊기는 것만 같았
다. 어디 앉아서 실컷 울고 싶었지만 수녀가 소리내어 울 수 있는 장소
는 한군데도 없었다.

목석처럼 그 자리에 서서 피식 웃었다. 울음과 웃음은 내게 있어 언
제나 둘이 아니고 하나였다. 울 수 없으니 웃을 수밖에….

희한한 표정을 짓고 있는 나를 보시고 의아해 하시기에 어머니를 그
냥 돌려보낸 내 마음을 고백했다. 그러자 그 분의 노한 모습은 그때가
처음이자 마지막인 듯했다.

"부모 없는 수도자가 어디 있어요. 모시고 와서 대접은 못할망정 문
전에서 돌아가시게 하다니…. 배은망덕도 분수지!"

정말 호되게 야단을 맞았다. 수녀 딸을 보러 오시는 어머님의 모습
은 그 뒤 영영 다시 뵈올 수 없었다. 일 년 뒤, 어머니는 교통사고로 하
느님의 품에 안기셨던 것이다.

겨울의 문턱에 들어서면서 심하게 감기를 앓았다. 약을 먹으면 몸이
후들거려 약을 먹지 않고 견디려고 안간힘을 썼지만 기침은 날로 심해
갔다. 아무 소리 하지 말고 그냥 따라 오라시기에 영문도 모르고 따라
나섰더니, 한약방으로 데려가 한약을 지어주셨다. 약국에서 1천 원이

면 충분히 나을 감기에 열 배가 넘는 한약이라니…. 고맙다는 마음에 앞서 아깝다는 생각이 먼저 들었다.

"하늘 아래, 땅 위에 사람이 제일 귀해요. 사람이…."

투덜거리는 내 표정을 그 한 말씀으로 묵묵히 받아주신 그분. 당신이 정갈하게 입으시던 오버코트를 소매며, 기장이며, 하나하나 손수 고쳐서 내게 주셨다. 그 오버코트는 지금도 내가 아끼는 물건 중의 하나이다. 하느님의 모상을 닮은 사람이 가장 귀한 존재임을 강조하면서, 하느님의 사람은 헤프지 않은 검소와 곤궁하지 않은 절약으로 어떤 처지에서든지 풍요롭게도 비천하게도 살 줄 알기를 삶으로 보여주셨던 분이시다.

첫 소임지의 생활을 되돌아 보면, 하느님과의 씨름, 그 4라운드에서 나는 KO패를 당했었다. 영혼 육신은 어떤 희생을 동반한 사랑의 힘이나 기적이 아니고서는 다시 일어날 수 없을 정도로 만신창이가 되었다. 그때 나는 그 분의 사랑 속에 울음과 웃음을 구분 지을 수 있었다. 울 수 있다는 사실이 얼마나 크나큰 하느님의 은총인지 처음 알았다.

울보인 바보 온달을 장군의 자리에 올려놓고자 인내와 사랑의 세월을 살다간 평강공주처럼, 그 단단한 철옹성을 부수어 하느님의 사람이 되도록 끈질긴 인내와 사랑으로 함께 해주셨던 나의 첫 분원장 수녀님. 한 영혼을 통하여 다가온 하느님의 사랑에 힘입어 거듭나기를 거부하지 않는 나는 '예수의 사랑 받는 루시아 수녀'임에 틀림없다.

● 글 | 기태옥 루시아 수녀 | 샬트르 성 바오로 수녀회 대구관구

아니, 세상에 이런 일이

인간 본성과 신앙인의 차이

인류의 원조 아담과 하와가 원죄를 지은 후부터 인간이 존재하는 곳에 고통은 늘 함께 있어 왔다. '왜 인간은 고통을 겪어야 하는가' 하는 문제는 대단한 신비이다.

하느님은 인간을 사랑하시고 언제나 우리와 함께 계신다. 그러나 인간은 그것을 모르고 자신이 잘난 줄만 알고 마냥 방자할 수 있다. 그러나 고통이란 은혜를 받게 되면 그제서야 자기 자리를 돌아보고 잘못한 것을 인정하고 전능하신 분께 매달리고 그 분의 도우심을 청하게 된다. 그래서 하느님은 인간을 사랑하시기에 고통을 허락하시고 사랑하는 자에게 더욱 견책하신다고 바오로 사도는 말하고 있다. 집회서에도 '자식을 사랑하는 부모는 매를 아끼지 않는다'(30, 1)고 했다.

아무리 성서 말씀이 그렇다 해도, 우리들은 고통을 사랑하기보다는 기쁘고 즐겁게 살기를 원한다. 그런데 기쁨과 즐거움보다 고통을 더 사랑하신 분이 있다. 하늘나라에서 하느님 아들의 영광보다 인간을 사랑하시기에, 이 세상에 오셔서 모든 인간의 고통을 당신 스스로 십자가의 수난과 고통으로 끌어안아 인간 모두의 고통을 해결하시어 부활의 승리로 이끌어 주신 분이 예수님이시다.

우리는 인간의 본성으로는 고통을, 십자가를 사랑할 수 없다. 하지만 예수님을 믿고 따르는 신앙인으로서는 십자가를 신앙으로 받아 안고 살아가려고 노력한다. 내 삶의 주변에 많은 십자가를 보면서 참으로 그 모두를 사랑하며 살려면 많은 인내와 지혜를 필요로 한다.

나약한 인간이 십자가를 어떻게 긍정적, 적극적으로 받아 안을 수 있을까. 본성상 어려운 십자가를, 그리고 수도자이기에 감당해야 하는 십자가의 몫은? 하느님의 도우심과 예수님을 따르고자 하는 신앙으로 노력하지만 얼마나 큰 한계를 느끼는지 모른다.

설악산 MT에서 있었던 일

1995년은 첫 서원한 지 15년 되는 해여서, 그동안의 수도생활을 다시 한 번 점검하며 하느님의 은총에 감사하는 재교육이 있었다. 그때 가장 먼저 떠오른 게 입회를 전후한 사건이었다. 어머니의 극심한 반대를 무릅쓰고 절에서 수도하고 계신 아버지 대신 도을 닦겠다며 식구 몰래 수녀원으로 도망쳤던 게 어언 18년 전 일이었다.

결코 짧다고 할 수 없는 그 세월 동안, 과연 내가 말한 대로 아버지 대신 도를 정말 잘 닦았는가. '모든 이에게 모든 것'이 되어야 한다는 수도자가 '자기에게 자기 것'도 안 되고 아집과 독선과 자기 아성만 높이 쌓고 살았다는 죄책감이 앞섰다. 그래도 다시 한 번 하느님의 자비에 맡기려고 설레는 가슴으로 재교육에 들어갔다.

재교육을 시작하면서 15년 동안 떨어져 살던 수녀들이 팀웍을 다지기 위해 MT를 갔다. 속초 '휴가의 집'에다 여정을 풀고는 대관령에 있는 나의 본가에서 식사를 하고 아버지의 안내를 받아 대관령 옛길로 하산하기로 정했다.

아버지는 그동안 절에서 나오신 다음, 산장에서 수도자같이 혼자 생활을 하고 계셨다. 가끔 집에 오시곤 했는데, 수녀원에 들어간 처음 얼마 동안은 나를 보기 싫어하셔서 휴가도 제대로 가지 못했다. 그러나 근래에는 딸을 보고 싶어하고 자주 만나기를 희망하셨다. 그래서 모처럼 효도할 생각으로 아버지를 안내자로 청했던 것이다.

아버지는 본래 산을 좋아하셔서 산에서 사셨고, 교직에 오래 계셨기에 사람들을 인솔해서 산행하는 것을 무척 기뻐하고 큰 낙으로 삼고 계셨다. 몇 년 전, 내가 있던 학교 학생들을 인솔해서 그 코스를 간 적도 있었다.

그런데 이번에는 산행 도중 길을 잃어버리고 헤매다가 실족하여 그만 바위 웅덩이에 떨어지셨다. 다행히 간호수녀가 같이 있었기에 응급치료를 하고 칠흑 같은 어둠 속에서 아버지의 체온과 혈압이 떨어지지 않도록 불을 피워서 돌을 뜨겁게 달구어 온몸을 데워 드리며 간호했다. 그리고 수녀들이 입고 있는 잠바를 모두 벗어서 아버지를 덮어 드렸다.

그 바람에 수녀들은 추위에 떨면서도 바람을 조금이라도 막아 드리려고 아버지 주위를 둘러앉아 기도를 하면서 119 대원이 오기를 기다렸다. 그 밤이 얼마나 춥고 힘들고 지루한 밤이었는지…. 무려 18시간만에 구조되어 병원에 도착한 아버지는 농담도 하셨지만, 나는 CT 촬영 후 큰 이상이 없다는 말씀을 듣고서야 안도의 숨을 쉬었다.

이튿날, 큰 병원으로 옮기라는 의사의 말을 듣고 원주 기독교병원으로 옮겨 응급실에서 몇 가지 검사를 하던 중 갑자기 돌아가셨다. 너무나 어처구니없는 현실이었다. 이것을 어떻게 받아들여야 하나.

아버지 죽음이 가져온 변화

어머니와 큰동생이 가족들에게 알리고 같이 있던 수녀가 수녀원 본원에 연락했다. 나는 아무 것도 할 일이 없었다. 그냥 죄인이었다. 어떻게 하면 좋은가. 우리 집안에 신자는 한 명도 없는데…. 그러나 현실은 냉혹했다. 당장 장례식을 치러야 했다. 신부님이 오셔서 천주교식으로 할 것인가, 불교식으로 할 것인가를 물으셨지만 나는 선택할 염치도 없었다.

그런데 완고하고 보수적인 불교 집안 종손인 큰동생의 설득으로 천주교식으로 장례를 치를 수 있었다. 삼일 동안 H본당 레지오 단원들의 끊임없는 연도와 많은 수녀님들의 기도 속에 생전엔 상상도 못할 '장 아오스딩'으로 장례식을 마쳤다. 그 어려운 상황 속에서 하느님은 함께 해주셨다.

빈소에서 알게 된 사실이지만, 우리가 본가에 도착하기 전날 밤에 주무시던 아버지가 일어나 앉으시며 "밖에서 명희가 부른다"며 밖으로 나가시려는 것을 어머니가 한사코 말리셨단다. 얼마 전부터 아버지의 언행이 달라지셨음을 깨달은 어머니는 사고가 나자, 아버지가 가실 때임을 직감하셨나 보다 라고 했다. 정신나간 사람처럼 멍청한 내게 어머니와 온 가족의 위로의 따뜻한 말씀은 나를 지탱케 했다. 많은 레지오 단원들과 수녀님들의 기도와 관심, 신부님들의 특별한 배려에 가족들은 크게 감동했다.

장례식 후에 '아버지의 장례가 영광이었다'고 표현하는 가족들의 인사를 들었다. 그러나 몸둘 바를 몰라하는 불쌍한 나에게 올케들이 와서 "고모님, 이제 우리 모두 천주교로 개종합시다. 아버님이 천주교 이름으로 돌아가셨는데, 우리가 이제 무엇을 더 망설이겠습니까? 저희가 밀어 드릴 테니 고모님이 앞장서세요" 하고 권했다. 게다가 얼마 전까지 계속 절에서 사셨던 어머니가 연도 책과 미사물(성수)을 온 집 안에 뿌려달라고 청하는 것이 아닌가.

아버지가 돌아가시고 난 뒤, 집안에서 일어나는 모든 일들이 예전 같으면 어림도 없는 일들이었다.

이럴 수가…. 우리 집안이 어떤 집안인데….

나를 수녀원에서 나오게끔 절에서 백일 기도를 했는가 하면, 첫 서원을 하고 휴가를 간다니까 오지 말라고 해서 집에 들어가지도 못했는데…. 그때 가톨릭센터 지하다방에서 우연히 만난 둘째 동생은 "누나가 우리를 배반했기에 누나를 안 만나려고 했는데, 오늘 만난 것은 내가 만난 것이 아니라 누나가 내 눈앞에 보인 것뿐이야. 안 만난 것으로 하겠어!" 라고 말하고는 냉정하게 나가 버리지 않았던가.

그뿐이 아니다. 내가 수녀원에 가도록 추천해주신 신부님이 우리집 앞을 지나시다 궁금해서 들르셨다가 어머니에게 등을 떼밀려 내쫓긴 적도 있었다. 몇 년만에 수녀 딸이 휴가를 왔어도, 스님 세 분을 모셔다가 안택(가정미사 비슷한 것)을 하는 바람에 집에서 못 자고 공소에 가서 잤던 적도 있었다.

그런 집안 분위기에 나는 찾아가기가 두려웠다. 아버지 회갑 때 한 번 갔었고, 두 번째가 이번 MT 때였는데, 가족들의 마음에 이토록 엄청난 변화가 일어난 것이다. 장례식을 마치고 수도원으로 돌아왔지만 내 안에 남아 있는 의문은 얼른 지워지지 않았다.

고통에 직면했을 때

그런 가운데 재교육은 계속되었다. 나는 이냐시오 영신수련(한 달 동안 완전 침묵 속에서 하는 관상기도) 중에 아버지를 여러 번 만났다. 만남이 거듭될수록 마음이 평온해졌다.

마침내 수녀들의 희생과 기도 덕분에 천당에 계신 아버지를 뵈올 수 있었는데, 그 후부터는 더욱 평온해졌다. 그 전엔 춥고 바람이 불 때면 혼자 산장에 계신 아버지 생각에 마음이 아프고 안타까웠으나 창 밖에 내리는 하얀 눈을 보면서도 '이젠 아버지 걱정 안 해도 되는구나' 하고 하느님 안에 편히 계시는 것을 믿었다.

돌이켜 보면, 오묘하신 하느님이었다. 가족 몰래 도망가서 수녀가 되고 온 집안에서 외면만 당했던 내가 아버지의 죽음 뒤에 집안에서 따뜻한 배려와 위로를 받다니…. 그리고 상상치 못한 변화들이 찾아왔으니, 하느님의 사랑이 아니고서는 도저히 설명되지 않았다. 그리고 숱한 세월 몰아쳤던 지난날의 고통의 의미가 정립되었다.

우리는 고통을 당할 때 하느님 앞에 서 있음을 인식하자. 하느님 앞에서 보다 솔직히 자기의 나약함을 인정하자.

욥기를 보면, 욥은 사탄의 시기 때문에 시련을 겪기 시작한다. 그 초기에는 긍정적으로 받아들였으나(1, 21) 계속되는 시련 속에서 친구들의 억지 논쟁에 몰리자 드디어 하느님께 대든다(31-36). 그러나 하느님의 현존을 강하게 체험한 후(38-41), 자기의 항변에 부질없음을 고백하고 하느님의 자비를 청한다(42, 2-6). 그래서 '나의 종 욥은 내 앞에서 솔직했다'는 판정승을 얻어내고 잃어버린 모든 것의 두 배의 축복을 받는다(42, 7-17).

이제 우리는 욥이 겪은 고통의 의미를 알 수 있다. 우리가 고통을 당할 때 우리의 시선은 어디에 있는가. 누구와 함께 고통을 당하고 있는가. 우리는 어떻게 할 것인가. 바로 예수님을 모범 삼아야 한다.

견디기 어려운 고통 속에서 피땀을 흘리시며 하느님 아버지께 간절히 기도하신 예수님은 고통의 멍에를 짊어진 우리의 인도자이시다. 우리는 삶이 고통을 어떻게 받아들였느냐에 따라 고통의 의미가, 고통의 가치와 삶의 질이 달라짐을 깨닫자.

우리가 고통에 직면할 때 그것을 겪을 만한 이유와 가치 여부를 따지기보다는 그 고통을 어떻게 극복할 것인가를 생각해야 한다. 그리고 하느님의 도우심과 자비를 구하고 하느님과 함께 그 고통을 받아 안을 수밖에 없다.

● 글 | 장명희 콘솔시아 수녀 | 영원한 도움의 성모수녀회

껍질을 벗는 고백

좋은 게 좋은 건가?

내가 제일 싫어하는 사람은 아첨하는 사람이다. 어른에게 잘 보이려고 예쁜 짓 하는 사람, 제가 한 일을 어떤 형태로든 자랑하는 사람, 누가 보는 데서 괜찮은 일 하는 사람, 앞에서는 천사처럼 말하고 뒤에서는 괴물같이 행동하는 사람 등 모두가 아첨하는 사람의 목록에 포함된다. 아마도 내가 싫어하는 사람들의 부류를 들어보라고 하면 요한사가가 말한 대로 책 한 권을 쓰고도 남을 것이다.

아첨하는 사람을 좋아할 이는 아무도 없을 것이다. 모두 강자에게 강하고 약자에게 약한 인간다운 인간이 되기를 진심으로 바랄 것이다.

어느 날, 나 자신에 대해 생각해 보았다. 나는 어느 부류에 들어가는가. 외유내강의 전형적인 모델이라고 평가받고 싶었다. 실제의 모습이 어떻든지 간에 말이다.

"수녀님은 참 강해. 용감하고 자유로운 사람이야."

이런 칭찬을 들을 때마다, 나는 '그러면 그렇지' 하고 으쓱한 마음을 가졌었다. 그런데 내가 어느 부류에 들어가는지 스스로 찾아보려고 한 시점에서는 '강자는 자유로운 인간'이란 판단을 내릴 수 없었다. 자기 자신을 자기 스스로 가장 잘 알기 때문에 감히 그런 엉뚱한 생각을 품을 수가 없었던 것이다.

수도생활을 계속 하면서 어른들 때문에 힘들었던 적은 별로 없었다. 항상 사랑받았고 인정받으면서 살았다. 좋은 일이다. 좋은 게 좋은 거라는 나의 삶의 철학대로 진리를 명백하게 거슬리지 않으며 함께하자는 신조를 잘 실천했다는 표지도 되기 때문이다. 그런데 불혹의 나이를 넘어서면서 그것이 씁쓸하게 느껴지니 어인 일일까. 좋은 게 좋은 거라는 허울 안에서 약하고 소리 작은 자매들에게 입혔던 상처가 커다랗게 부각되어 오는 것은 웬일일까.

다수의 의견, 합리적인 사고를 벗어난 의견들은 여지없이 밀어놓고 좋은 게 좋은 거라는 소리를 힘있게 했던 지난날의 삶이야말로 아첨하는 삶이었다고 생각되니 얼굴이 뜨거워졌다. 내가 가장 싫어했던 '아첨하는 사람'은 바로 나 자신이었다. 때로는 공동체를 거스르며, 다수 의견에 거슬러 올바른 소리를 내야 했을 때조차 제몫을 못했던 나 자신이었다. 진정 용감하고 자유로운 사람은 누구일까. 진실을 진실대로 말할 수 있는 사람일 것이다.

나이를 먹는다는 것

내면의 깊이를 짚어볼 수 있고 다른 사람을 바라볼 수 있는 나이가 되었다. 혈기왕성하고 자신만만하던 젊음이 조금은 고개 숙이자 내면 생활에 대한 갈증이 깊어졌다. 일에 치여 이리 뛰고 저리 뛰며 모든 것을 다할 수 있을 것 같은 욕심에 숨쉬는 시간조차 아까워 했던 날들이 한편의 영화처럼 펼쳐지고 있다.

"나이 먹는다는 것은 행복하다."

내가 친구들에게 입버릇처럼 해대는 말이다. 그것은 사실이다. 내면을 들여다보며, 나를 알아 가고 너를 알아 가는 이 시기가 너무나 고귀하게 느껴지기 때문이다.

어차피 세상은 내가 일을 하건 안 하건, 제 궤도를 따라 돌아간다. 때문에 얼마나 많은 일을, 얼마나 멋진 일을 해내는가는 중요하다고 느껴지지 않는다. 일하는 능력, 학력, 외모 또한 별로 중요하지 않다. 그보다는 그가 지닌 덕성과 평온함이 훨씬 소중하게 보이는 대인관계를 맺다 보니 삶에 대한 다른 시각이 열렸다.

여자는 무엇으로 사는가. '추억으로 산다'는 제목의 소설도 있지만 수도자, 아니 사람은 내면의 힘으로 살아간다. 나는 그것을 느낄 때마다 참 행복을 깨닫는다.

모든 힘이 꽃피고 사람들의 관심이 쏟아졌던 20대 시절. 나는 무척 행복했었다. 그 행복이 과중하다고 느껴질 때, 50대의 어느 선교사 신부님에게 이런 질문을 했었다.

"지금은 사람들의 관심과 나의 열정으로 행복한데, 나이가 들어 힘도 없고 누구에게도 잊혀지면 무슨 재미로 살지요?"

신부님은 '삶의 맛으로 산다'고 진지하게 대답해 주셨다. 수도자가 무슨 그런 인간적인 생각을 하느냐고 꾸짖지 않으시고 마음에서 우러나오는 말씀이었기에 나는 그 대답을 지금도 간직하고 있다.

　사실 나는 지금 그 삶의 맛에 조금씩 맛들여 가는 중이다. 너무 달콤하거나 짜릿하고 강렬한 맛이 아니라 쌀과자처럼 씹을수록 고소한 맛을 지닌 삶의 맛에 맛들여 가고 있다.

　내면을 들여다보는 작업, 그것은 기쁨이었다. 자신을 알면 알수록 하느님의 자비하심에 놀라게 되고 타인에게서 이루어지는 은총의 역사를 질투심 없이 기뻐하게 된다는 것을 배우는 작업이다. 그래서 나이를 먹는다는 자연의 섭리를 행복한 마음으로 받아들이며 나이값을 하며 살자고 스스로 다짐하고 있다.

고개 숙이지 못하는 사람

　부끄러운 일이지만, 친척분들에게 남아 있는 나의 모습은 '고개 숙이지 못하는 애'이다. 그들은 항상 도도하고 잘못하고서도 스스로 용서를 받지 못하는 성깔 못된 아이의 모습을 자주 떠올린다.

　어린 시절에는 그것이 무슨 자랑이나 되는 양 자만심 많은 내 모습을 보물처럼 생각했고, 나이가 들면서는 어깨를 무겁게 하는 짐으로서 뼈아픈 체험을 하게 했다. 잘못해 놓고도 잘못했다고 빌면 하늘이 무너지는 줄 알았다. 먼저 인사하면 입이 꼭 붙어버리는 줄 알았던 내가 어떻게 수도자가 되었는지 모두 의아해 하지만 정작 내 자신이 더 의아하게 느껴진다.

　겸손이란 무엇인가. 자신을 드러내지 않고 조건없이 남의 의견을 받아 주고, 자신을 천하게 보며 남을 추켜주는 사람이 지닌 덕성인가. '고개 숙이지 못한 자'로 살아온 내가 감히 겸손에 대해 언급할 자격도 없지만 어찌보면 그렇기 때문에 가장 적임자인지도 모르겠다.

나 역시 교만한 내 모습이 싫어 겸손의 덕을 닦기 위해 무척이나 애쓰던 때가 있었다. 노력하면 안 되는 것이 없다는 나폴레옹 같은 신념으로….

다른 사람의 장점을 찾기 위해, 내 의견을 포기하기 위해, 나 자신을 비천하게 보기 위해 눈물겹도록 노력하면서도 가슴 한구석에서 불어오는 쓸쓸한 바람소리를 들었다. 그러기에 '이게 아닌데…. 나는 뭔가 잘못하고 있구나' 하는 안타까움이 자리잡고 있다.

겸손과 인내를 같은 실에 꿰어놓고 참는다는 것을 앞세우다보니 오히려 나는 이중인격을 지닌 사람이 되어 버렸다. 마음은 전혀 그렇지 않으면서 겉으로만 긍정하고 미소짓고 칭찬해주는 사이에 나 스스로 자신을 상처 입히고 있었다. 때때로 나의 느낌이나 감정을 그대로 전달해야 하는 순간에도 나는 상대방이 마음아파 할까 봐 망설이다가는 인내의 보자기로 덮어버리곤 했었다. 그런데 덮여진 느낌들이 덮여진 채로 있으면 좋으련만 그 가여운 친구들은 쉴 곳을 찾다가 전혀 엉뚱한 곳에서 폭발해버리곤 했다.

겸손이란 무엇인가. 사도 바오로처럼 있는 그대로의 타인을 받아들이는 것이라 생각한다. 그러나 자기 자신조차 감싸고 사랑할 줄 모르는 사람에게는 타인을 받아들일 수 있는 기적이 일어나지 않는다. 약하고 분노하고 변덕스럽고 사랑스럽고 열정적인 모습 그대로의 나를 먼저 아는 것이 곧 겸손일 것이다.

● 글 | 김현옥 미리암 수녀 | 성 바오로 딸 수도회

여기가 바로 하느님의 집

다른 나라에 대해서 아무리 많은 글을 읽더라도 그것은 머리 속에 하나의 그림으로 남을 뿐이다. 가장 아름다운 색깔로 그려졌더라도 그것 역시 그림일 뿐이다. 우리는 자신의 삶의 자리를 벗어나 볼 필요가 있다. 가장 아름다운 색깔들은 이미 거기에 없으니까. 우리가 지닌 범주에서는 이해할 수 없는 전혀 새로운 세상을 위해 고향에서 가지고 있던 선입관을 떨쳐버리고 먼 이국에 서서…. / 디르리히 본 회퍼

교만에 가득 찬 기대

모든 것이 주어짐에 감사하기는커녕 단순히 반복적이라고만 느끼는 생활 속에서 기계적이고도 습관적으로 살아가는 나 자신을 떠나 새로운 공간에서 '나, 하느님, 너'의 의미를 점검해 볼 기회가 주어졌다.

차 속에서 4시간 가량 초록빛 세상을 지나 보내고 발을 들인 곳이 바

로 '백선 바오로의 집'이다. 맑은 공기, 펼쳐진 논과 밭, 그 뒤로 산과 들이 보였다. 언덕 위의 집은 나를 포근히 안아 주었지만(창세 28, 17) '여기가 바로 하느님의 집'이 원훈인 하느님의 집 사람들과의 첫 만남은 그다지 기쁘지 않았다.

첫날 아침 기도시간에 현관을 들어서는 순간, 천사라고 부를 아이들이 이리 비틀 저리 비틀 바로 서지 못한다. 바로잡아 주려는 선생님들의 분주한 움직임. 결코 천사의 합창으로 들리지 않는 괴상한 소리로 가득 차 있었다. 아, 역시 나는 자비심 많고 그대로 받아들이기 잘하는 수도자가 아니고 제 잘난 맛에 착각하고 살아가는 교만한 사람이었구나. 꼬집어 말할 수 없지만, 나의 기대가 무너짐은 물론이고 나와는 뭔가 다른 듯한 모습에 놀랍고 혼란스러움으로 당황했다.

기도가 끝난 후 뒤돌아 서서 인사하는 그들의 야릇한 얼굴 표정들. 그때는 왜 몰랐을까. 맑은 그 참모습을…. 그들은 나의 손을 잡아주었지만 나는 곤혹스럽게 서 있을 뿐이었다. 이렇게 바보스러울 수가….

기쁘지 않았던 첫 만남 이후, 나는 혼란스러움으로 한참을 헤맸다. 누가 그랬던가, 그냥 '바라보라'고 했는데. 하루 이틀 사흘, 시간이 지남에 따라 무감각하고 그냥 따라가기만 하던 길에서 조금씩 눈을 뜨고 바라보게 되었다.

이곳이 정말 하느님의 집이라면 하느님이 계실 테지 하며 이리저리 살펴보았더니, 괴상(?)하게만 보이던 아이들이 날개는 없지만, 천사가 아니라고 말할 수 없게 되었다. 이담에 크면 시집가겠다는 소라, 말은 못하고 늘 웃으며 다가와서는 그 커다란 손으로 내 손을 꼬옥 쥐고는 토닥이는 강희, 야구를 좋아하고 음악을 좋아해서 레코드 가게 주인이 될 거라는 경훈이, 철수를 돌보라고 이르면 "네!" 라고 크게 대답하는 영완이, 그 누구도 건드릴 수 없는 거인 윤호, 손가락을 하도 돌려서 닳아버린 능구렁이 충식이, 캔이나 병에 반해 버린 앵무새 두열이, 귀염둥이 그룹인 보람이와 철수, 유진이, 명수, 그리고 말씀의 전례가 있는 것을 까맣게 잊고 있다가 늦게 와서 속상해 하고 예수님께 죄송하다며 울먹이던 희숙이는 병원에 입원한 마리아 아주머니를 위해서도 늘 기도한다고 했다.

음악만 나오면 신기하게 박자를 척척 맞춰가며 춤을 추는 용이와 훈정, 선영이, 늘 마스크를 하고 안기기 좋아하며 "앉어" 하며 자기 옆자리를 가리키는 고은이, 스무 살 된 아가씨인데도 침을 질질 흘리며 "엄마, 엄마!" 하고 불러대는 지수.

일일이 다 적을 수 없지만 하나 같이 순수하고 자랑스런 바오로 집의 아이들이다. 그들을 보며 나는 요한복음(9, 2)의 말씀을 떠올리며 예수님에게 여쭙는다.

'주님, 이들은 누구의 죄로 모자라는 아이들로 판단되어 이곳에 있어야 합니까. 그리고 당신 나라에 가서 우리 아이들과 실컷 웃으며 이야기하고 뛰어 놀 수 있게 해 주세요.'

너희들이 수도자보다 낫구나

정상인들이 볼 적에 이 아이들은 말도 제대로 못하고 모자라는 아이라고 불리지만 예수님의 저울로 달게 되면 우리보다 모자람이 없으리라고 생각해 본다. 하느님은 정확하시니까….

아이들 중에서 특히 나를 사로잡았던 모습이 있다. 기도 시간에 줄곧 '아'도 아니고 '어'도 아닌 이상한 소리로 기도하는 양호.

　어느 날, 맨 앞줄에 선 양호가 두 손을 곱게 모으고 열심히 발음도 제대로 안 되는 기도문을 외고 있을 때, 시선은 성모님을 향해 있었다. 거기서 거룩함을 느꼈다고 할까. 순간, 나는 성모님의 존재를 의심했다. 이 아이들이 나도 느끼지 못하는 것을 느끼는 것일까. 이 아이들은 예수님, 성모님이 누구신지 알고 있을까.

　이제껏 내가 믿어왔고 그 분의 여종이 되겠노라고 나선 지금, 나는 주님이 정말 계신지를 의심했다. 그리고 내가 여기 있어야 할 이유도 의문이었다. 이런 물음에 예수님은 '안다는 사람들과 똑똑하다는 사람들에게는 이 모든 것을 감추시고 오히려 철부지 어린이들에게 나타내 보이시니 감사합니다'(마태 11, 25)라는 당신의 기도로 답해 주셨다.

　'그래요, 예수님. 우리 꼬마들을 통해서 당신을 느끼니 그 꼬마들이 당신을 증거하는 천사임을 부정할 수 없군요.'

　아침 저녁으로 기도시간이면 모이고 헤어지고 하는 동안, 제대로 걷기 힘들거나 의식이 없는 듯 멍한 친구들을 줄 세우고 선생님처럼 어른들에게 인사하도록 도와주는 아이들이 몇몇 있다. "오줌 싸면 어떡하지" 하고 철수나 보람이를 걱정하는 내 말이 채 끝나기도 전에 기저귀를 들고 있는 모습을 보고 가슴이 뭉클해지기도 했다. 확실히 그들은 자기 가족이 무엇을 필요로 하고 있는지를 알고 있었다.

　어린 동생을 기다려 손을 잡고는 함께 나가는 뒷모습, 나누어 먹을 줄 아는 모습, 신나게 놀 줄 아는 모습이 나를 사로잡았다. 충분히 가지고도 나눌 게 없다고 투정했고, 건강하지만 혼자 서기 힘에 겨워 꾀를 부렸던 내가 아니었던가. 서로를 챙길 줄 아는 그들에게 '너희는 수도 생활하고 있는 나보다 훨씬 낫구나' 라고 부족함을 고백하지 않을 수 없었다. 물론 핑계를 대자면 없지는 않다. 좋은 것 챙겨 먹고, 깨끗

한 옷, 깨끗한 곳, 좋아하는 것만을 추구하다 보니 빨래, 청소 등 눈코
뜰새 없이 나를 위해서만 사는 데 바빴으니 너에게로 눈길을 돌릴 틈
이 언제 있었으랴.

'감사합니다, 예수님. 나만을 위해 사는 삶이 결코 기쁘지 않다는 것
을 깨우쳐 주셔서 감사합니다.'

작은 일에 충실하라

하느님은 참으로 묘한 분이시다. 수많은 만남의 끈들로 당신의 집을
만들어 놓으시니, 거미가 실을 뽑아 튼튼한 집을 짓듯이 하느님은 천사
들, 여러 선생님들, 많은 후원자, 봉사자, 은인들을 만남의 끈으로 엮으
시고는 당신 집에 살게 하신다.

아름답고 소중한 젊음을 아이들 사랑하는 데 쏟으시는 선생님들에
대한 감사함은 이루 다 헤아릴 수 없다. 아이들이 밝고 솔직하며 울고
웃고 장난치고 소리치고 신나게 춤출 수 있음은 선생님의 희생이 담긴
크나큰 사랑의 열매가 아닌가 싶다. .

후원자, 봉사자들에 대한 고마움도 어찌 다 표현할 수 있을까. 작은
정성으로 후원해 주고, 찾아 와서는 꽃도 만들어 주고 밭도 매고, 정원
의 풀도 뽑고 야채를 다듬어 씻고 아이들을 데리고 놀아 주기도 하는
고마우신 분들. 특히 젊은 봉사자들을 보면 세상의 선하고 아름다운
모습들이 계속적으로 이어져 갈 것임에 가슴 뿌듯하다.

월말쯤에는 대학생 형, 누나들이 와서 그 달에 생일이 있는 아이들
을 위해 잔치를 열어준다. 형, 누나들과의 게임으로 즐거운 시간을 보
내면서 맛있는 케이크까지 먹는 아이들의 함박웃음 띤 모습은 자랑스

럽기만 하다. 많은 분들이 백선 바오로의 집을 후원해 주고 있음은 아이들뿐 아니라 보이지 않지만 우리를 늘 당신 삶에로 부르시는 예수님 때문에 인연의 끈을 잡게 되는 것 아닐까.

나는 '작은 일에 충실하라'는 말을 자주 들었다. 우리 아이들의 삶은 여느 아이들처럼 남들보다 더 훌륭한 사람이 되기 위해서 공부하거나, 남을 이기기 위해 경쟁하는 삶이 아니다. 말하는 것에서부터 먹고 싸는 것, 청소하고 스스로 씻고 인사하고 자기 옷을 개어 제자리에 놓는 등 작은 일들로 이루어져 있다. 그들 스스로가 할 수 있는 최선의 일을 충실하게 해낼 때 그들은 커다란 만족감을 느낀다.

나는 작은 일에 충실했는가. 늘 커다란 나의 목표만 바라보고 주어진 작은 일을 소홀히 하며 살지는 않았는지….

누군가 '살며 행동하는 사람들이 없다면 하느님은 보이지 않는 분으로 남게 된다'고 했다. 정말 그런 것 같다. 각자 주어진 것에 충실하며, 하느님이 함께 하심을 확신하며 살아간다면 그것이 곧 하느님의 자녀임을 증거하는 삶이 아닐까. 백선 바오로의 모든 가족들처럼….

예수님, 감사합니다. 저를 위해 허락해 주신 귀하고 값진 시간들, 저의 머리 속에 기억되기보다는 가슴 깊이 새겨져 앞으로 주어진 시간 속에서 나를 찾아가고 너의 손을 잡아 주어 서로에게 버팀목이 될 수 있도록 늘 함께 해주세요.

● 글 | 강미자 안나 수녀 | 샬트르 성 바오로 수녀회 대구관구

차라리 순교가 낫겠어요

산골 수녀의 푸념

어느 날, 소임이 너무 힘겨워 관구장님에게 전화를 드렸더니 외출중이라 하신다. 편찮으신 G수녀님을 찾아가 다짜고짜 "저, 못하겠어요"로부터 시작해서 힘들다는 이야기를 일사천리로 쏟아 놓았다. 한참 듣고 있던 수녀님은 "그래도 순교보다 낫지 않느냐. 신앙으로 버텨야지"라고 말씀하신다.

나는 "차라리 순교가 낫겠어요" 하고 응수했다. 정말 나는 몇 번이고 순교가 낫겠다고 감히 생각했었다. 두려움도 없이 이런 말을 한 것은 나만 힘들게 일한다고 생각한 좁은 마음 때문이었다.

단층짜리 피정의 집이 일 년 넘은 8월에도 아직 완성되지 못하고 있다. 산골이라 일하러 오는 사람이 없어서 모든 청소를 손수 해야 했고, 시운전해 본다고 돌린 보일러는 터져 버렸다. 타일을 붙이는 사람은 몇 개 붙이더니 시간 끝났다고 대전으로 갔고 니스칠 하는 사람은 방만 칠하고 문짝은 그냥 둔 채 가버렸다. 세탁실과 건조실은 습기가 차서 비닐도 못 붙이고, 강의실에 붙여 놓은 비닐은 떠서 다시 걷어내고 붙여야 된단다. 주방과 식당은 골조와 지붕만 올린 상태이고, 길도 내지 못한 마당은 비만 오면 발목까지 찰흙 속에 푹푹 빠져 온 집 안이 흙투성인데 가마솥 더위는 수그러들지 않는다.

사무실엔 장 하나 없어 무얼 하나 찾으려면 박스마다 풀어 보아야 하니 열이 오른다. 피정 날짜는 8월 중순부터 잡아 놓아 마음은 급한데, 어느 것 하나 되는 게 없다.

실습 수련수녀라도 한 사람 도움을 청하니 '다른 빈자리를 메우기도 모자란다'고 하고, 농장에 일하러 온 수련수녀 중 한 사람에게 도움을 청하니 '본원의 늘 갑갑한 곳에서 일했으므로 농장 바람을 쐬야 하니 안 된다'고 한다. 무거운 물건을 이리 비틀 저리 비틀 옮기다 팔다리와 엉덩이에 멍든 곳이 수두룩한데, 윗분들은 "수녀 혼자 살살 해 봐라"며 거절한다.

손끝에서 발끝까지 힘줄이 땅겨 팔도 못 쓰겠고, 허리는 굽히면 일어서기조차 힘들다. 뙤약볕에 일하는 현장 사람들에게 냉수라도 갖다 드려야 하는데 걸어다닐 힘조차 없다.

문득 하늘을 올려다보니 구름 사이로 맑고 깨끗한 하늘이 눈부시다. 그동안 쌓인 것들이 나오는지 소리없이 눈물이 흐른다. 그러다 G수녀님을 찾아 이것저것을 한참 쏟아 붓다가 벽을 쳐다보니 그곳에는 죄인처럼 고개를 푹 숙인 핼쑥한 얼굴의 사나이가 십자가에 못박힌 채 나를 내려다보고 있다.

한없이 무능한 그 분의 모습이 오히려 나를 더 화나게 했는데 갈수록 내 말에 힘이 빠지는 것이었다. 말수가 적어질 때가 되어서야 G수녀님의 말씀이 귀에 들어왔다. 처음엔 기세등등하게 들어섰던 나는 그만 풀이 죽은 채 그 방을 나왔다. G수녀님의 진심어린 사랑의 충고와, 죽기까지 우리를 사랑하신 주님의 모습에 기가 꺾인 것이다.

'순교보다 낫지 않느냐' 라는 말씀을 계속 되뇌면서 순교자들이 묻혀 있는 한티 쪽을 바라본다. 이곳에서 조금 떨어진 한티성지는 수련소에 있을 때 순교자 성월만 되면 걸어서 종일을 다녀와야 했던 곳이다. 첩첩산중, 가도 가도 끝이 없던 한티 길은 가는 동안 오는 동안 많은 묵상을 하게 한 성지이기도 하다.

한티 처녀 순교자의 한

몇 년 전, 한티성지의 순교자 묘소를 이장하기 위한 발굴팀의 경북대 의대 해부학과 주강 교수님의 글 '한티 처녀 순교자의 한'을 읽으면서 처음부터 목이 메었던 나였다.

묘를 하나하나 팔 때마다 눈뜨고는 차마 볼 수 없는 광경, 함께 한 모든 분들이 울먹이며 분노하던 모습을 그 분은 '쇠여물 썰 듯 사람을 아랫도리에서 한 번 댕강 작두질하고 발목에서 또 한 번 댕강하여 긴 뼈만 두 대가 가지런한 분'이라고 묘사하고 있다.

합장한 두 처녀 중 한 처녀는 머리통에 큰 구멍이 나 있었는데, 교수님이 '이건 창으로 찔린 구멍, 이건 몽둥이로 맞은 상처'라고 말하자, 그 자리에 계신 분들이 "몹쓸 놈들"이라고 치를 떨면서 눈물을 흘렸다고 한다. X-레이로 순교자들의 연령을 감정한 결과, 한 분은 19세이고 다른 한 분은 23세 전후였다고 한다.

어떤 묘에서는 6~7세 됨직한 어린이의 하얀 뼈가 어머니 옆에 꼭 안겨 있는 듯 놓여져 있었는데, 머리뼈에 상처가 나 있단다. 그 분은 "내가 왜 해부학을 공부하여 이런 험한 꼴을 보는가" 하고 중얼거렸다고 한다.

정말 그 참혹함이 지금도 가슴을 아린다. 목이 없는 시신 앞에서는 더 이상 서 있을 수 없어 털썩 주저앉았다는데, 당시 발굴팀의 심정이 어떠했는지 짐작이 간다.

신앙 선조들은 '짐승도 힘겨워 하는 골짜기에서 옹기를 구워 한밤중에 내다 팔면서 초근목피를 면하고자 갈아 놓은 밭에 널브러진 녹색 잎들만 의지하고' 있었다. 집이라고는 '갈대 지붕에 바람도 겁이 나서 문을 개구멍만하게 달아 대낮에도 캄캄한 토굴에서 지냈다'고 하니, 신앙을 위한 그들의 삶이야말로 나같이 신앙이 부족한 자의 상상을 뛰어넘는다.

나는 '순교는 아무나 하는 것이 아니다' 라는 대목을 읽고 난 후, 그리고 평소에 순교자들을 생각할 때마다 그렇게 말했던 내가 이번에 "차라리 순교가 낫겠어요"라고 거리낌없이 말했으니…. 순교자들이시여, 저의 이 망언을 용서해 주십시오.

나는 한동안 한티 쪽을 향해 얼굴을 들지 못했다. 신앙을 지키기 위한 그들의 철저한 생활에 말을 잃었다. 단순히 신앙을 위해 목숨을 바쳤다는 것뿐 아니라 생활이 이미 순교의 삶이었고, 그 삶의 결과로 생명을 내놓은 것이다.

오늘 나 자신의 생활 안에서 어떻게 순교자의 얼을 본받아야 하는지 생각해 본다. 갈수록 순명 서원을 지키는 것이 힘드는 지금, 특별히 소임 이동 때마다 하기 싫은 소임을 받아들이는 것, 같이 사는 자매 중

성격이 맞지 않는 자매를 받아들이는 것, 계획 없던 일을 갑자기 시킬 때에도 "예"라고 흔쾌히 대답하는 것, 자기 생각으로 나를 판단해 버릴 때도 웃을 수 있는 마음의 여유, 일상 안에서 내 뜻과 맞지 않는 일이나 인간관계를 이웃의 뜻에 맞추어 나가는 것 등이 순교의 정신이 아닐까 싶다.

끊임없이 마음을 갈고 닦는 일, 자신을 살피고 이웃을 사랑하는 일, 이웃의 부당한 요구까지도 받아들이는 일이 지금 내게는 순교 정신을 사는 것이다. 이웃을 사랑하기 위해 내 본성을 죽이는 사랑의 순교야말로 현대를 사는 우리에게 절실히 요구되는 것 아닐까.

내가 만난 진정한 순교자들

내가 사는 양로원 '안나의 집'에는 한 달에 한 번씩 울산에서 오는 봉사팀이 있다. 주로 현대조선이나 현대자동차에 근무하는 현장팀들로서, 초창기부터 빠짐없이 매달 찾아오는 그들은 요즘 부인들과 아이들까지 함께 와서 집수리부터 농사일까지 해주고 있다.

힘든 노동에 시달려 주말엔 쉬고 싶은 생각뿐일 텐데, 토요일 근무를 마치고는 함께 모여 밤길을 달려와서 다음날 미사 후 일찍부터 옷을 걷어붙인다. 그리고 오후 늦게 울산으로 돌아가는 그들. 봉사해 주는 것만 해도 뭐라 감사드려야 할지 모르겠는데, 때마다 싱싱한 생선까지 푸짐하게 가져온다.

그들 곁을 지나치면서 기쁘게 일하는 그들의 땀방울이 예사롭게 보이지 않는다. 그들 중에는 레지오 단원들도 있는데 새삼스레 '성모님의 군사'라는 생각에 고개가 숙여진다. 드러내지 않는 그들의 봉사로 받으며 집 주위가 훤해지면 '안나의 집' 가족들 마음도 환해진다.

이제 그들은 봉사자가 아닌 우리 가족처럼 되었다. 자기 일에 충실하고 이웃을 생각하는 마음을 순교자들이 천상에서 보시고 얼마나 기뻐하실까. 그들이 오는 날의 주일 미사 때 할머니들만 계신 성당에서 우렁찬 성가 소리가 울리면 할머니들도 젊은이가 되는 양 큰 소리로 성가를 부르신다. 젊음의 뜨거운 열기와 찬미의 열기가 합쳐서 성당 안은 금세 활기가 넘친다. 초대교회의 모습을 연상케 하는 이날, 힘줄이 꿈틀대듯 툭툭 불거진 건강한 모습이 아름답다.

신앙의 자유가 있는 지금은 박해의 고통이 없는 대신 끊임없이 현대의 물질문명과 이기적인 자기 자신과의 싸움을 해야 한다. 자칫 안일하고 타성에 젖으며 편한 것만 찾게 되는 시대에 육신의 편안함보다는 자신의 것을 나눔으로써 참 기쁨을 느끼는 이들이야말로 순교의 정신을 사는 것이 아닐까.

이 분들의 말에 의하면, 이곳에서 봉사활동을 처음 시작할 땐 몇 명뿐이던 회원이 점차 늘고 있다고 한다. 회합 때도 더 많이 모이고, 일치와 단결도 잘 되며, 신앙도 굳어진다고 한다. 말이 아닌 참 봉사의 정신이 그들의 힘이 되기 때문이리라. 가끔 본당 일보다 '안나의 집'을 더 생각하는 것 때문에 눈치도 봐야겠지만 '값진 진주를 발견하면 모든 것을 팔아 그 밭을 산다'(마태 13, 46)는 성서 말씀대로 그들이 발견한 봉사의 기쁨은 모든 것을 이겨내게 하는가보다.

십자가의 길

십자가의 길은 쉬운 길이 아니다. 패배가 승리로 될 수 있게 일깨워 주고 긴 겨울을 견뎌 온 나무들이 더 아름답게 빛난다. 그리고 둥치는 바람부는 쪽으로 뿌리를 내리고, 유능한 항해사는 바람을 이용한다.

오늘, 주님은 승리의 길을 십자가의 길로 인도하신다. 목숨을 얻으려면 먼저 잃기를 원하시고 오른쪽 뺨마저 내놓기를 원하시며, 당신을 따르는 이에게 모든 것을 버리기를 원하신다.

나는 나의 소임 안에서 언제나 나의 필요가 되어 주시는 그 분의 손길에 감사드릴 수밖에 없다. 먼 데서, 가까운 데서 나의 어려움을 듣기만 하면 뛰어와 도와주는 이웃들이야말로 주님이 보내 주신 분들이다. 이렇듯 흘러 넘치도록 후하게 주시는 그 분의 은총을 잊고 순간적인 괴로움을 찾지 못했던 나의 경솔함이 죄스럽다.

한 줄기 시원한 바람이 분다.

한티 골짜기에서 나온 순교자들의 넋이 바람으로 오는가. 비가 자주 온 팔공산은 울창한 숲들이 싱싱하게 한티를 에워싸고 있다. 1백30년의 세월에도 한티의 순교자 거의 모든 이의 뼈가 썩지 않고 변하지 않았다는 것은 무엇을 뜻함인가.

나를 죽기까지 사랑하신 주님과, 이 세상 마치는 날까지 향주덕(向主德)과 희생적인 삶으로 순교자의 본보기를 보여 주신 성모님은 내 신덕의 지렛대이다.

나는 이 두 분을 생활 속에 모시면서 살아가리라. G수녀님과 보이지 않게 수고하시는 모든 분들, 더욱이 오늘 나에게 참 신앙을 유산으로 남겨 주신 순교자들께 진심으로 감사드린다.

● 글 | 문화순 오틸리아 수녀 | 샬트르 성 바오로 수녀회 대구관구

사랑의 향기

"수녀님, 305호실 환자분 링거 주사 좀 봐주세요."

"수녀님, 309호실 관장 한 번 해주실래요?"

"수녀님, 310호실 일시 배뇨해 주셔요."

이리저리 다니다보면 어느새 점심 시간이다.

5분이라도 성체 앞에 마음을 모은다.

주님, 오늘 저의 행위가 마음에 드셨나요.

제가 너무 방방거렸죠. 오후에는 사뿐히 다닐게요.

살아갈 때와 죽을 때

가슴에 묻히는 자식들

부모는 죽으면 산에다 묻지만 자식은 가슴에 묻는다.

70대의 어느 노부부가 50대의 아들을 잃고 내쉬는 긴 탄식과 한숨소리가 들린다. 흐르는 눈물을 간간이 닦아 냈지만, 눈물로 눈이 짓물러 버린 노부부는 보는 이의 가슴을 저리게 한다.

세상의 모든 것에 순리가 있고 순서가 있다는데, 하늘이 부르시는 새로운 삶에로의 초대에는 순서가 없기에 깨어 살라 하셨던가. 아버지가 하던 사업을 물려받아 잘 해보겠다고 노력했으나 하늘이 그를 돕지 않았을까. 아니면 과한 욕심이 죽음으로 향한 그의 수명을 단축시켰을까. 'IMF 위기'라는 기괴한 현상은 또 한 가정의 질서를 마구 무너뜨리고 말았다.

잠시 앉아 있는 동안에 전화벨이 계속 울렸다. 아버지를 잃고 슬픔이 큰 손자가 전화를 걸어 두 노인의 안부를 여쭙는 소리가 들렸다. 할아버지는 손자를 격려하고…. 또 다른 손녀로부터 아비가 남기고 간 회사의 뒷수습을 어떻게 해야 하는가 여쭙는 전화도 있었다.

비통의 경중을 헤아리기가 힘든 상황에서 나도 그만 울어버렸다. 널 뛰기에서 가운데 축을 잃은 널판의 허망함이랄까. 가족의 중심을 잃은 가슴 아픈 삶의 현장에서 내가 할 수 있는 일은 아무 것도 없었다. 팔십이 넘으신 나의 어머니가 자녀를 앞세워 울부짖던 그 소리가 귓전에 스친다.

"아이고 하느님, 나를 먼저 데려 가시지 어쩌자고 젊은것을 먼저 데려 가신다요, 죄를 졌어도 제가 더 많이 졌는데…."

그때 어머니의 애끓는 소리를 들으면서 '정말이지 죄의 경중으로 하늘이 목숨을 거두어 간다면 산 사람 중에 하늘로 불려 올라갈 사람은 얼마나 많겠는가' 라는 생각을 했다. 장남을 잃은 큰 슬픔 중에도 아들을 위한 기도를 계속하는 노부부의 모습을 보면서 그 어떤 위로도 할 수 없었다.

"수녀님, 우리 얘기 좀 들어볼래요. 글쎄 어제 이맘 때쯤에 아들들과 사위가 와서 회의를 하더라구요. 내용은 이 두 늙은이를 어떻게 보살펴야 되겠느냐 하는 것인데, 그 어떤 아들도 '아버지 어머니, 우리랑 같이 삽시다' 하는 놈은 없습디다. 그리고 얼마씩 거두어 생활비를 내놓자고 합니다. 그 소리를 들으면서 큰아들이 이제껏 혼자서 우리 두 늙은이의 생활을 꾸려온 것을 생각하니 이 에미 마음이 더 미어지고, 우리 큰아들이 더 가엾더라구요. 그래서 더 빨리 죽었구나 하는 생각이 들고 이제 더 사는 것이 자식들한테 짐이 될 뿐인데…. 수녀님, 어쩌면 좋지요?"

정말 어쩌면 좋을까. 자식에게 '짐스런' 존재가 될까 봐 두려워하면서 마음대로 움직여지지 않는 육신의 갑옷을 입고 늘 미래를 걱정하고 사는 분들. 그 분들은 바로 우리의 어버이들이 아닌가.

희망을 거론하고 새날, 새 천년을 이야기하는 2000년 새해에 여기저기서 긴 한숨소리가 크게 들려오는 이유는 무슨 까닭일까. '가슴에 자식과 한을 묻고 살아가는 이 땅에 과연 축복이 내릴까?' 하는 생각을 하면서 '쇄신'이란 단어의 참된 의미를 다시금 떠올려 봤다.

학이 되어 하늘에 오른 할머니

119를 불러 달라는 다급한 목소리와 몸짓에 황급히 다이얼을 돌리고는 방안으로 서둘러 들어갔다. 할머니 한 분이 오줌을 질펀하게 흘린 위에 창백하게 누워 계셨다. 손, 다리를 만져보니 이미 숨을 거둔 듯 싶었다. 그런데도 젊은 복지사들은 인공호흡을 시키느라 땀을 흘리고 있었다.

잠시 할머니의 영혼을 위해 기도하고 나오는데, 119요원 두 명이 나타나 할머니를 병원 응급실로 옮겼다. 나는 할머니가 어떤 분인가를 파악하는 일부터 시작했다. 그러나 주변에 같이 계시던 노인들 중 아무도 그 할머니가 누구신지 어디 사시는지 몰랐다. 그냥 노인대학에서 인사 정도만 나누었던 노인이라고 했다.

신상카드를 들춰보니, 가족사항란은 빈칸이었고 전화번호와 집주소만이 달랑 적혀 있었다. 전화를 걸자 웬 젊은이가 받는다. 상황을 대강 설명해 주고는 담당 복지사로 하여금 할머니가 사는 동네의 동사무소에 조회를 해보았더니 '독거 노인'이라고 한다. 가족은 아무도 없었고,

그동안 정부 보조금으로 생활했기에 장례비 역시 동사무소에서 치러야 한다고 했다.

이튿날 노인대학의 어른들과 함께 병원 영안실을 찾아갔다. 그랬더니 아들이라고 하는 사람들이 나란히 앉아 있는 게 아닌가. 분명히 독거 노인이라 했는데…. 무언가 께름칙한 상태로 문상을 마치고 일어서려 하는데, 아들이라고 하는 사람은 '의문사… 경찰… 해부…' 등 해괴한 소리를 해댄다. 말하자면 그렇게 쉽게 돌아가실 분이 아니라는 이야기이다. 참 이상한 말도 한다 싶어 마음을 단단히 먹고 있는데, 다혈질인 노인대학 회장님이 먼저 흥분했다.

"아니, 그게 무슨 소리여! 무슨 뜻으로 하는 말이요? 당시 어떤 상황이었는지나 아시고 말하십니까? 오히려 이렇게 서로 도와 애쓴 사람들에게 감사는 못할망정…."

하기야 아들이라고 해도 호적에 올라 있지 않은 다음에야 무슨 효력이 있겠는가. '세상엔 이렇게 무대포 같은 사람도 있구나' 하는 생각이 들었다. "이럴 수는 없는 일이야!" 하시면서 이야기를 더 해야 한다며 남아 있겠다는 회장님 등을 떠밀다시피 하여 모시고 나왔다.

장례가 끝났을 무렵, 마음은 왠지 가족 중에 누구라도 복지관에 와서 '감사하다' '미안했다'는 말 한마디라도 해주었으면 하는 기다림이 있었다. 그러나 이내 부질없는 생각임을 알았다. 그보다는 차라리 할머니의 부러운 죽음을 생각하자고 했다.

춤이 좋아 먼 길 마다 않고 춤을, 그것도 학춤을 추시다 육신의 겉옷을 벗어놓고 학이 되어 하늘에 오르신 할머니, 친구들이 보는 앞에서, 그것도 당신이 좋아하시던 춤을 배우다가 고통 없이 쉽게 하늘에 오르신 할머니, 지상에서 비록 '독거 노인'이라는 외로움이 있었지만 복된 죽음을 맞으신 할머니였다. 너무나 외롭게 사셨기에 죽음의 큰 복을 주신 하늘의 섭리에 감사할 따름이다. 감사의 마음으로 남아있는 이들의 삶을 정비시켜 주신 할머니는 지금 한 마리 학이 되어 시공을 넘나드시리라.

1070부대의 나들이

10대와 70대가 나란히 나들이를 했다. 얼른 생각하기에는 격이 어울리지 않는 나들이일 것 같기도 하고, 어쩌면 멋진 나들이가 될 것 같다는 생각도 들었다. 꿈과 희망의 상징인 꿈나무 10대 초목이 사그라지는 고목과도 같은 70대 노인과 함께 한 나들이 이야기이다.

10대의 손에는 도시락이 두 개, 70대의 노인들 손에는 지팡이와 부시럭 소리나는 비밀스런 까만 봉지가 들려 있었다. 행선지는 경주였다. 신라의 숨결이 구석구석에서 느껴지는 고색창연한 도시여서 장소 또한 의미가 있는 곳이라 느껴졌다. 그런 곳에 신세대와 구세대가 함께 갔다는 의미가 새롭게 마음에 다가온다.

목적지에 도착한 후 먼저 점심 식사를 해야 했는데, 계획에 차질이 생겼다. 비가 오기 시작한 것이었다. 박혁거세가 묻혔다는 오능 잔디밭에서 가지려고 했던 계획이 좌절되고 만 것이다. 인솔자로서 잠시 망설이고 있는데 버스 기사 아저씨가 한 마디를 거든다.

"이렇게 을씨년스런 날에 노인분들 식사를 잘못하시면 체하시거나 큰일이 납니다. 그러니 오늘 점심은 제가 대접하겠습니다."

그는 경주에서 소문난 음식점으로 우리를 안내했다. 그날 우리 1070부대는 점심을 아주 잘 먹었다. 우중충한 날씨에 따뜻한 국은 노인들의 식욕에 보탬이 되었다. 10대와 70대의 중간인 40대가 멋진 가교 역할을 해준 셈이었다.

다음 행선지는 온천이었고 10대가 70대를 일 대 일로 씻겨 드리는 시간이었다. 한 시간 남짓 지나 밖으로 나온 10대와 70대는 차이가 거의 없었다. 너무 열심히 밀어 드려 할머니 할아버지들이 한 꺼풀 벗김을 당하셨기 때문이리라.

버스 안에 올라서는 얼굴에는 웃음이 가득했다. 돌아오는 차 안의 풍경 역시 흐뭇했다. 아이들의 재롱은 정말 귀여웠고, 할머니 할아버지들의 눈가에는 구슬이 맺히기 시작했다. 그 누구한테도 받아보지 못한 사랑과 관심에 살아온 생의 많은 고통이, 돌같이 굳어진 마음이 살처럼 부드러워지는 순간이었는지도 모른다. 이 무렵, 할머니들 손에 들려있던 까만 봉지의 비밀이 드러나기 시작했다. 사탕, 과자, 껌…. 그것은 사랑이었다. 닫혀진 노인들의 마음이 열리기 시작한 것이었다.

며칠 후, 나는 함께 갔던 10대들의 고백을 통해서 그들이 하나 되었음을 확인할 수 있었다. 그들은 온천탕에서 쭈글쭈글한 할머니들을 보니 눈물이 나더라는 것이다. 그래서 울면서 몸을 닦아 드렸단다. 순수한 소녀들만이 가질 수 있는 정서가 아닐까. 며칠 후, 할머니 한 분이 전화를 걸어 울먹이며 말씀하신다.

"생각할수록 고마워 죽겠어. 내 이날 이때까지 처음이여, 누가 나를 씻어 준 것이 말이여. 나 어떻게 해야 그 고마움을 보답하나…."

초목과 고목이 접목되기 위해 필요했던 것은 사랑이었고 관심이었다. 사랑이란 접착제는 초목이나 고목이나 모두에게 새로운 변화를 가져다 준 셈이다. 우리를 감동시키는 것은 머리가 아니라 마음이요 몸짓이라는 것을 다시 느끼게 해주는 대목이었다.

세대차이였을까

올해는 유난히도 '이별 연습'이 많다. 내게 있어 믿음직스럽고 소중했던 분들이 세상을 떠나 긴 삶, 영생의 길로 가셨다. 지금 임종의 고통 속에서 어머니 또한 가실 준비를 하고 계신다.

숨이 턱턱 차오름을 느끼는 죽음의 순간들을 지켜보면서 저 밑, 심연에서부터 오는 듯한 실존적 질문들을 받는다. 도대체 삶은 무엇이고, 꼴깍 넘긴 숨의 새로운 시작이라는 죽음은 무엇이란 말인가. 수없이 되뇌어 본 독백과 고독의 시간들이었다.

11월이면 으레 찾는 동작동 국립묘지를 돌아나오다가 문득 죽음이 결코 멀지 않은 나의 것이며 삶과 더불어 이미 시작한 것이라는 생각이 들어 하늘과 땅을 쳐다봤다. '하느님은 어떻게 날 부르실까.' 두려운 마음이 섬뜩 들기도 하고 죽음에 대한 여러 체험들이 병풍처럼 둘러싸고 있는 무명용사의 비석들처럼 망부석이 되곤 한다.

언젠가 교사 시절, 꿈 많은 소녀들과 더불어 죽음에 대한 생각 나누기를 했었다. 그런데 어쩌면 그들의 죽음맞이 장면이 그렇게도 한결같을 수 있을까.

"하얀 드레스를 입고 싶어요."

"아름다운 음악을 들으면서요."

"엄마 손을 꼭 잡고요."

"친구들이 둘러싸인 침대에서요."

"꽃이 가득한 무덤에 눕고 싶어요."

저마다 떠올리는 아이들의 말을 들으면서 나는 마음속으로 '그렇게 죽을 수만 있다면 얼마나 행복하겠니' 라고 답하고 있었다.

또 한번은 논문 자료 수집차 노인들을 방문하여 죽음에 대해 질문한 적이 있었다. 이번에도 역시 그렇게도 한결 같았다.

"잘 죽는 거야, 그게 바라는 것이지."

"큰 걱정이야, 병치레 3년에 효자 없다는데 말야. 저녁밥 잘 먹고 잠 자듯이 그냥 불러 가셨으면 좋겠어."

"앓지 말고, 자식, 이웃에게 폐 끼치지 않고 가면 좋겠어."

"어디 맘대로 되는 거야, 그게."

그 바람과 희망을 잃지 않았으면 좋겠다는 생각이 들었다. 그래서 마음속으로는 '그런 의지와 신념으로 그렇게 되시도록 기도하세요'라고 답했다.

죽음은 환상적으로 생각하는 소녀이건 현실적으로 힘겨워하는 노인이건 간에 피할 수는 없는 일이다. 이미 존재하고 반비례해 가는 죽음의 시간은 삶의 묘약이라고나 할까. 왜냐하면 죽음은 죽음이 아니요 새로운 삶의 시작이라는 그리스도의 말씀이 계셨기에 죽음 또한 삶처럼 아름답고 귀한 것이기 때문이다.

우리 모두는 각자 신앙의 척도대로 삶을 수용하고 살아가고 있다. 자주 죽음을 생각해 보는 것도 삶을 정화시키고 깊이 있게 한다. 그래서 매년 맞이하는 위령성월은 낙엽지는 가을 같은 깊은 우수도 있지만, 적극적으로 삶을 살아가는 용기있는 크리스챤에게 있어서는 은총의 시기이기도 하다. 하늘 아래 한 점 부끄럼 없는 삶을 살기 위해 거울처럼 전례력의 신비 앞에 나를 세워본다.

● 글 | 김혜련 마리 막달레나 수녀 | 노틀담수녀회

우리 마음엔 뭐가 들었을까

천막 속의 할머니 천사

가파른 길을 한참 동안 헉헉대며 올랐다. 산동네 철거지역의 높은 중턱에 자리잡은 집. 집이라기보다는 천으로 여기저기 기워놓은 천막이었고 문 앞에는 개똥들이 너저분하게 널려있었다.

문을 열고 들어간 침침한 방은 옹색한 창고보다 더했다. 할머니 혼자 누우면 더 이상 자리가 없었고 온돌이 없어 누더기 같은 몇 겹의 이불이 깔려있었다. 동행한 두 명의 청년 빈첸시오 회원들이 앉았을 땐 좁은 방이 가득 채워짐을 느꼈다. 길게 늘어뜨린 머리, 색 바랜 겹겹의 옷을 입은 모습은 측은한 느낌을 더 들게 했다.

그러나 의외로 할머니와의 대화는 밝았다. 처음엔 문전박대 하던 할머니였지만 지금은 은근히 회원들을 기다리는 마음임을 읽을 수 있었다. 이젠 이 천막집을 떠나서 조금 더 편안한 복지시설로 가지 않겠느냐는 물음에 "난, 여기가 좋아. 이곳이 내겐 천국이나 다름없어" 라고 말씀한다. 뭔가 튀어 나올 듯한 그곳이 할머니에게는 천국이란다. 누구의 간섭도, 사람들과의 만남도 별로 없이 오직 회원들의 방문이 큰 기쁨이고 기다림이라 했다.

나는 할머니와의 긴 대화를 통해서 70평생 긴 삶의 여정을 느낄 수 있었다. 평범한 삶 안에서 아픔과 한을 지녔지만 초월한 듯한 말씀…. 쉽게 불편을 느끼는 우리들과는 달리 이해하기 어려운 환경에서도 만족해하며 '천국' 을 느끼고 사는 할머니였다. 돌아오는 길에 내내 할머니의 말씀이 귓가에 울린다.

어느 날, 산 아래쪽에서 혼자 사는 다른 할머니의 집이 곧 헐린다고 말씀드렸다. 그러자 갑자기 할머니는 속주머니에서 무언가 꼬깃꼬깃한 것을 꺼냈다. 모두들 궁금해하고 있는데 "이거, 그 할멈 주게나" 하는 것이다.

그것은 근근이 모은 재산이었다. 한 달에 한 번씩 회원들이 조금씩 드리는 생활비를 자신도 어찌될 지 모르는데 곧 집이 헐리는 할머니를 위해 내놓은 것이다. 진정한 나눔이란 가진 게 많아서 나누는 것이 아니며 가진 게 없어서 나누지 못하는 것도 아니라는 것을 할머니는 보여주었다. 복음적인 삶을 사는 할머니의 모습을 통해서 우리가 과연 얼마만큼 그런 처지에서도 남을 배려하고 사랑하는 마음으로 온전히 베풀 수 있을까 하고 되물어본다.

연극 '허풍 여사, 새양되었네'

우리 본당 각 꾸리아에서는 연차 친목회를 갖는다. 한 해를 마무리

하면서 서로의 친교를 도모하는 자리이다. 각 쁘레시디움마다 연극, 무용, 힙합댄스 등 다양한 공연을 한다. 이 행사는 자매들의 숨은 재주를 발견하는 좋은 기회라 할 수 있다.

재작년에는 1, 2, 3등을 한 팀들을 노인정 교리반에 초청하여 할머니, 할아버지들을 기쁘게 해드렸다. 지난해 말에 일 등을 차지한 '허풍 여사 새양되었네' 라는 연극을 한 팀은 내용도 좋고 연기 실력, 소품, 의상 등 아마추어로는 모두 수준급이라 느꼈다. 그들의 의미 있는 짧은 코믹 연극을 보면서 한바탕 맘껏 웃으며 즐거운 한때를 보냈다.

구두쇠이고 이기적이며 돈만 아는 뚱뚱한 허풍 여사, 1미터의 큰 주사바늘을 갖고 수술하는 의사, 의사의 지시에 따라 수술을 요란스럽게 도와주는 간호사, 그래도 어머니인 허풍 여사를 공경하며 받드는 신자인 아들과 며느리가 주요 등장 인물이다.

돈만 아는 허풍 여사가 방세를 제대로 내지 못하는 세든 사람들에게 방 빼라고 소리치다가 돈을 빌려 준 황 영감이 부도난 것을 알고 그 충격으로 '내 돈!' 하다가 쓰러져 병원으로 실려간다.

의사의 말이 일품이다.

"쪼깨 속 좀 들여다봅시다. 오메, 겁나게 상해부렸네. 내 의사 생활 20년에 이런 일은 처음이랑께. 후딱 수술하지 않으면 큰일나겠소."

바로 수술에 들어갔다. 복부 절개 후 들여다보니, 그 속에는 온갖 몹쓸 것이 들어있었다. 오만, 무관심, 교만, 탐욕 등. 의사는 모두 끄집어내고 겸손, 사랑, 나눔, 믿음 등을 대신 집어넣고 요란스럽게 1미터의 큰 주사바늘로 꿰맸다.

성공적으로 수술이 끝난 후, 의사가 말한다.

"허풍 여사. 이제 세상 욕심 그만 부리고 좋은 일 많이 하고 사소."

연극은 새로 태어난 허풍 여사가 "아가야, 나도 성당에 좀 나가야겠다" 하면서 성당을 향해 힘차게 걸어가는 것으로 끝난다.

이 짧은 연극을 보면서 여러 가지 생각들이 떠올랐다. 하느님을 믿고 예수님을 자랑하며 선교에 힘쓰고 있다는 우리들은 어떠한가. 우리들의 마음속엔 허풍여사처럼 오만, 무관심 등 온갖 몹쓸 것들이 아름답게 포장되어 있지는 않은가.

올해는 대희년이다. '희년'의 의미가 우리의 삶 안에 녹아내려 구체적인 행동으로 드러났으면 싶다. 좀더 눈을 크게 뜨고 사랑어린 관심으로 우리 주위의 소외되고 어려운 이웃들을 찾아보면 얼마나 좋을까. 그들이 희년의 기쁨과 함께 다가오는 우리들의 예수님은 아닐런지….

● 글 | 박혜숙 마리아네스 수녀 | 성 빈첸시오 아 바오로 사랑의 딸회

사랑하였기에 행복합니다

아름다운 노년을 위하여

맑고 신선한 아침 공기를 마음껏 마시며 일터로 향하는 발걸음이 마냥 가볍고 행복하기만 하다. 아침 안개와 산새들의 노래 소리, 산길에 피어 있는 소박한 들꽃들도 내게 무한한 힘을 주는 주님의 선물이 아닐까. 발걸음이 빨라지며 속으로는 밤 사이의 일들이 궁금하기만 하다. '울보'인 로사 아줌마는 얼마나 울면서 밤을 보냈을까. 밤새 주님의 품으로 가신 분은 없을까. 봉순이 할머니는 또 얼마나 중얼거리며 밤을 보냈을까.

걸음걸음마다 주님에게 하루를 온전히 봉헌하리라는 마음, 도움을 바라는 그들에게 언제나 기쁨으로 응하리라는 마음으로 방문을 열고 들어서면 이곳 저곳에서 부르는 소리와 갖가지 응석과 요구가 연이어 들려온다.

"수녀님, 물 좀…."

"수녀님, 똥 좀 파줘(관장)…."

"다리가 아파서 잠을 자지 못했어요."

나의 소임은 식사를 도와 드리고 세수를 시켜드리며 대소변을 받아내는 등 손 하나 까딱할 수 없는 그들의 손발이 되어주는 것이다. 첫서원을 하고 맡은 이곳 노인요양원 여자중환자실에서 일한 지도 벌써 여러 달이 지났다. 그동안 많은 분들이 주님 곁으로 가셨고 또 새로운 분들을 주님이 보내주셨다.

어린아이를 돌보듯이 해드려야 하는 이들이지만 누워서도 함께 사랑을 나누며 기도 드리는 시간은 우리에게 가장 소중한 시간이다. 고통 중이지만 더 고통받은 이웃을 위하여, 세계의 평화와 죄인들의 회개와 모든 이들의 구원을 위하여 드리는 기도를 예수님은 얼마나 기쁘게 받아주실까 하는 마음으로 모두 열심히 기도한다.

누워서 몇 년을 지내는 예순이 할머니는 몇 마디의 기도문을 외우는데 몇 해가 걸렸다. 예순이 할머니는 할아버지와 함께 이곳에 오신 분이다. 몇 년 전 할아버지는 할머니를 남겨둔 채 먼저 주님 품에 안기셨다. 틈만 나면 할아버지를 위해 기도 드리며 천국에서 만날 것을 고대하면서 살아가는 할머니의 모습은 아름답기만 하다.

항상 끙끙 앓고 계시다가도 방문객들이 찾아오면 노래를 부르며 기쁨으로 맞이하는 유희 할머니의 모습 또한 아름답다. 나는 가끔 '저처럼 심한 고통 속에서 저렇게 노래 부르고 기쁘게 웃으실 수 있을까' 하고 생각한다. 과연 나도 남에게 저처럼 밝은 얼굴을 할 수 있을까.

자궁경부암, 당뇨병, 고혈압이 겹쳐 자리에 누워 지내는 옥남이 아줌마의 무표정한 모습 속에서 가끔씩 발견하는 활짝 핀 웃음은 나의 마음을 한없이 기쁘게 해준다. 처음 이곳에 왔을 때는 종일토록 집에 만 보내달라고 했는데, 밝은 표정으로 변화된 것을 볼 때 진정 그들에게 필요한 것은 사랑뿐임을, 사랑만이 그들의 병든 몸과 상처 난 마음을 치유할 수 있음을 새삼 깨닫게 된다.

오늘도 창 밖으로 보이는 푸른 하늘을 바라보며 그들 손을 꼭 잡고서 육신의 고통이 끝난 후 천국에서 누릴 행복한 삶을 이야기한다. 그리고 '너희가 여기 있는 형제 중에 가장 보잘것없는 사람 하나에게 해준 것이 바로 나에게 해준 것이다' (마태 25, 40) 하신 그리스도의 말씀을 생각한다. 지금보다 더 열심히 주님 섬기듯이 사랑의 보살핌을 끊임없이 쏟아주며 들꽃처럼 소박한 사랑의 향기를 피우리라 다짐해본다.

순수한 마음과 눈을 갖고 싶다

어제 내린 눈이 아직도 산길을 하얗게 덮고 있다. 햇살에 반짝이는 은빛 물결, 소나무 가지마다 핀 눈꽃송이들, 푸른 하늘 위에 떠도는 흰 구름…. 모든 것이 신비롭고 주님의 숨결을 느끼게 해주는 데 부족함이 없다. 눈앞에 펼쳐져 있는 수많은 산봉우리, 병풍처럼 둘러쳐져 있는 산자락 밑에 아담하게 자리한 심신장애인 요양원이 있다.

내가 소임했던 곳이고 사랑하는 가족들이 살고 있는 곳. 참으로 많은 기쁨과 삶의 의미를 내게 깨우쳐 주었던 시간들이었다. 모든 것이 부족함투성이였고 장애를 안고 살아가는 어려운 여건 속에서도 무엇인가 하려고 애쓰는 그들의 모습을 보며 삶의 아름다움을 느끼던 생활이었다.

초동이의 맑은 미소가 떠오른다. 비록 말도 하지 못하고 걷지 못하는 어린 소년인 초동이의 맑은 미소는 내게 언제나 기쁨을 안겨주었고 피로한 몸을 풀어주었다. 뇌성마비라는 장애를 안고서 열심히 그림을 그리는 미술방 식구들의 모습도 떠오른다. 불행한 삶을 탓하지 않고 아름다운 영혼을 시(詩)로 표현하는 엘리사벳과 율리안나 등 많은 이들의 모습 안에서 가난한 그리스도의 현존을 느끼곤 했다.

어쩌면 이 가족들의 사랑의 삶을 바라보면서 한걸음 한걸음 걸어왔던 발자국이 모여서 수도생활 10년의 시간을 보낼 수 있지 않았나 싶다. 하지만 지나온 시간을 되돌아보면 부끄러움과 부족함이 너무나 많았던 것을 느낀다. 그래도 나의 부족함을 탓하지 않고 사랑으로 이끌어주신 선배 수녀님, 힘과 용기를 주었던 동료 수녀님들의 큰사랑, 무엇보다도 보이지 않는 손길로 끊임없는 사랑을 느끼게 해주신 예수 그리스도의 사랑을 잊을 수 없다.

비록 어려운 처지에 있는 꽃동네 가족들이지만 그들에게 끊임없는 사랑과 관심을 가져줄 때 그들의 아프고 상처난 가슴 속에서 희망과 사랑을 싹틔울 수 있으리라는 생각을 하면, 나를 이 언덕에 부르신 목적은 바로 당신의 구원사업의 협조자가 되길 원하신다는 것을 깊이 느꼈다. 오늘도 주님은 나에게 들려주신다.

'너는 나의 종, 너에게서 나의 영광이 빛나리라.' (이사야 49, 3)

그렇습니다. 주님. 당신께서 선사해주신 은총의 나날 속에서 당신의 영광을 위해 저의 남은 삶을 완전히 당신께 봉헌합니다. 이기심과 교만한 마음에서 해방되어 순수한 마음, 순수한 눈으로 세상을 바라보며 공동체를 바라보며 꽃동네 사람들을 바라보는 눈을 가지렵니다.

● 글 | 조정순 베드로 수녀 | 예수의 꽃동네 자매회

'쟌 쥬강의 집'에 흐르는 행복

아나운서 꿈꾸던 지휘자

서울 화곡본동에 위치한 쟌 쥬강의 집에는 스물 두 명의 노인들과 아홉 명의 수녀들이 한가족을 이루고 행복한 나날을 보내고 있다. 아침미사로 시작되는 하루 일과는 너무나 빡빡하지만 우리 가족들은 이렇게 말한다.

'하루가 48시간이라면 얼마나 좋을까.'

'살맛으로 가득 차 있다.'

'죽을래야 죽을 시간도 없이 바쁘다.'

노인들이 진정 바라는 것은 존경받고 인정받고 사랑받고 어딘가 쓸모 있는 사람이었으면 하는 것이다. 이 바람을 채워드리기 위해, '가난한 노인들이 주님이심을 잊지 마세요' 라는 창립자의 경로정신을 일상적인 삶에 옮기기 위해 우리 수녀들은 10년 이상의 양성 기간을 거쳐 하루하루를 사랑의 증거자로, 그리고 아주 작은 자로 머무는 연습의 연속으로 살아간다. 섬김의 부르심에 고스란히 내어바치는 삶에서 내적 자유와 가난함의 풍요로움으로 마냥 행복하기에 우리는 이 행복을 많은 젊은이들, 그리고 행복을 찾아 헤매는 이들과 나누고 싶은 마음 간절하다.

'누구든지 자랑하려거든 주님을 자랑하십시오' 라는 사도 바오로의 말씀을 떠올려 본다. 바로 이 주님, 노인들에 현존하시는 주님을 자랑하고 싶다.

쟌 쥬강 악단의 지휘자 최 안셀모는 젊은 시절 아나운서가 꿈이었으나 그 꿈을 이루지 못한 채 이곳에 와서 우리와 한가족이 된 지 일 년이 넘었다. 그러나 적응하는 데 좀 힘들어 보였다. 다른 사람들과 잘 어울리지 않고 홀로 있기를 좋아하며, 가끔 스스로 소외감을 갖는 듯한 인상을 주곤 했다.

그에게 삶의 흥미를 마련해 드리려고 노력한 결과, 큰 행사를 앞두고 8월 초에 쟌 쥬강 악단을 창단하면서 그를 지휘자로 선정했다. 그는 추천 받던 날 아침에 신청했던 10일간의 휴가를 취소하고는 그날부터 거울 앞에서 날마다 혼자 피나는 연습을 했기에 매일 실시되는 물리치료나 운동도 필요 없었다.

정말 인기 있는 지휘자로 그 누구도 알아보지 못할 정도로 활기찬 모습으로 변화되었다. 지휘자로 뽑혔다는 자부심. 수원 평화의 모후원에서 대성황 속에 마친 첫 연주회의 박수갈채. 어디 그뿐이랴, 쟌 쥬강 악단 전원이 훌륭한 지휘자로 인정하는 모습을 보는 수녀들의 마음은 얼마나 흐뭇한가. 이제는 그까짓 아나운서의 꿈쯤은 그에게 아무 것도 아니란다.

수녀님, 노래시간 몇 시예요?

쟌 쥬강의 집 가족 중 거동이 불편하지 않은 몇 분을 제외한 대부분의 할머니들은 휠체어를 사용한다. 또 모든 분이 머리카락부터 발톱까지 아프지 않은 곳이 없어서 죽겠다고 하면서도 노래시간만은 한 분도 빠짐없이 참석한다. 아마 그 시간만큼은 아픈 생각이 어디론가 달아나는가 보다.

어느 할머니는 "여기 오기 전엔 그저 죽기만 바랐는데 이젠 죽고 싶지 않아. 이 지상천국에서 오래 살고 싶어!" 하신다. 귀가 잘 안 들리는 98세의 에밀다 할머니는 노래 부르기를 좋아하는데, 스스로 '즉석 작곡가'라고 한다. 자기 마음대로 소리내는 것을 인기로 여기며 만족해하는 할머니이다.

여흥시간과 더불어 수공예 시간에는 그 분들 스스로 창의력을 발휘하느라 아프거나 고독할 시간이 없다. 그래서 하루가 너무 바쁘고 깨쏟아지듯이 재미있고 풍요롭다. 바로 이렇게 취미 살리기 운동을 펼치노라면 노인들이 삶의 의미를 깨닫고 서서히 평온을 되찾아 행복해지게 마련이다.

우리 집의 노인들은 누구나 무엇인가를 한다. 공작실에 진열된 그 분들의 작품은 모든 이의 감탄을 자아낸다. 무엇보다도 손꼽을 만한 자랑거리는 모두 '악기 다루는 박사'라는 점이다.

마리아 할머니의 북치는 솜씨를 보면 혼자 웃고 말기에는 너무도 아까울 정도다. 북을 엇비스듬하게 무릎 위에 놓고 옛날 우물가에서 방망이로 빨래를 두들기듯이 지휘자를 심각한 얼굴로 뚫어지게 바라보며 북을 마구 친다. 몸이 약한 아녜스 할머니는 무거운 악기를 흔드시며 얼굴이 토마토처럼 빨갛게 달아오르도록 열성을 과시한다. 또 트라이앵글을 점잖게 울려주는 미카엘 할아버지 등….

"수녀님, 제 왼손바닥을 깨끗이 씻어주세요."

"왜요, 아녜스 할머니?"

"바로 이 손의 성체 안에 예수님이 내려오시니까…."

한 할머니는 날마다 간호 시간에 말씀하신다.

"수녀님한테서 웬 냄새가 나."

"무슨 냄새요?"

"사랑의 향기."

절망이 있는 곳에 희망을

8년 동안 골다공증으로 누워 투병생활을 하던 마리아 할머니가 우리 집에 온 것은 1997년 12월 11일이다. 본당신부님과 원목신부님, 수도자들, 교우들이 참석한 가운데 성대하게 입주 미사를 드리던 날, 그분은 침대에 누워계셨다.

그날부터 담당 수녀와 우리 가족들은 절망으로 빠져들어 가는 그 분에게 한 가닥 희망이라도 드리기 위해 혼신을 다 쏟아 봉사했다. 그 분은 너무 아파서 조금만 움직여도 뼈가 쏟아지는 듯한 통증을 감내해야만 했다. 나아서 걸을 수도 있으리라고 설득이라도 할라치면 한사코 쓸데없는 일이라면서 그만 하라고 했다.

어느날, 하느님은 우리 집에 위강민(엘리아) 정형외과 선생님을 봉사자로 보내주셨는데, 남다른 관심과 사랑으로 우리 가족 모두에게 정성을 다했다. 특히 마리아 할머니에게 정성을 쏟았다. 처음엔 선생님이 무안해 할 정도로 외면하고 치료를 반대하던 그 분도 차츰 선생님의 말씀을 귀담아 듣고 신뢰하면서 꼭 나으리라는 확신을 갖게 되었다.

1998년 7월의 어느 날, 기적이 일어났다는 아우성이 들렸다.

그날 아침 마리아 할머니는 너무도 아파하며 간호하려던 예비수녀도, 직원도 다 내쫓고 화를 내 아무도 가까이 갈 수 없었다. 그때, 요안나 수녀가 살며시 들어가 약 두 시간 동안 대화를 나누면서 머리에서 발끝까지 다 씻어드렸다. 그리고 "자, 마리아님. 이젠 일어나서 휠체어에 앉으시죠" 했는데, 늘 거절하던 그 분을 안아 휠체어에 앉히는 데 성공한 것이다. 처음으로 아무런 통증을 느끼지 못한 마리아 할머니는 바로 그 순간 육체와 마음의 치유를 받으신 것이다.

8년만에 처음으로 사방을 다니며 하느님을 찬양하고 감사하는 그 모습은 참으로 우리를 감격하게 했다. 복음의 한 장면이 연상되었다.

그렇다. 사랑의 힘이 역경을 딛고 일어서게 한 것이다.

그 후 그 분은 발에 종양이 생겨 발목을 절단하는 수술까지 받았지만, 지금은 혼자 일어나고 휠체어를 이용하여 아침미사에 참석하고 모든 프로그램에 정상적으로 참여한다. 뿐만 아니라 공작시간의 아름다운 솜씨자랑, 꾀꼬리 목소리의 각설이 타령을 부르며 살맛을 되찾은 행복에 기쁨을 심는 사도가 되었다.

● 글 | 서순자 프란치스카 수녀 | 경로수녀회

부끄러움을 가르쳐 준 사람

천진한 어린애가 놀라운 듯이 말한다.

"엄마, 저렇게 넓은 하늘과 날아가는 새들까지 어떻게 이 작은 눈으로 한꺼번에 볼 수가 있지?"

하느님은 인간의 작은 눈에 얼마나 큰 능력을 부여하셨는가. 따뜻한 신뢰를 담은 눈길은 희망과 용기를 솟게 하고, 증오와 멸시의 눈길은 절망과 슬픔으로 인간을 얼어붙게 만든다. 구원자이신 예수님의 눈길은 어떠할까. 창조하신 만유에서 선(善)만을 쏟아 주시는 사랑의 눈길이기에 그 눈길을 의식하면서 간절한 희망과 온갖 가능성을 기대하며 전적인 신뢰로 순간 순간을 살아낼 수 있다면 얼마나 행복할까.

지난 시절에 나는 더 이상 불행해질 수 없는 듯이 보이는 처참한 처지와 혹독한 시련을 맞을 때마다 하느님의 의도와 계획의 눈길을 깨닫고는 완전한 신뢰와 의탁으로 그 눈길에 응답하면서 구원의 빛 안에 살고 있는 사람을 만난 적이 있었다. 16년의 세월이 지났으나 기억날

때마다 나의 수도생활을 되돌아 보게 해주고, 하느님의 눈길을 마음
속에 확인하며 사는 삶을 일깨워 주는 은인이다.

안토니오 부부와의 인연

원주 학성동성당에서 선교 수녀로 있을 때였다. 서울 본원에서 피정
을 마치고 저녁 8시 막차로 원주에 돌아가는 길이었는데, 뒤늦게 올라
선 한 쌍의 젊은 남녀와 눈이 마주쳤다. 그들의 좌석은 나의 바로 뒷좌
석이었다.

뭔가 마음이 끌려 다시 뒤돌아본 순간, 피부색이 검은 남자 곁에 앉
아 있는 여자와 시선이 다시 마주쳤다. 훗날 들은 이야기였지만, 그 여
자는 나와 눈이 마주치는 순간, 신앙생활을 게을리했다는 자책감이 강
하게 들었다고 했다. 그리고 열심히 신앙생활을 하자면서, 내가 어느
본당에서 일하고 있는가를 알아봤다고 했다. 우연인지는 몰라도 두 사
람은 내가 소임을 맡고 있는 학성동성당 구역 내의 13평짜리 아파트에
살면서 근처의 작은 공장에 다니고 있었다.

우리들의 인연은 그렇게 해서 시작되었다. 나는 그들이 살고 있는
아파트 동네에 볼 일이 있을 때마다 빠짐없이 그들 부부를 방문하여
이야기를 나누었다. 어느새 우리는 친형제처럼 가까워졌다.

어느 날이었다. 검은 청년 안토니오는 아내인 로사와 내 앞에서 한
번도 입밖에 낸 적이 없는 자신의 과거를 털어놓았다. 그는 경기도 문
산 기지촌에서 혼혈아로 태어났고, 가정형편이 어려워 초등학교를 마
친 뒤에는 구두 닦기, 껌팔이로 고등교육을 마쳤다고 한다.

이모 집에서 더부살이했기에 부모의 따뜻한 사랑이 늘 그리운 데다

가 피부색이 달라 늘 놀림과 천대를 받았다. 때로는 허기져서 길거리 쓰레기통을 뒤진 적도 한두 번이 아니었다는 그의 말에 참으로 가슴이 저려 왔다. 하지만 그는 사람답게 살아 보려고 나쁜 짓은 한 적이 없다고 했다.

피부가 검다는 이유로 취직이 안 되자, 그는 외국에 노동자로 취업이나 해볼 요량으로 영어학원을 다니기 시작했다. 그러다가 아내 로사를 만났는데, 처음에는 로사의 친정 부모님이 완강히 반대하여 5년을 기다렸다고 한다. 다행히 이해심 깊은 한 외국신부님의 배려로 혼배성사를 받을 수 있었다.

세상에 태어나서 한번도 따뜻한 사랑을 받아본 적이 없는 안토니오로서는 가난했지만 아내와 함께 하는 가정이 마냥 넉넉했다. 아기도 곧 태어날 예정이어서 기대와 꿈에 한껏 부풀어 있었다. 나는 두 사람을 만날 때마다 '하느님의 안배하심에 굳게 의지하며 최선을 다하다 보면 주님의 축복이 언제나 함께 할 것'이라고 격려해 주었다. 옥동자가 태어나던 날, 안토니오는 내게 제일 먼저 전화했다. 하느님께 받은 선물이 너무나 크기에 더이상 바랄 것 없이 행복하다면서 하늘을 향한 감사와 넘치는 기쁨을 감추지 못했다.

그로부터 몇 달이 지난 어느날, 그날도 나는 서울 본원에서 피정을 마치고 막차로 늦게 돌아왔다. 그런데 놀라운 소식이 기다리고 있었다. 안토니오가 감전사고로 중상을 입고 기독병원에 입원해 있는데, 몽롱한 의식 속에 나를 계속 부르고 있다는 것이다.

정신없이 병원으로 달려갔다. 그를 보는 순간, 말문이 막히고 정신이 아찔하여 온몸이 자지러질 정도였다. 눈, 코, 귀가 왼쪽 볼과 함께 으스러지고 양팔과 한쪽 다리마저 잘려버린 채 피투성이가 되어 중환자실에 누워 있는 참담한 그 모습은 뭐라 설명하기조차 힘들었다. 옆에서 흐느끼는 로사를 위로해 줄 그 어떤 말도 찾을 수가 없었다.

그날 밤, 나는 수녀원으로 어떻게 돌아왔는지를 지금도 전혀 기억하지 못한다. 다른 수녀님들의 이야기로는 '세상에 나서부터 고생으로 찌들려온 그를 불쌍히 여기시어 자비를 베풀어 주십시오' 라고만 중얼거리더라는 것이다.

아픈 사랑일수록 향기는 짙은 법

두 사람을 위해 내가 해줄 것이라고는 아무것도 없었다. 단지 하루에 두 번 병실을 찾아 위로했을 뿐이었다. 물론 본당에 매인 처지에서 그 일마저 쉽지는 않았다. 그러나 병원을 오가며 겪는 수고는 나의 내면을 비춰준 은총에 비기면 바다에 흘러드는 시냇물 격이었다.

나를 더욱 놀라게 한 것은 안토니오가 신음소리 한번 크게 내지 않으려고 애쓰는 모습이었다. 정신적인 비애와 절망, 육신의 고통이 오죽하랴만, 그는 의연하고 강인하게 참고 견디었다. 어려서부터 눌리고 참고 견디어온 인고(忍苦)의 힘일까. 아니면 성령께서 저 고통의 사람 안에 계시어 그를 주님의 고통의 신비로 싸안아 한 인간을 완성하시는 과정일까. 이런 저런 생각에 나는 나 자신을 되돌아보게 되고, 그럴 때마다 곤혹스러울 때가 한두 번이 아니었다.

젖먹이를 안고 간호사의 손길이 닿지 않는 부분의 피고름 나는 상처를 일일이 닦아내는 아내의 모습 또한 성스러워 보였다. 무섭게 일그러진 나무토막 같은 남편의 식사, 세탁, 대소변의 뒷바라지를 밤낮으로 계속하는 그녀에게서 나는 또한번 나 자신을 돌아볼 수밖에 없었다. 특히 그녀는 틈날 때마다 의사나 간호사에게 자상히 돌봐주시는 정성에 감사드린다고 했다. 부디 불쌍한 한 인간을 살려달라고 애원하는 그 모습에서 나는 울지 않을 수 없었다. 정녕 로사는 천사였다. 그리고 안토니오는 영웅이었고 성인이었다. 아니 예수님 같다고 해도 전혀 부자연스럽거나 어색하지 않았다.

그러나 사랑과 정성이 아무리 크다 해도 인간의 한계를 뛰어넘기란 어려운 모양이었다. 죽은 듯 깊은 잠에 빠진 아내를 부르다 지쳐 자신이 저지른 오물 위에서 뜬눈으로 밤을 지샌 남편은 아내가 성의가 없는 것 같고 자신이 무시당하고 있다는 심정에 억눌렀던 감정을 폭발시켰다. 아내는 아내대로 어린애를 달고 혼자서는 전혀 거동할 수 없는 남편 뒷바라지로 탈진하다시피 된 심신이 얼마나 피곤하랴. 그날 두 사람은 극도에 달한 감정으로 헤어지고 말자는 참담한 경지에서 울고 불고 했다.

나는 처음에는 무척 당황했다. 오죽했으면 그럴까 하는 생각도 들었다. 하지만 나는 하느님에게 지혜를 청하면서 단호하게(사실 나도 지친 참이고 속으로 떨고 있었다) 말했다. 안토니오가 보여준 행동은 복에 겨운 경거망동이니 이제부터는 혼자 견디어 보라고 질책했다. 그리고 로사에게는 얼른 짐 싸 갖고 떠나라고 했다. 물론 남편을 버리고 나간 아내가 어디 간들 행복하겠느냐고 을러대는 것을 잊지 않았다.

다시는 병실에 찾아오지 않겠다고 선언하고 병실 문을 나섰지만 마음은 편치 않았다. 얼른 뒤쫓아 나와주기를 은근히 기대했다. 아니나 다를까, 로사가 뒤따라나와 잘못했다면서 병실로 잡아 끈다. 안토니오 역시 다시는 싸우지 않겠노라고 약속한다고 했다.

두 사람의 태도가 너무나 솔직하여, 이토록 착한 사람들의 마음을 잠시나마 아프게 했다는 점이 못내 미안스러웠다. 나는 애써 밝은 표정을 지으면서 우리의 기도가 부족했으니 매일 성경을 30분씩 봉독하며 마음의 기도를 바치고 묵주 기도를 드리면서 하느님의 지혜와 은총으로 시련을 극복하자고 했다.

두 사람도 이내 온화한 웃음을 지어 내 마음이 한결 편안해졌다. 지금 그때를 생각하면, 나는 그들을 통해 주님의 수난과 죽음의 고통이 더욱 뜨겁게 가슴에 와 닿았고, 주님의 구원 사업에 한몫 하는 값진 삶이 어떤 것인지를 생각할 수 있었던 것 같다.

뜻이 있는 곳에 길은 있다

하루는 돌아오면서 강남 터미널로 가는 길이었는데, 바나나가 눈에 들어왔다. 목이 부어 음식을 잘 삼키지 못하는 안토니오에게 가져다 주면 좋겠다는 생각에 한 덩어리를 샀다. 늦은 밤이라 집에 돌아갈 마음도 급했지만 발길을 병원으로 돌렸다. 마침 로사가 자리에 없었다. 나는 안토니오에게 부인이 돌아오거든 먹여달라 하라고 당부하고는 이내 돌아섰다.

다음 날, 로사가 하는 말이 놀라웠다. 어제 남편이 갑자기 바나나가 먹고 싶다고 하길래 시장과 길거리를 찾아 다녔지만 파는 곳을 찾지 못해 그냥 돌아왔다는 것이다. 그런데 병실에 바나나가 있자 하느님의 사랑이 가슴을 꽉 막아 눈물이 절로 나오더라는 것이다. 참으로 주님은 두 사람과 함께 계셨음이 분명하다.

한여름이면 등에 욕창이 심해서 로사가 삼베를 사러 나갔다가 너무 비싸서 그냥 돌아왔다는 얘기를 듣고 마음 아파한 적이 있었다. 그랬더니 며칠 뒤에 동생으로부터 삼베이불과 요를 만들어 보냈으니 여름철 건강에 조심하라는 편지가 왔다. 이 얼마나 자상한 하느님의 사랑이신가. 당신의 불쌍한 자녀들을 위해 적재적소에 배치, 처리하시는 솜씨와 지혜로우심이 새삼 놀랍고 기쁘기 그지없었다.

안토니오는 꼬박 2년간 병원에 있었다. 그동안 여러 차례 수술을 받아 얼굴 모습은 어느 정도 되살렸지만 귀는 이식하지 못한 상태였다. 한쪽 눈에 붕대를 감고 있었는데, 어느날 남은 한쪽 눈마저 안 보인다고 했다. 눈앞이 캄캄했다. 하느님은 이 젊은이에게 무엇을 더 바라시기에 이렇게 가혹하게 대하실까 하는 원망이 앞질러 나왔다. 그러자 오히려 로사가 나를 위로했다. 자신의 눈을 주겠다는 것이다. 그 말을 듣는 순간, 나는 정말 나 자신이 부끄러웠다. 그 정도는 나 역시 해줄 수 있었는데, 왜 나는 그런 생각을 하지 못했을까.

얼마 후, 세브란스병원에서 수술을 받으면 보게 될지 모른다는 이야기를 들은 안토니오는 수술을 받을 수 있도록 주선해 달라고 했다. 나는 의사 선생님을 찾아가 그 가능성을 물었으나 시신경이 너무 나빠져서 도저히 재생할 수 없다는 답변뿐이었다. 그런데도 안토니오는 분명 볼 수 있다는 확신을 갖고 있었다. 참으로 놀라운 일이었다. 스스로도 거역할 수 없는 내면의 어떤 강한 힘을 주시하고 있는 듯한 그의 앞에서 아무도 그의 뜻을 꺾을 수가 없었다.

담당 의사의 허락으로 우리는 서울 세브란스병원으로 가서 입원수속을 마쳤다. 세브란스병원 의사 역시 기적이 아니고서는 볼 수 없다고 했지만 본인의 신념은 확고했다.

나는 낯선 서울 생활을 걱정하는 그들에게 한 달에 두 번은 찾아올 테니 걱정하지 말라고 위로했다. 그런데 이변이 일어났다. 헤어진 지

일주일 뒤에 원주에서 서울로 발령이 난 것이다. 가까운 곳에서 그들을 보살펴 줄 수 있게 해주신 주님의 안배하심에 얼마나 감사를 드렸는지 모른다.

수술 후, 그는 소망대로 시력을 되찾았다. 세월이 흘러 상처가 다 나아갈 무렵, 그는 미국에 가면 의수를 할 수 있다면서 도움을 청해 왔다. 이번 역시 애절한 기도가 하늘에 닿은 것일까, 혼혈아들을 위해 일하시던 메리놀회 최분도 신부님의 도움으로 미국에 가게 되었다.

그는 가치관과 풍습이 다르고 언어가 통하지 않는 타국에서 온갖 시련과 아픔을 딛고는 심리학을 전공했다. 엄마는 직장으로, 아들은 유아원으로, 아빠는 학교로 향하는 노력은 마침내 승리를 가져왔고 많은 이들에게 희망의 빛을 던져 주었다.

희망의 문턱을 넘어

안토니오 가족이 8년만에 고국을 찾아온 기쁨은 더할 수 없이 감격스럽고 감사한 일이었다. 열한 살 된 아들 준호에게 별 것도 아닌 것을 차려주었는데, 아이는 처음 먹는다면서 맛있어 했다. 그 모습을 보면서 미국에서의 그들의 가난한 삶이 눈앞에 어른거렸다.

'이 수녀가 도대체 누군데, 우리 아빠에게 이렇게 잘해주나' 싶은 얼굴로 힐끔힐끔 나를 쳐다보며 부지런히 아빠 입에 이것저것 넣어 주는 모습은 눈물과 웃음을 동시에 자아내게 하는 정경이었다. 준호는 네 살 때부터 출근길에 운전하는 엄마 입에, 그리고 팔 없는 아빠에게 넣어주는 일에 익숙해 있었던 것이다.

나는 그들이 한국에 머무는 동안, 할 수 있는 것은 다 해주고 싶었다. 여러 사람의 도움과 수녀님들의 아낌없는 협조로 정말 아쉬움이 남지 않는 휴가를 보냈을 것이라고 생각했다. 그들 가족 역시 기쁘고 고마운 마음뿐이라고 했다.

문득 그가 원주병원에 있을 때 동행하여 병문안을 갔던 선배 수녀님 이야기가 떠올랐다. 선배 수녀님은 그 뒤 미국으로 유학 갔는데, 그곳에서 틈날 때마다 혼혈 가정을 찾아보곤 했다. 하루는 한 혼혈 젊은이가 한국에 잘 아는 수녀가 있다고 하여 누구냐고 했더니 '김 막달리스 수녀'라는 것이다. 수녀님은 몹시 놀라 어떻게 알게 되었냐고 묻자, 그 젊은이는 친구가 감전사고로 입원해 있을 때 한국에 가서 만나본 적이 있다는 것이었다. 알고 보니 나와 함께 원주에서 병원을 찾아갔던 환자였고, 그 안토니오 가족은 불과 한 시간 거리에 살고 있었다.

귀국한 선배 수녀님은 "누가 나에게 미국 가서 무엇을 배우고 왔느냐 하고 물으면 안토니오 가족을 만나고 왔다"고 말하겠노라고 하셨다. 이 말씀을 들을 때마다 나는 기쁨과 감사와 위안으로 가슴이 벅차옴을 느끼곤 했다.

얼마 후, 나는 미국에서 일하시는 수녀님을 통해서 그가 학위를 받았다는 소식을 들었다. 그리고 자신이 겪은 삶처럼 시련 속에서 어렵게 살아가는 이들에게 희망이 되어 봉사하고 있다는 근황도 들었다.

그의 소식을 들을 때마다 나는 하느님에게 무한한 감사를 드린다. 전화 한 통으로 안부를 들을 수도 있지만 이제는 뭔가 내가 보텔 중간 역할은 끝났다는 생각에 그저 멀리서 기도하며 지난날의 한 그림자로 그들의 세계에서 고요히 물러나 있다.

● 글 | 김순한 막달리스 수녀 | 영원한 도움의 성모수녀회

나도 이뻐지고 싶어요

8·15 해방과 더불어 이 땅은 수많은 혼혈아를 선물로 받았다. 특히 6·25 이후 유엔군이 주둔하고 있는 동안, 황색과 백색, 황색과 흑색, 흑색과 백색 등의 혼혈아들이 여기저기에 버려져 있어 고아원마다 마치 '유엔 육아원'이라 부를 정도로 여러 민족의 혼혈아들이 모이게 되었다. 그 중에서도 특히 눈에 띄는 이들은 곱슬머리에 까만 피부, 두툼한 입술의 흑인 혼혈아들이었다.

수녀원에서 직영하는 대구의 백합보육원에는 주일이면 많은 유엔군 병사들이 위문을 온다. 그들은 특히 혼혈아들을 사랑했다. 백인과 황인의 2세 병사들은 주로 백인 혼혈아를 사랑했지만 흑인 병사들은 철저하게 흑인 혼혈아만을 선택해서 사랑하는 경향이 두드러졌다. 자기들 종족의 피가 섞인 아이를 더 사랑하고픈 마음 때문일까. 그러나 일주일 혹은 한 달에 한 번 찾아와서 안아주는 사랑은 커 가는 혼혈아들의 마음을 흡족하게 하기에는 너무나 부족했다.

자기 자신의 처지를 모르는 철없는 어린아이는 그런 대로 한국인 고아들과 어울려 자라고 있었지만 네 살 정도만 되면 제법 이것저것 비교도 해보고 싸우기도 했다. 어린아이답지 않게 침울해지기도 하고 사납고 거칠어지기도 했다. 그러기에 더욱 마음을 써서 돌봐주려고 해도 그 많은 아이들(2백 명이 훨씬 넘었다)을 일일이 만족시키기에는 너무나 일손이 부족해서 안타까울 뿐이었다.

어느 날 아침, 갑자기 복동이가 보이지 않았다. 아이들에게 물어봤으나 모두 모른다고 한다. 집안을 샅샅이 찾아 봤으나 간식 먹을 10시가 되었는데도 여전히 보이지 않는다. 담당수녀에게 알리고 전 직원이 동원되어 아이가 갈 만한 곳들을 다 찾아보았다. 혹시 혼자서 여기저기 돌아다니다가 잘못해서 수녀원 정문 밖으로 빠져나가 길을 잃은 것이 아닐까 하여 근방을 찾아봤으나 헛수고였다.

복동이는 평소 보육원에서 제일 말썽꾸러기다. 때문에 보모로서는 더욱 안타까워했다. 혹시 차에 치여 다치지나 않았을까. 점심도 안 먹었고 벌써 저녁때가 되어 가는데 어디서 헤매고 있을까. 얼마나 배고프고 불안할까. 혹시 나쁜 사람에게 유괴된 것이 아닐까. 집 안에서 입던 옷으로 나갔다면 이름표도 없고 이제 겨우 네 살밖에 안 되니 집 주소도 모를 텐데, 어디서 헤매고 있을까.

보육원 담당 수녀들은 우울한 심정으로 다음날 목욕을 준비하기 위해 지하목욕실을 청소하러 내려갔다. 이곳은 목욕하는 날 외는 사용하지 않으므로 출입문은 항상 열려 있으나 아무도 오지 않는 곳이었다. 방이 여러 개 있는 약 50평 정도의 어두컴컴한 곳이어서 낮에도 일을 하려면 불을 켜야만 했다.

욕실 출입문을 여니, 신음소리 같은 울음소리와 함께 수돗물 흐르는 소리가 들려왔다. 수녀는 섬뜩한 느낌이 들면서 혹 누가 장난치는 게 아닐까 하고 귀을 기울였다. 분명히 신음하는 아이소리였다. 등골에 소름이 쫙 끼쳤으나 용기를 내어 "누구냐?" 하고 큰 소리를 치자마자 즉시 조용해졌다. 혹시 잘못 들었나 하여 계속 귀를 기울이며 여기저기 살피고 있는데 또 다시 신음소리와 물소리가 들려왔다.

겁이 덜컥 난 수녀는 "나는 ○○수녀다. 거기 누가 있으면 이리 나와!" 하며 전깃불을 켜고 소리나는 어두컴컴한 외진 구석에 있는 독실 욕탕 쪽으로 다가갔다. 신음소리가 더욱 똑똑하게 들려왔다. 욕탕 커튼을 제치고 욕조 안을 들여다봤다. 욕조는 온통 붉은 핏물로 가득 찼고 그 안에 복동이가 깨진 유리 파편으로 자기 손과 팔의 피부를 벗기며 신음하고 있었다.

"아니 복동아, 너 이게 웬일이니? 여기서 무슨 짓 하니? 이 피 좀 봐. 아프지 않니? 왜 이러니 어서 나와!"

너무 놀란 수녀는 복동이의 팔을 잡고 욕조 밖으로 끌어내려 했다. 그러자 아이는 있는 힘을 다해 팔을 빼내며 반항했다. 까만 곱슬머리에 까만 얼굴, 두툼한 입술을 꼭 깨물고 자기 팔과 손을 뚫어지게 보면서 발버둥치는 그 모습은 보통 아이에게서 볼 수 없는 비장하고 처절한 결심을 한 듯 했다. 두 눈에서는 눈물을 흘리고 있었다.

수녀는 있는 힘을 다해 유리파편을 빼앗은 다음, 욕조 밖으로 아이를 끌어냈다. 그러나 손과 팔에서는 출혈이 멈추지 않았다. 아이는 긴장이 풀어진 탓인지 갑자기 축 늘어져 욕실 바닥에 쓰러져 엉엉 소리내어 울기 시작했다. 수녀는 혼자서 어떻게 할 수 없어 급히 뛰어나와 내게 도움을 청했다. 응급치료 할 것을 챙겨 욕실에 가보니 기가 막혔다. 얼른 치료를 한 후 방으로 업고 와서는 음식을 먹이고 재웠다.

복동이는 곤히 잠자다가 깜짝 놀라 눈을 뜨면서 자기 팔과 손을 보며 다시 울어댔다. 나는 조용히 달랬다.

"복동아, 왜 그런 무서운 짓을 했니?"

"수녀님, 잘못했어요. 다시는 안 그럴게…."

계속 울어대는 복동이는 꾸지람 들을 것이 두려운 모양이었다. 나는 절대로 야단도 벌도 주지 않을 터이니 안심하라고 위로해 주었다. 그러자 복동이는 작은 목소리로 울먹거리며 말한다.

"수녀님, 다른 아이들은 다 얼굴도 손도 팔도 희고 예쁜데 왜 나만 까맣게 보기 싫어요? 그래서 껍질을 벗기고 물로 깨끗이 씻어서 나도 희고 이뻐지고 싶었어요."

그 순간, 그곳에 모인 사람들은 모두 고개들을 떨구고 같이 울었다. 아, 누가 이 아이에게 이다지도 깊은 아픔을 주었을까. 모두들 울고 또 울었다. 참을 수가 없었다. 복동이 소원은 다른 사람처럼 피부 색깔이 희게 되는 것이었기에 그 어린것이 이처럼 엉뚱한 생각을 하고 지독한 아픔도 참고 견디며 애썼을 것이다. 이 아이에게 무슨 잘못이 있었단 말인가. 이국 땅에서 받는 흑인 혼혈아의 외로움과 슬픔….

그런데 다른 아이처럼 사랑 받고 싶었던 복동이에게도 어느 날 피부는 희어지지 않아도 아무 거리낌없이 사랑 받고 행복하게 살 수 있는 행운이 찾아왔다. 미군 흑인 집에 양자로 가게 된 것이다. 이제는 더 이상 피부색으로 슬퍼하고 괴로워하지 않아도 되었다. 그야말로 '사랑은 모든 것을 받아들인다.'

● 글 | 유순자 데오판 마리 수녀 | 샬트르 성 바오로 수녀회 대구관구

멕시코 인디오를 아십니까

동료 수녀님과 함께 이웃 교구에 있는 여러 인디오 마을을 방문한 적이 있었다. 그 중에 일루시온(Ilusion)이란 마을은 지금도 가끔 뇌리에 떠오른다. 왜 '허망한 꿈'이라는 뜻의 이름을 붙였을까 하는 궁금증과 함께 그 가난한 삶들에게 하느님의 축복이 가득하기를 간절히 빌곤 한다.

삶은 계란 하나와 옥수수 빈대떡

내가 살고 있는 지역과는 달리 그곳은 고원지대인지라, 우리가 방문한 12월은 어깨를 움츠려야 할 만큼 제법 추웠다. 산골 마을을 방문할 때마다 교통 수단이 수월치 않으므로 트럭을 이용하거나 말, 노새, 아니면 장시간 걸어가야 하는 어려움이 적지 않았지만 재미도 있다.

수사님들의 안내로 트럭을 타고 덜컹덜컹 산을 넘고 또 산을 넘으

며, 운전하는 수사님의 익살이 재미있었지만 피곤에 못 이겨 꾸벅꾸벅
졸지 않을 수 없었다.

우리 일행이 도착한 마을은 산골짜기에 자리한 외관상 그림 같은 조
그만 마을이었다. 성당 마당으로 들어섰을 때, 족히 30명쯤 되는 남자
들이 옹기종기 모여 앉아 녹음기 소리를 열심히 듣고 있었다. 수사님
의 설명으로는 마침 과달루페 성모축일이 가까워 성모님 발현에 대한
줄거리를 스페인어가 아닌 이들의 고유 언어로 번역하여 녹음한 카세
트를 듣고 있는 중이라 했다.

그들은 생전 처음 보는 동양 수녀들의 느닷없는 방문에 놀란 듯 했
지만 이내 별다른 표정의 움직임 없이 우리들에게 인사를 건네 왔다.
그런데 그들이 걸친 옷을 보고는 너무나 놀랐다. 어쩌면 하나 같이 추
운 날씨임에도 맨발에 누더기를 걸치고 있을까. 어떤 사람은 어느 부
분이 천인지 분간하기 어려울 정도로 헝겊 자투리로 누덕누덕 깁고 또
기워 마치 누더기 누비옷 같았다. 경직된 얼굴과 거동 역시 오랜 세월
가난에 찌들린 모습들이었다.

그날 우리는 저녁 초대를 받았다. 가난했지만 최대한의 예를 갖춘
손님 접대에 나는 속으로 적잖게 감동을 받았다. 예를 들어, 그 곳에서
는 물이 무척 귀한데, 식사 전에 손님이 손을 씻을 수 있도록 물을 준
비해 주었다. 정갈하고 소박한 식탁 위에는 조그만 질그릇에 소담스레
올려진 다섯 개의 삶은 계란과 가솔린 깡통을 커피포트 대용으로 하여
끓여낸 커피와 또르띠야(옥수수 빈대떡)가 전부였다.

양식조차 마련하기 힘들어하는 가난한 이곳 사람들에게 계란은 귀
한 별미로서 이만하면 최고의 저녁 초대였다. 지금도 삶은 계란을 먹
을 때마다 질그릇에 소담스레 놓여진 계란을 떠올려 보곤 한다.

소녀들까지 장총 멘 사연

그 후 일루시온 마을 일대의 인디오들은 성난 파도처럼 인간 해방을 부르짖으며 대지주와 정부에 대항하기 위해 목숨을 내어놓았다. 그러니까 1994년 1월 1일, 새해 첫날 첫 새벽에 우리들의 선교지 떼우안떼빽 지역에서 버스로 5시간 남짓 소요되는 치아빠스주 산 크리스토발 교구에서 인디오들은 무기를 들고 시청을 점령했다. 대여섯 인디오 마을 주민들이 정부와 대지주들에 대해 도전장을 낸 것이다. 이에 군부대가 무력으로 맞섰고 그들이 내던진 폭탄으로 어느 마을 주민 거의가 몰살당하는 참변을 겪기도 했다.

무기를 든 인디오들은 대부분 검은 복면으로 얼굴을 가렸는데, 텔레비전이나 신문을 통해서 본 그들 중에는 소녀들도 있었다. 푹 눌러쓴 국방색 모자 밑으로 길게 땋아 내려뜨린 검은머리를 본 순간, 마음이 아팠다.

수십 년, 아니 수백 년 동안 대대로 이어받은 궁핍과 빈곤으로 인해 비인간화에 더 이상 침묵할 수 없다고 외치며 생명을 내놓은 채 저항한 그들이었다. 들은 바에 의하면, 엄청나게 넓은 토지를 갖고 있는 몇몇 대지주들은 마치 중세기 군주들을 연상케 하는 현대판 군주들이다. 그리고 그들 소유의 토지 안에 사는 인디오들은 종이나 노예와 다를 바 없는 생활을 한다고 한다.

일을 한 대가는 현금 대신에 배급표 비슷한 카드로 주어지기에 어떤 이들은 평생 지폐를 구경해 본 적이 없을 정도로 세상 물정에 어두운 사람들이 수두룩하다. 손에 쥔 카드를 가지고 찾아갈 수 있는 곳은 그들 주인인 대지주가 경영하는 수퍼마켓뿐이다. 카드에 해당하는 가치

만큼 물건과 맞바꾸어 삶을 꾸려간다.

사실 카드에 해당하는 가치의 액수는 만족할 만한 것이 못 된다. 그러니 늘 부족하고 허기지는 것은 당연지사이다. 이외에도 질병과 문맹 등 가난으로 빚어지는 비인간적인 일들이 허다하다.

농사 지을 땅을 달라

왜 이들은 가난에서 헤어나지 못할까. 그 해결책을 위한 교회의 비중은 컸다. 확실히 교회는 그들에게 의지가 되어준 큰 위안처였다. 소위 '해방'이라는 꿈에서만 그리던 이상이 현실 가능한 희망으로 다가서게 해준 것이다.

정치적·경제적·문화적 신식민주의 등에 의해 인간 생명이 경시되는 이들에게 억압으로부터 해방되어야 하는, 즉 하느님 나라 건설을 구심점으로 하는 복음적 의미에서 기초공동체의 활성화를 위해 교회는 많은 열성과 노력을 기울여 왔었다. 그러나 그들은 인간 해방의 하느님 나라 건설을 위한 정의와 애정을 택하기보다는 무력으로 인간 해방을 취함으로써 많은 인명 피해와 함께 고통의 상처가 늘어만 갔다. 그들이 정부를 상대로 낸 요구 사항 중 첫 번째가 배고픔의 해결이었다. 각자 스스로 농사를 지을 수 있는 농토를 달라는 요구였다.

정부와 산 크리스토발 인디오들의 대결은 팽팽한데 그 해결책은 불투명하다. 외부와 고립된 검은 복면의 인디오들과 그 가족들의 두려움, 헐벗음은 지구 저 끝편의 일이 아닌 바로 내 이웃 인디오들이 당하고 있는 고통이기에 더욱 슬퍼진다. 나는 일루시온 마을 주민들의 꿈이 허망하게 끝나지 않기를, 그리고 더 이상 폭력의 악순환이 거듭되지 않도록 예수님께 간절한 마음으로 기도했다. 그런데 당시 나의 솔직한 심정으로는 두려움과 염려보다 통쾌한 심정이 앞섰다. 인디오들의 용기에 의한 변화, '뭔가 새롭게 되겠지' 하는 기대감으로 사뭇 가슴이 부풀기조차 했었다. 그때 매스컴을 통해서 무도한 자들의 폭동이니 게릴라전이니 하는 보도를 곧이곧대로 믿은 우리 마을 인디오들은 잔뜩 겁을 먹은 채 내게 달려왔다.

"아이구, 수녀님, 그 죽일 놈들이 우리 마을까지 쳐들어오면 우리는 어쩌지요?"

아니, 죽일 놈들이라니…. 따지고 보면 똑같은 처지의 동료들이고 형제들이 아닌가. 이곳 떼우안떼빽 지역은 산 크리스토발 지역처럼 엄청난 땅을 소유하고 있는 대지주들의 횡포는 없지만 가난이란 상황에는 별 다름 없이 비슷한 처지이다.

주민들 대부분은 농업에 종사한다. 그렇다고 모두들 자기 소유의 땅을 갖고 철 따라 씨앗 뿌리고 때가 되면 수확할 수 있는 처지가 아니다. 손바닥만한 밭뙈기 하나 없는 가난한 농민들이다. 이들은 남의 밭에서 일할 주문을 받아 품삯 받고 겨우 입에 풀칠하며 사는 농부들이다. 한여름 섭씨 40도를 웃도는 뙤약볕에서 7~8시간 땀흘려 일한다.

하루벌이는 우리 돈으로 4천 원밖에 되지 않는다. 그나마 이런 벌이가 늘 있는 것도 아니어서 눈 씻고 찾아 다녀야 겨우 얻는 밥벌이다. 그러니 살림 형편이 펴지는 날없이 가족들의 생활은 어렵기 그지없다.

구멍가게 단골손님들

안살림을 도맡은 여인들, 가난을 숙명처럼 받아들이며 살던 여인들이 시대의 흐름을 조금이나마 피부로 느껴서일까. 요즘에는 부업을 하는 이들이 현저히 늘어났다. 돈이 많이 들지 않는 구멍가게가 대부분인데, 빈 커피병 너댓 개만 모으면 차릴 수가 있다고 한다.

구멍가게란 별 것 아니다. 싸구려 사탕이나 껌을 종류별로 빈 커피병에 채워 넣는데, 짐작하건대 병 하나에 사탕 20개쯤 들어간다. 그런 다음에 집앞에다가 빈 상자나 조그만 상을 내놓고 그 위에 사탕이 든 병을 진열하는데, 빈 자리에는 성냥 서너 개와 집에서 딴 과일 몇 개로 구색 맞춰 놓으면 된다.

코흘리개 조무래기들은 동전을 들고 와서 날파리들이 더덕더덕 붙은 사탕 병을 살피며 요리조리 고른다. 그리고 주인이 꺼내 준 사탕은 햇볕에 이미 반쯤 녹아 종이에 들러붙기 마련이다. 그렇더라도 그 달콤한 맛은 어린아이들을 충분히 유혹하고도 남는다. 쭈욱 녹아 흘러내리는 사탕 진물에 군침을 삼키며 정신없이 쳐다보기만 하는 빈털터리 다른 조무래기들의 동심은 어떠할까. 나는 가끔 이런 구멍가게에서 사탕을 사다가 꼬마 친구들에게 선심을 쓰곤 했다.

그래서일까. 가정 방문이나 기초공동체 모임에 참석하는 날 만나는 아이들은 으레 내 가방을 곁눈질로 살피던가, 아니면 아예 가방 안을 몰래 들여다보곤 한다. 사탕이 있는 날에는 내가 더할 나위 없는 '순간 우상'이 되지만 어쩌다 준비를 못한 날이면 아이들에게 곤욕을 치러야만 했다.

괜히 애꿎은 엄마에게 타박놓기 일쑤요 징징거리며 나를 쳐다보는 눈길이 곱지 않다. 그래서 나뿐만이 아니라 이런 일을 같이 겪으시는 동료 수녀님들도 사탕 한 줌쯤 자연스럽게 필수 지참물로 알고 있다. 그러니 구멍가게 단골 손님이 될 수밖에….

아무튼, 이 구멍가게 벌이로 손바닥에 쥐어지는 동전 몇 닢 푼돈이나마 살림살이에 보탬이 되는 것은 확실하다. 때문에 너도나도 구멍가게를 차려 구멍가게가 한 집 건너 한 집 늘어가는 참이다. 그러면서 오히려 신앙생활을 뒷전으로 미루어 우리들의 심기를 불편하게 만들기도 한다.

우리는 마을 부녀자들의 부업을 보다 생산적인 방향으로, 또 신앙생활 역시 돈독히 할 수 있는 방법이 없을까 하고 여러 가지로 궁리해 보았다. 그러다가 양계업을 하는 것이 좋겠다는 의견이 나왔다. 우리 수녀들 중 누구 하나 닭을 키워 본 경험이 없는 문외한들이었지만, 여기저기서 귀동냥으로 주워들어 보건대 양계 사업이 농가 소득으로는 괜찮을 것 같았다.

우여곡절 끝에 시작한 양계 사업

우선 일을 크게 벌이기 전에 연습 삼아 공소의 어느 가난한 젊은 부부를 택해서 닭을 키워 보자고 제의를 했더니 좋아하며 선뜻 응했다. 당장 병아리 25마리와 약간의 사료비, 예방접종비를 마련하여 투자했다. 물론 닭고기 판매가 끝난 뒤에 투자 원금은 돌려주고 이익금 전액은 수고비로 지불하기로 했다.

젊은 부부는 어린 아이 돌보듯 정성을 다해 병아리를 키웠다. 나는 매주마다 꼬박꼬박 병아리를 만나러 그들을 찾아갔다. 병아리들은 하루가 다르게 커 갔다. 나중에는 울타리가 비좁아져 다른 장소로 옮겨 넓혀 주었다. 닭장 청소 등 일손이 많이 필요했는데, 이들 부부는 정성을 다해 참으로 고맙기 그지없었다.

그야말로 순풍에 돛단 듯 별다른 어려움 없이 3개월이 훌쩍 지나자, 젊은 부부는 원금의 배가 되는 정도의 돈을 만들어서 가져왔다. 처음 약속대로 이익금 전액을 주자, 그들 부부는 한 번 더 기회가 주어진다면 더 잘할 수 있다면서 미련을 보이기까지 했다.

양계업에 자신감을 갖게 된 우리는 공소 기초공동체 모임을 통해서 자녀들의 학비 마련이라는 목표로 닭을 키워 소득을 올려 보자고 제의했다. 그러나 두세 사람을 제외하고는 상당히 회의적인 반응이었다. 이유인즉, 우리들이 이곳에 오기 오래 전에 교회에서 마을 협동조합을 조직하여 매점도 해 보고 비료, 사료 판매도 해보았으나 어느 것 하나 잘 되는 일없이 늘 실패만 거듭했다는 것이다.

심지어 교회 기둥으로 여기며 모든 이들이 신뢰했던 어느 젊은이는 사업을 벌인다면서 여기저기 동네 사람들의 돈을 빌려 쓴 후 일이 잘 되지 않자 마을에서 사라져 버린 일까지 있었다고 한다. 그 바람에 돈 잃고 사람 잃자 실망이 이만저만이 아니었던 동네 사람들은 차라리 돈과 관련있는 일들은 하지 않는 것이 좋겠다 하여 누구 하나 선뜻 말을 꺼내고 싶어하지 않는다는 것이었다.

듣고 보니 이해가 될 만한 했다. 하지만 여기서 물러서면 안 된다는 생각에, 서로 마음을 합쳐서 정성껏 하면 실패하는 일이 없을 것이라 강조하고 젊은 부부가 성공적으로 닭을 키웠던 사례를 소개했다. 그리고 만약 모든 것이 잘못될 경우 책임지겠다는 호언장담까지 동원하여 '우리 서로 신뢰로써 좋은 결과를 이끌어 보자'고 설득했다.

나는 왜 골치 앓으면서까지 구태여 이런 일을 하려들까.

막무가내로 반대만 하는 사람들을 설명하면서 문득 인간적인 나약함이 솟구쳐 그만둘까 하는 망설임이 들기도 했다. 그러나 우여곡절 끝에 결국 9명의 회원으로 구성되어 양계 사업을 시작했다.

처음에는 병아리 50마리로 출발하고 차츰차츰 수를 늘려서 4백 마리까지 키워 보기로 했다. 그러나 병아리 키울 장소가 마땅치 않았다. 그래서 회장집 마당 한켠에 닭장 하나를 장만하기로 하고 회원 각자 닭장을 만드는 데 필요한 물건을 내놓기로 했다.

야자나무 잎줄거리와 통나무, 울타리용 망을 내놓는 사람이 있는가 하면, 직접 몸으로 때운 사람도 있었다. 마지막으로 이것도 저것도 어려운 후안나 아주머니는 닭장짓는 데 보태 쓰라며 4천 원 상당의 현금을 내놓아 회원들에게 용기를 불어넣었다.

제법 튼튼한 닭장이 만들어지자, 회원들은 신명이 났다. 하느님의 축복 속에 시작하고 싶어 신부님에게 미사를 청했다. 다른 구역의 기초공동체 사람들과 마을 사람들을 초대하여 기쁨을 나누면서 서로 격려하기도 했다. 미사가 있던 날, 색색의 풍선으로 단장한 새 닭장의 첫 주인인 50마리 병아리 중에 몇 마리는 누가 매달아 주었는지 빨간 축하 리본을 목에 매달고 이리 뛰고 저리 뛰며 날개를 파닥거리는 모습이 참으로 앙증맞게 귀여웠다.

당신 포도밭의 일꾼들

그러나 병아리 일은 생각보다 손이 많이 갔다. 당번을 정해 매일매일 모이를 주고, 물을 주고, 청소하고, 병든 녀석이 있나 없나 살펴 보고, 병아리 일기를 쓰는 일은 고되기까지 했다. 그래도 첫 한 달은 열심히 재미있게 일했다.

얼마 후 회장이 은근히 불만을 털어 놓았다. 회원 절반 이상이 당번

일을 소홀히 하여 빠지는 날이 많다는 것이다. 개별적으로 만나서 채근하면 집안일이 바쁘다, 집이 멀어서 오고가는 일이 힘들다는 등 핑계를 대며 성의를 보이지 않는 바람에 회장과 몇몇 회원들이 다른 사람의 몫까지 해야 한다는 것이다.

우리로서는 회장으로서의 책임감 때문에, 때로는 마지못해 하면서도 열심히 일해준 게 참으로 고마웠다. 한 달에 한 번씩 전체 모임을 통해 경과 보고와 말씀 나누기 시간을 가졌는데, 그 자리에서도 갖가지 불만이 표출되었다. 그럴 때면 우리는 잘잘못의 시비를 가리느라 참 힘들었다. 공동으로 마음을 함께 하는 일은 동서를 막론하고 힘든가 보다. 어쨌든 회원들의 아옹다옹 다툼에서도 병아리들은 무럭무럭 어미로 자랐다. 적당히 자란 것은 고기로 팔고, 다시 50마리 병아리를 사고 팔고 하면서 우기가 되었다.

회원들은 우기에 대비하여 닭장 안 바닥에 흙모래를 더 부어 높여 주고 닭장 바깥 주변에는 빗물이 못 들어오게 물고랑을 만들어 주었다. 그럼에도 불구하고 습기와 더위로 인해 병든 닭이 속출했다. 며칠 새에 손쓸 겨를도 없이 30여 마리가 속절없이 죽어 가고 계속 몇 마리가 빌빌 앓자, 나는 속이 바작바작 타고 괜히 날씨 탓하며 비오는 하늘이 야속하게 생각되기도 했다.

회원들의 사기도 떨어졌다. 힘들게 일해봤자 남는 것 없을 것 같으니 차라리 그만두자는 심사인지, 한두 사람 제외하고는 모두들 일을 등한히 했다. 얼굴 보는 일조차 힘들 정도였다. 처음부터 이 일을 반대했던 사람들은 거봐라는 뜻으로 무릎을 치고, 열이 오를 대로 오른 회장은 마음 편안한 날 없이 매일 입이 부어 있었다.

시내로 나가 양계 전문가들에게 문의하고 그들이 가르쳐 준 대로 해

봤지만 소용이 없었다. 가엾은 병아리 가족들은 어찌 그리 쉽게 죽어 가는지…. 우기가 지나고 아픈 병아리 숫자가 뜸해질 즈음에는 이미 70여 마리가 사라진 뒤였다.

그러나 몇 명의 회원들이 땀흘리며 노력한 결과 예전만큼 회복할 수 있었고, 어느덧 10개월이 지나 결산하게 되었다. 장부(병아리 일기)에 의해서 각자 일한 만큼의 일당을 계산하고 원금과 함께 할당금이 지불되었다. 병아리 떼죽음으로 인해 처음 예상했던 액수에는 턱없이 부족했지만 다행히 얼마간의 돈이 주어졌다. 모두들 힘든 일이었지만 값진 경험을 했다는 기쁨으로 감사하게 생각했다.

그 동안 끝까지 열심히 일한 분은 그 노력의 대가로 목돈을 만질 수 있었고, 그렇지 못한 분들은 부러운 눈길로 쳐다보다 병아리 일기 책장만 뒤적였다. 늘 바쁘다는 핑계로 일을 거의 하지 않았던 후안나 아주머니는 뒤늦게 돈이 덜 지불되었다고 열을 올렸다. 닭장 지을 때 내놓았던 4천 원을 되돌려 달라는 억지여서 우리들은 말문이 막혔다.

2차 양계 사업에 참여한 회원은 고작 3명에 불과했다. 그러나 성실하게 일했던 사람들이었기에 이들은 30명 이상의 일을 해낼 수 있으리라 생각한다. 결국 1차 사업은 결국 만족하지 못한 선에서 매듭지어졌지만 오히려 하느님 당신 포도밭에서 머무를 착한 일꾼을 뽑아 주셔서 앞으로 좋은 결과가 나오리라 다짐했다. 그런데 마음 한구석에서는 석연찮은 음성이 들려 온다.

'하느님, 골치 앓으면서 이 일을 또 해야만 하나요?'

● 글 | 정명숙 바르톨로메오 수녀 | 한국순교복자수녀회

시골 장터의 은밀한 매력

구두가게 신기료 아저씨

나는 마당발도 아니고, 더군다나 육발도 아닌 다섯 발가락의 지극히 정상적인 발을 가졌다. 그러나 발이 조금이라도 불편하면 전혀 참지 못한다. 그럴 때면 제일 먼저 찾아가는 곳이 동네 시장 안에 있는 신기료 집이다. 손바닥만한 구두가게이지만, 헌 구두가 거짓말처럼 새것으로 만들어진다. 정말 신기한 일이다. 갖가지 소품들이 늘 정갈하게 정리되어 있는 그 모습도 보기 좋지만, 신기료 아저씨가 내 구두를 이 세상에서 최고의 보물인 양 정성스럽게 보듬는 그 진지함이 더할 나위 없이 나를 감동시킨다.

그곳에 들어설 때마다 나는 '기쁜 소식을 전하는 이의 발걸음은 얼마나 아름다운고'(로마 10, 15) 라는 성경 구절을 떠올린다. 그리고 '내가 정말로 그러했기에 닳아진 구두에 재생과 수선을 필요로 하는가' 하고 일종의 죄의식을 느낀다. 하지만 가게를 나설 때는 정말로 편안한 발로 기쁜 소식을 전하는 사도가 되겠노라고 의기양양해 한다.

그럭저럭 신기료 아저씨를 찾은 지도 10여 년이 지났다. 그 긴 세월을 한결같이 반갑게 맞아주는 아저씨에게서 나는 또 다른 모습의 예수 성심을 곧잘 느낀다.

항구에서 소임을 수행할 때였다. 기도나 잠심(潛心)이 잘 안 될 때면 곧잘 바닷가로 나가곤 했다. 매일 되풀이되는 일상이 그저 그런 시간인 듯 무료하여 뭔가 사이다처럼 톡 쏘는 것 같은 신나는 일이 없을까 찾았던 것이다. 그러나 바다는 시시각각 변화되어 아파하면서도 항상 그 자리에 그대로 있었다.

어떤 때는 모세의 지팡이로 두들겨 맞아 무지하게 성난 홍해 바다의 몸부림 같았고, 어떤 때는 높은 산 위에서 예수님의 말씀을 듣는 참으로 엄청나게 순한 양의 무리 같기도 했다. 그리고 그 속에는 땅 위에 있는 모든 것들이 다 들어 있었다. 해, 구름, 하늘, 빌딩, 자동차, 그리고 미운 이, 고운 이…. 깨지고 부딪히는 나의 내면과는 달리 겉모습만은 여전히 그곳에 있으면서 태연하게 보인다.

사는 것과 산다는 것

요즘에는 시끌벅적한 시장을 한바퀴 돌곤 한다. 처음엔 정말 시끌시끌할 뿐이어서 '내 아버지 집을 장사하는 소굴로 만들지 말라' (마태 21, 13)며 성심이 상하셨던 예수님의 모습이 연상되었다. 그러나 요즘엔 군중들을 먹이시려 먹을 것을 장만하라고 시장에 심부름 보내신 제자들과도 곧잘 만나게 된다.

온갖 창조물과 거기에 얽힌 삶의 애환들이 모두 시장 안에 있었다. 신기료 집에서도 그러했다. 구두가 고쳐지는 모양을 물끄러미 보고 있노라면 톨스토이가 쓴 것으로 기억되는 설화의 주인공과 만나게 된다. 세 가지 숙제를 풀어야 하는 하늘나라의 심부름꾼 미하일 이야기이다. 그가 구두 수선을 하고 있었다.

배고픈 자기에게 세몬이란 자가 음식을 주었을 때 그것을 받아먹은 미하일은 인간 속에 있는 것은 예수님의 성심을 닮은 사랑임을 알아채고 배시시 웃었다. 두 번째 웃었을 때는 맞춘 구두를 미처 신지 못한 부자 거인의 갑작스런 죽음에서였다. 그때 미하일은 맞춘 구두 대신으로 죽을 때 신는 장화를 만들어 놓았었다. 언제 죽을지 모르는 인간의 한계성을 보면서 그는 인간에게 주어지지 않는 것은 자기 육신을 위해 없어서는 안 될 것을 아는 힘이 주어지지 않았음을 알아챘을 때였다. 마지막으로 낯모르는 절름발이 소녀를 데리고 온 여인에게서 인간은 인간 속에 있는 '살아 계시는 하느님의 모습'을 보며 살아간다는 것을 깨닫고 만족스러운 미소를 띄운다.

인간 속에 있는 것은 무엇이며, 인간에게 주어지지 않는 것은 무엇일까. 인간은 무엇으로 살고 있는지에 대해 체험적으로 해답을 얻고 유유히 사라진 하느님의 사신과의 만남이다. 그러면서 카프카의 시 구절 하나가 떠오른다.

이제 우리는 해(年)로 사는 것이 아니다.

달(月)로 사는 것도 아니다.

초(秒)로도 살고 있지 않다.

오직 순간에 살고 있을 뿐이다.

서민적인 시장 안에는 많은 모습의 성모님들이 있다. 특히 슈퍼마켓에 밀려 시장 한모퉁이에다 여러 종류의 산나물들을 그릇 그릇에 가득 담아 늘어놓고 팔면서 항상 웃음을 잃지 않는 아주머니들에게서 더욱 쉽게 발견한다. 앞에 놓인 갖가지 산나물들을 바라보면서 언젠가 감명 깊게 읽었던, 그래서 아직까지 가슴에 담고 있는 이야기 하나가 떠오른다.

어느 날 부처님이 원숭이, 여우, 토끼의 세 제자들에게 먹을 것을 구해오라고 했다. 그러자 셋은 기꺼이 그러겠노라고 답하고는 부처님 앞을 물러 나왔다. 각자 산 속을 헤맸는데, 여우는 무공해 산나물을, 원숭이는 무공해 버섯을 정성스레 마련했다. 그러나 토끼는 아무것도 준비하지 않았다. 부처님이 무엇을 가져왔느냐고 토끼에게 묻자, 토끼는 "제 몸이 익거든 드시지요" 라고 말했다. 그 순간 토끼는 해탈하여 또 하나의 부처가 되었다고 한다.

나는 하느님 아버지의 뜻을 이루시려고 혼신을 다하여 찬란한 삶을 모범으로 보여 주신 예수님의 일생 중 3년간의 공생활을 이 이야기와 연결시키며 산나물들을 두어 가지 흥정한다.

때맞춰 과일 몇 가지를 올려놓고 파는 리어카의 라디오에서 가슴 아린 소식 하나가 얼핏 전해진다. 아프리카에서 20여 년 간 교사와 간호사로 봉사했던 두 명의 백인 수녀가 주민들에 의해 무참히 피살되었다는 것이다. 순간, 외로워진다. 그 외로움을 고독이라는 차원으로까지 승화시켜야 하는 어려움으로 인해 목이 메어짐을 느낀다.

이 세상에서 배신당했을 때의 감정처럼 처절하고 비참한 것은 없다.

더욱이 온 힘과 온 마음을 다해 봉사했던 장소였다면 더욱 그러할 것이다. 과연 무엇이 다르단 말인가. 죽음이든 배신이든, 토끼가 해탈한 것이든, 우리는 십자가투성이인 일상 생활 속에서 '부활의 삶'을 살 수 있는 지혜를 하느님으로부터 선물로 받지 않았는가.

산나물을 흥정하고 난 후, 조금 남은 감기를 퇴치시키려고 약국에 들렀다. 약이라는 뜻의 단어 'Medicine'의 어원이 명상(Meditation)이라는 단어와 같다는 것을 떠올리고는, 육체를 낫게 하기 위한 약국보다 영혼의 약인 명상을 잘 하는 것이 인간들이 저지른 과오와 병에서 벗어날 수 있는 유일한 방책이 아닐까 생각해 본다.

부활의 단면 보여주는 곳

과연 나는 기도 생활, 특히 묵상을 잘하고 있는가. 묵상이 잘 되면 가벼운 감기쯤이야 뚝 떨어질 텐데…. 순간, 전형적인 어머니 상처럼 보이는 어느 아주머니가 함박웃음을 내게 던진다. 머리에 수건을 질끈 동여매고 바지춤에 두툼한 주머니를 찬 그 모습에서 우리 역시 하느님이 주신 무기로 완전 무장을 해야 하지 않을가 생각해 봤다.

진리로 허리를 동이고
정의로 가슴에 무장을 하고
발에는 평화의 복음을 갖추어 신고
손에는 언제나 믿음의 방패를 잡고 있어야 합니다.
머리에는 구원의 투구를 받아쓰고
하느님의 말씀인 성령의 칼을 받아 쥐십시오.(에페 6, 14-17)

발길이 꽃가게에 이르자, 주인은 따가운 해를 등지고 서서 열심히 물을 주고 있다. 그냥 지나치려는데 점선으로 뿜어내는 물줄기에서 얼핏 아름다운 일곱 색의 무지개가 보인다. 꽃이 아름다운 것은 그 무지개를 먹고 마시며 자랐기 때문이 아닐까.

내 스물 나이가 활발히 성장하던 곳, 서른이 유종의 미를 거두고 마흔이 새순을 텄던 소임지들이 그립다. 그곳에 묶였던 기쁨과 슬픔의 체험들에게 무지개를 먹이고 입혀서 빨리 천사의 꽃으로 만들어야겠다는 생각이 솟구쳤다.

소임지에서의 빗겨남과 어긋남이 내 영혼을 들여다볼 수 있는 기회임을 체득했기에 나는 언제 어디서, 그리고 어떤 모양으로 살든지 '사는 보람'만은 잃지 않으리라. 그것이 바로 하느님이 내게 내리시는 사랑이며 신앙이 아닐까. 시장은 그렇게 살아 있는 부활의 단면을 상징적으로 가지고 있었다.

정의와 사랑의 그릇이신 예수 성심이여

모든 덕행의 깊은 바다이신 예수 성심이여

온갖 지혜와 지식을 간직하신 예수 성심이여

모든 위로의 샘이신 예수 성심이여

우리 마음을 주의 마음과 같게 하소서.

● 글 | 김선예 화밀리아 수녀 | 서울 성가소비녀회

탄광촌 수녀의 작은 기쁨

"모세야, 모세야."

하느님은 불붙는 떨기에서 모세를 부르셨다.

모든 것 다 주님의 손에 의탁하고 다시는 일어설 수 없을 것만 같은 절망의 나락에서 나는 다시 일어섰다. 그 황폐한 산허리, 황량한 들판, 거기에 아주 작은 성당에 함께 했던 모든 이들은 힘들고 서글픈 시골 본당이라 했지만 내겐 전혀 다른 느낌과 감회로 어떤 피할 수 없는 힘이 함께함을 직감할 수 있었다. 그 황량한 시골성당에 섰을 때의 느낌은 모세가 불붙는 떨기에서 부르심을 받던 그런 느낌이라고나 할까.

태봉 공소는 안동교구 신기성당에 소속된 탄광공소였다. 서서히 폐광을 기다리고 있어서인지 모든 사람들은 스스로 막다른 골목에 선 인생이라고들 했다.

시골본당은 대도시 본당에 비해 조용하고 할 일이 별로 없는 곳인 줄 알았지만 전혀 달랐다. 청소부, 교리교사, 사무원에 밭일까지 북도

치고 장구도 치면서 생활해야 하는 곳이 바로 시골이다. 가정방문을 다녀오면 하루가 다 간다.

토요일 저녁 7시. 신부님, M수녀님과 함께 태봉 공소로 향한다. 강을 건너서 까만 마을에 도착하면 수진이, 미나, 베드로 형제, 그리고 반갑게 맞아주는 꼬마 친구들이 있다.

신부님이 "애비는 어디 갔노?" 라고 물으면 "병반(丙班)입니더!" 라고 답하는 젊은 아낙들, 을반(乙班)을 마치고 막 도착했는지 충혈된 눈에 피곤한 기색이 역력한데도 정성껏 봉헌하고자 두 손 모아 기도하던 그들은 삶에 지친 영혼이 아니라 하늘 본향에 참된 보화를 쌓던 영혼들이다. 멜로디 박자는 맞지 않아도 목청껏 열심히 부르던 성가는 까만 밤하늘의 은은한 달빛을 맴돌곤 했다.

삶의 고뇌, 그 모두를 하느님께 봉헌하며 찬미 드리던 미사 시간이 끝나면 신부님은 소주 한 잔에 형제들과 담화를 나눈다. 그때부터 M수녀님은 예비자 교리를, 나는 골방에서 13명의 꼬마 친구들과 주일학교 교리랑 노래를 했다.

그 여름날, 어둠을 벗겨주던 은빛 달 아래서 우린 술래놀이를 했다. 얼음놀이도 하면서 참으로 티없는 웃음을 흩날리다 시끄럽다고 동네 아낙에게 호되게 야단을 맞았다. 춤과 노래자랑도 했는데 어린 꼬마 친구에게서 '홍도야, 울지마라'가 나올 줄이야. 남정네들의 젓가락 두드리는 모습이 나올 줄 상상도 못했다.

빛 바랜 어른들의 감정의 찌꺼기를 벌써 습관처럼 익혀 버린 건 아닐까. 그날 밤 내 가슴엔 비가 내리고 놀이터 하나 없이 지내던 까만 마을의 하얀 영혼들을 생각하며 밤을 하얗게 지새워야 했다.

우리가 돌아올 시간이 되면 꼬마 친구들은 못내 아쉬워 신부님 자동차 뒤쪽에 일렬로 서서 "영차 영차" 하고 차를 미는데 장난기 어린 신부님 차는 앞으로 가지 않고 자꾸 뒤쪽으로 간다.

밭일에 마디가 굵어진 할머니 손. 석탄을 얼마나 캤을까 덥수룩한 형제의 손. 꼬마 친구들의 하얀 손. 참으로 소박하고 진솔한 삶을 살던 영혼들이 작별의 손을 흔들어 주었다.

늦은 시간이어도 피곤을 몰랐다. 지치지도 않았다. 심연 속에서 우러 나오는 기도가 있었다. 하느님께 바람이 있었다. 그 바람이 너무 간절 했기에 두 손을 꼭 합장했다. 축복을 꽃비처럼 내려 주시라고. 주님 은총이 그들과 늘 함께 해주시리라고 나는 빌었다.

어둠을 굳이 헤집고 나올 필요도 없었다. 은빛 달이 저만치에서 우리를 비추고 있었다. 그 강둑과 출렁이는 강물도 비추어 주었다.

별당 아씨와 같은 수도자가 아니라 가난하고 소외된 이웃을 위해 간절히, 그리고 열심히 기도하는 수도자, 뜬구름을 타고 다니는 수도자가 아니라 현실을 직시하면서 구체적인 삶을 사는 수도자이기를 오늘도 그 태봉 공소의 달빛은 내 영혼의 창을 비춰주고 있다.

● 글 | 기태옥 루시아 수녀 | 샬트르 성 바오로 수녀회 대구관구

예수님은 어디에

내 삶은 6·25와 더불어 모든 게 바뀌었다. 어린 나이지만 일찍부터 사회생활에 뛰어들 수밖에 없었고, 그 체험은 너무나 혹독한 것이었다. 노동을 제공하고 그 대가로 봉급을 받는 것인데도 왜 인간적으로 무시당해야 하는지 의문이었다. 그때부터 나는 인간 대접을 제대로 받기 위해서는 공부해야 한다는 생각이 들었다.

주저할 것 없이 곧바로 시작했다. 직장에서 힘들게 일하고 밤에 학교를 다니면서 몸은 지치고 힘들었지만 열심히 살아 보려고 많은 노력을 했다. 그러나 생각대로 순조롭지만은 않았다. 삶이 원망스러웠다. 부모도 형제도 원망스러웠다.

사람 대접 받고 싶었다

이럴 쯤, 내 안에서 다시 태어나야 한다는 생각이 들었고, 그래서 찾아간 곳이 교회였다. 교리 공부를 하고 영세를 하면서 하느님의 조건 없는 사랑과 조건 없는 인격적인 만남을 깊이 체험했다. 그러자 두려움보다는 희망으로 새로운 삶이 싹트기 시작했다. 보잘것없는 나를 위해 보잘것없는 사람이 되신 하느님을 알게 된 것이 나를 다시 태어나게 한 힘이었다.

그동안 사람 대접을 받으려고 사회에서 요구하는 조건을 갖추기 위해 얼마나 노력했는가. 그러나 좌절과 원망, 삶을 포기하고 싶은 심정이 더 많지 않았는가. 하지만 예수님은 나를 있는 그대로 받아 주시고 인정해 주시고 사람 대접을 해주신다. 참으로 큰 짐을 벗어버린 것 같은 자유로움을 체험하게 해주셨다. 이때부터 나는 새로운 삶을 얻은 것에 감사하면서 이 사랑을 다른 사람에게 전하고 싶었다.

가진 것 없고, 배운 것 없고, 가문도 빽도 없는 사람이 당하는 비인간적인 대접의 서러움이 어떤 것인지를 알고 있기에 예수님이 서러움을 당하는 사람들에게 "너희들도 하느님의 사랑을 받는 인간이다" 라고 한 가르침은 내게 가장 깊은 인상을 심어주었다. 나 역시 이 메시지를 인간 대접을 받고 싶어 울부짖는 사람들에게 전하고 싶다는 강한 열망에 수녀원의 문을 두드렸다.

수련을 받고 수녀가 되어 처음으로 받은 소명은 성심여대 기숙사의 사감을 도우면서 춘천에 있는 소년원의 상담 수녀로 일하라는 것이었다. 이 기간은 내가 수도생활을 하면서 겪은 첫 시련이기도 했다. 소년원의 아이들은 계속하여 나를 시험했다. 많은 실수와 시행착오를 거치면서 나는 가급적 눈높이를 그들의 처지에 맞추려 애썼다.

어느 날, 한 소년이 찾아왔다. 소년은 별로 말이 없었다. 무슨 일로 왔느냐는 물음에 사감 선생님이 가라고 해서 왔다는 등 묻는 말에만 간단하게 대답할 뿐 무거운 침묵을 지켰다. 나 역시 별달리 물어볼 말도 없어서 그냥 침묵하고 있었다. 물론 마음속은 불안했다. 이 소년에게 어떻게 할 수 없다는 좌절감과 실패감에 빠져들어가는 나 자신의 무기력이 불안하기까지 했다. 한참 시간이 지난 뒤, 나는 소년에게 "이제 가도 좋아" 라고 말했다. 그러자 소년은 올 때의 시무룩한 표정과는 달리 너무나 밝은 모습으로 "감사합니다" 한다. 그 후, 그 소년은 나의 단골 손님이 되었다.

소임이 바뀌어 서울 수녀원에 와 있는데, 소년원에서 출감했다는 한 소년이 찾아왔다. 부모님이 안 계셔서 갈 곳이 없다는 것이었다. 나는 동분서주하여 소년이 머물 곳과 직장을 알선해 주고 야학까지 다니게 해주었다. 그가 필요한 것을 모두 마련해 주었다고 생각하자 다시 소임이 바뀌어 필리핀으로 가게 되었다.

그러나 소년이 원한 것은 의식주의 해결이 아니었다. 한 인간으로서 사랑 받고 대접받는 인간관계였다. 나중에 소년이 자살했다는 소식을 듣고는 참으로 큰 충격을 받았다. '나는 내 안에 있는 진주를 찾기 위해 길을 떠난다. 이 세상에서는 아무도 이것을 찾는 데 도움을 주지 못한다. 나 자신이 찾아야겠다'는 소년의 마지막 편지를 읽고서, 나는 인간의 가장 큰 욕구는 인격과 인격이 만나는 인간적인 사랑이라는 것을 크게 깨달았다.

그 순간, 나는 수도생활마저 포기하고 싶었다. 그만큼 소년의 죽음은 내게 커다란 상실감과 실패감을 안겨 주었다. 그러나 어느 순간, 나는 깨달았다. 나 자신, 아니 우리 모두를 사랑하는 하느님의 사랑을, 그리고 가난하기 때문에 인간 대접을 받지 못해 울부짖는 사람들과 함께 살면서 그들의 인간성을 찾아 주고 싶다는 부르심을 듣게 되었다.

탄광촌에서 깨달은 것

얼마 후, 이런 바람이 받아들여져 광산 지역인 강원도 고한으로 가게 되었다. 그러나 이곳에서 더 많은 사람들의 비인간적인 삶에 또 한 번 충격을 받았다.

열악한 노동조건에서 스스로 '막장 인생' 이라 부르는 자포자기의 삶. 일하다가 사고로 부상하거나 생명을 잃게 되는 위험을 뻔히 알면서도 석탄가루로 뒤덮인 검은 얼굴에 하얀 이를 드러내며 웃음을 띄우는 얼굴, 그리고 시체를 놓고 울다가 보상금 때문에 싸워야 하는 상주들이며, 다정하게 지내던 부부, 친구, 이웃사촌, 교우까지도 자존심을 조금이라도 건드리는 말이 나오면 마구 주먹이 날아드는 싸움판. 가난할지언정 마음만은 푸근할 것이라는 희망을 갖고 찾아간 곳이건만 악만 남은 그들의 울부짖음은 내게 아픔과 실망만을 안겨주었다.

너무나 실망이 컸기 때문일까. 무엇인가 해 보려고 발버둥쳤지만 돌아오는 것은 좌절과 무기력뿐이었다. 내 삶도 고단해졌다. 되는 일도 없고, 기쁨도 없는 상태에서 함께 사는 공동체 수녀님에게까지 불평이 터져 나왔다. 내 안에서 악이 솟아오르기 시작했던 것이다. 그럴수록 악만 남은 내 자신이 싫었다. 실망, 좌절, 공동체에 대한 원망과 함께 하느님을 바라보기가 부끄러워졌다. 함께 살겠다고 찾아간 이곳 주민들도 보기 싫었다.

좌절의 늪에 빠져 방황하던 어느 날, 나는 성당 골방에서 하루 종일 기도하면서 하느님께 울부짖었다.

'이렇게 많은 삶들의 울부짖음 앞에서 나는 아무 것도 할 수 없습니다. 능력도 없고 자원도 없고 사랑도 없고…. 하느님 당신은 왜 아무

일도 하시지 않습니까?'

　문득 십자가에 달리신 예수님이 눈에 띄었다.

　'그래, 나를 보아라. 하느님 아버지께 기도하면 기적도 행할 수 있었지만 나는 이렇게 두 손 두 발이 묶여서 아무 것도 할 수 없다. 이것이 나의 역할이란다.'

　마치 예수님이 내게 말씀하시는 것 같이 느껴지면서 나는 어떤 깨달음을 얻었다. 생각해 보면 나의 좌절은 내가 무엇인가 해서 어떤 변화를 가져오는 데 한몫을 했다는 성취감을 갖지 못한 데서 오는 것이었다. 말하자면 자신이 갖고 있는 가난함을 받아들이지 못한 데서 온 실망과 좌절이었던 것이다.

　나의 한계를 받아들이자고 했다. 그리고 차츰 마음의 평화를 되찾아 갈 때, 밖에서 누군가 찾는 소리가 들려왔다. 산꼭대기에서 규폐환자 아들과 구멍가게로 근근이 살아가는 마리아 할머니였다.

　물건이 떨어져 시장으로 사러 왔는데, 라면 상자가 무거워 산으로 올라갈 수 없다는 것이었다. 얼른 라면 상자를 머리에 이고 할머니와 함께 산으로 향했다. 발걸음이 가벼웠다. 얼마만에 느껴보는 행복한 순간인가. 할머니는 내게 미안해서 어쩌냐고 몇번이고 말씀하셨지만, 나는 속으로 이렇게 말하고 있었다.

　'할머니는 제가 지금 얼마나 행복한지 모르시죠. 할머니는 저에게 기쁨을 주신 구원자(예수님)랍니다. 할머니가 지금 아무 것도 할 수 없는 십자가에 달리신 예수님이라면, 저는 그런 예수님을 도와 무엇인가 하고 있는 것 아니겠습니까.'

　그날 나는 육체가 살아서 움직일 수 있고 힘이 있을 때에 아무 것도 할 수 없는 이들의 손발이 되어 주는 기쁨, 또 내가 힘이 없을 때 나를 위해 손발이 되어 주는 사람들에게 기쁨을 줄 수 있다는 것이 바로 인간다운 삶을 살아가면서 얻는 기쁨과 희망이라는 것을 깨달았다. 요즘 사람들은 남에게 도움을 요청하는 사람도 부담스럽게 느끼고 싫어한다고 하는데, 아마도 서로 주고받는 기쁨이 어떤 것인지 한 번도 경험해 보지 못하고 살아가는 사람들일 것이다.

상계동의 작은 기적

소임이 바뀌어 서울 상계동 성당에서 일하게 되었다. 1980년대 당시만 해도 변두리로 생각되었던 곳인데, 늘 만원 버스에 시달려야 할 만큼 교통 문제가 가장 힘들었다. 하지만 본당 신자들은 가족적인 분위기였다. 이곳에서 나는 빈첸시오 회원들과 함께 어려운 사람들을 가정 방문하면서 많은 것을 배웠다.

우선 환자들을 방문할 때마다 느끼는 것이지만, 병으로 인한 자신의 고통으로 짜증을 내기보다는 '바쁘실 텐데 산꼭대기 동네에까지 어떻게 오셨느냐'며 미안해 하고, 두 손을 맞잡아 우리의 찬 손을 녹여 주는 마음씨를 만날 때마다 단순하고 소박한 이들의 몸짓 안에서 예수님의 가르침을 들을 수 있었다.

간암을 앓고 있는 어느 50대 남자는 심한 통증으로 신음하면서도 부인과 자녀들이 어떻게 살아갈지 걱정이라면서 눈물을 흘렸다. 나는 이 모든 고통을 부인과 자녀들을 위해 봉헌하고 하느님에게 부인과 자녀들을 부탁하라고 말했다. 그러자 그는 눈을 번쩍 뜨면서 희망에 찬 표정을 지어 오히려 나를 감동케 했다. 얼마 후, 그는 대세를 받고 웃는 얼굴로 운명했는데, 나는 그 모습에서 부인과 자녀에 대한 그의 순수한 사랑이 하느님의 사랑을 쉽게 알아듣게 하는 것임을 깊이 느낄 수 있었다. 비록 가톨릭 신자가 아니더라도 병들고 고통받는 사람들을 많이 만났는데, 그들의 변화하는 모습을 볼 때마다 나는 수많은 작은 기적들을 체험했다.

특히 동생들을 돌보면서 직장 생활을 하는 어느 소년 가장이 가장 인상깊었다. 소년은 레지오 단원들의 도움을 받으면서 교리반에 들어가 열심히 교리를 배우더니 세례를 받고는 JOC에 가입하여 누구보다도 적극 활동했다.

나로서는 변해가는 그의 삶의 모습이 수도생활의 선생이었다. 그는 자기 자신 역시 집이 없으면서도 집없는 사람들부터 걱정했고, 틈틈이 자신이 담근 김치를 어려운 사람들에게 나누어 주었다. 한 가정의 가장이 아니라 JOC 회원들과 힘없는 이웃의 가장이 된 것이다. 어디서 그런 용기가 나오는지 정말 놀라운 일이었다. 지금도 그의 말이 귀에 쟁쟁하다. 내가 상계동 본당을 떠나면 노동자들을 위해 일하고 싶다고 하자, 그는 이렇게 말했다.

"노동자는 노동자 동료들이 도울 수 있습니다. 수녀님은 우리가 걸어갈 때 만일 움직일 수 없는 바위가 앞을 가로막고 있다면 그 바위를 치워 주시면 됩니다."

나는 이들을 찾아갈 때마다 예수님을 만난다. 십자가에 달리신, 아무것도 할 수 없는 예수님은 그들과 함께 계시는 것이다.

가난한 이들안에 계신 분

그러던 어느 날, 이곳에 철거 바람이 불어닥쳤다. 네 평짜리 집, 방이라고 해야 단칸방이지만 그곳은 식구가 많은 사람들이 살기에 가장 편리한 집들이었다. 주인이 함께 살지 않은 독채이기 때문에 간섭하는 사람이 없어 누가 세입자인지 주인인지 모르면서 서로 다정하게 지내는 이웃들이었다.

그런데 이 지역에 지하철이 들어오고 재개발되면서 가난한 사람들이 쫓겨나는 일이 벌어졌다. 식구가 많다는 이유로, 방세가 너무 비싸서 이사하지 못하는 가난한 사람들끼리 모여 거대한 힘과 싸우기 시작했다. 상대방은 돈과 힘과 권력을 가졌지만, 세입자에게는 아무 것도 없는 사람들의 처지를 알아주는 인정만이 있을 뿐이었다. 그런데도 그 인정은 어느 것보다도 그들을 하나로 묶는 힘이 되어 주었다.

내가 2~3년 동안 그들과 함께하면서 얻은 체험이란 힘없는 자들의 무력함이었다. 그리고 때리면 맞고 울고 다시 일어서는 그들의 모습을 보면서, 오뚜기 같은 그 힘이 어디서 오는 것인가를 자문했다. 분명 그 것은 처참한 현장의 울부짖음을 듣고 달려온 하느님 백성들로부터 받는 위로였다.

어떤 자매는 모든 것을 다 빼앗기고 남은 것 하나 없이 철거반원에 의하여 윗옷이 벗겨지는 순간, 부끄러움과 함께 하느님이 자기와 함께 하심을 깊이 느꼈다고 실토했다. 그녀는 비신자였다. 나는 그의 이야기를 들으면서 진정 이들 가운데 함께하고 계시는 하느님을 발견하고, 어설프게 시작한 나와 세입자들과의 만남이 이제는 누군가(?)와 함께 걸어가고 있음을 체험했다.

상계동의 철거 싸움은 바로 이스라엘 민족이 에집트를 탈출하여 가나안 땅을 향해 가는 체험이었다. 그리고 그 분은 언제 어디서나 우리와 함께 계신다는 너무나 분명한 진리를 깨닫게 되었다. 어느 때는 십자가 곁에 있는 성모 마리아로, 여인으로, 그리고 제자로, 어느 때는 십자가에 달린 힘없는 예수님이 되어 서로 위로와 사랑을 주고받는 삶의 연속이 계속되었다.

우리 모두는 세상에 태어나 하느님의 품에 안길 때까지 홀로 살 수 없을 것이다. 하느님이 바다라면 우리 각자는 하나의 물방울과 같다. 이 물방울이 혼자 있으면 말라 버려 없어지지만 다른 물방울과 합쳐지면서 흐르고 또 다른 물줄기와 합쳐지면 더 큰 물줄이가 되고, 서로 찾아가고 찾아 주는 이 세상 세파의 여정을 함께 겪다 보면 시냇물이 강물이 되고 강물이 바다가 되어 그 바다로 흘러 들어가고 있는 우리를 발견하게 될 것이다.

나는 너를 필요로 하고 너는 나를 필요로 한다. 언젠가는 십자가에 달린 예수님이 되고, 언젠가는 십자가 곁에 있는 성모 마리아, 여인, 제자가 되어 돌보아 주고 돌봄을 받는 가운데 서로의 힘을 합하여 하느님의 품인 바다로 향해 가는 것이다.

가난한 사람들과 함께 살면서 참으로 많은 것을 배웠다. 서로 주고받는 모습, 서로 사랑하고 아끼는 모습, 가난하면서도 더 가난한 이들을 위해 무엇인가 해줄 것을 찾아 나서는 그들의 모습에서 나는 나의 살아온 삶을 되돌아보았고, 앞으로 살아갈 삶을 배웠다. 그들 안에 현존하시는 예수님을 나의 예수님으로, 우리의 예수님으로 만날 수 있도록 지금까지 나의 삶 속에서 만난 모든 이들에게 감사드리고 싶다.

● 글 | 손인숙 수산나 수녀 | 성심수녀회

주님, 저 오늘 어땠어요

자명종 시계가 따르릉 울린다. 언니 수녀님들보다 서둘러 세면을 끝내고 주섬주섬 옷을 챙겨 입고 괜스레 먼지 한 번 더 털어보는 하이얀 수도복, 하이얀 베일. 오늘 이 옷으로 한 영혼의 아픔을 함께 나눌 수 있다면….

'주님, 저는 당신 안에 살고 있음을 알겠나이다.'

오늘 하루 일용할 양식을 묵상기도와 주님의 식탁에서 받아 모시고 소임터인 7병동으로 향했다. 벌써 당번 수녀들이 먼저 와서 오늘의 할 일을 준비해 놓았다. 고마운 마음으로 화살기도 한 번 바치며 병실을 돌아본다. 그리고 인계를 받으며 지난 밤 환자들의 고통을 듣는다.

"OOO씨, 자정 때 수술 부위 통증이 심하셔서 앉아 계시다 진통제 주사 맞고 늦게서야 주무셨습니다."

밤이면 하루의 통증이 한꺼번에 밀려오는 듯, 힘들어 하는 환자들에게 우리가 할 수 있는 것이 진통제 주사뿐일까. 인계를 마치고 처치실에서 오늘의 특별검사와 수술환자 처치를 준비한다. 아직은 경험이 부족하여 일의 속도가 그리 빠르지 않은 편이다.

"성 수녀님, 305호실 환자분 링거 주사 좀 봐 주세요."

"예, 알겠습니다."

달려가 보니 링거 줄에 피가 엉겨 있다. 고쳐주고 돌아서려는데,

"수녀님, 여기도 좀 봐 주세요. 여기도 안 들어가요."

"예, 어디 한 번 보입시더."

"오메. 우리 수녀님, 경상도 말 하신다. 고향이 어디지라?"

"저는 부산아입니까."

"오메, 우리 딸이 지금 부산 가 있는디 반갑구만이라. 근데, 워째 여기까지 왔어라?"

"아이고, 어딜 못가요. 하느님께서 부르시면 어디든지 가지라?"

"맞어, 맞어, 아따 수녀님은 수녀님이지라."

막혀있던 주사 바늘을 뚫어서 링거액을 조절해 드리며,

"자, 되었어요. 편안히 맞으셔요."

"예수님, 고맙지라."

웃으시며 잡으시는 할머니의 손이 참 따스하다.

오전 11시. 아침 처치도 끝나고 이제 병실을 돌아보며 마음 아픈 예수님(?)을 만날까 하는데,

"수녀님, 309호실 관장 한 번 해주실래요?"

"예, 알겠습니다. 지금 해드릴게요."

대변을 시원스레 보지 못해 힘들어 하는 할머니를 내 어찌 모른다 하랴. 준비물을 챙겨서 해드리고 돌아오면,

"수녀님, 310호실 일시 배뇨 해주셔요."

"예, 지금 갈게요."

할머니는 소변 보기가 힘드시단다. 부풀어 오른 아랫배를 움켜쥐며 괴로워하시는 할머니의 모습이 안타깝다.

'주여. 나를 당신의 도구로 써주소서.'

이리저리 다니다 보면 어느새 점심시간이다. 5분이라도 성체 앞에 마음을 모은다.

'오늘 저의 행위가 마음에 드셨나요? 제가 너무 방방거렸죠? 오후에는 사뿐히 다닐게요.'

30분의 점심 시간이 지나고 오후 처치와 입원 환자를 받는다. 합실에 오는 환자분을 모시고 병실문을 열어 함께 인사를 나눈다.

"오늘 새로 오신 ○○○씨입니다. 함께 지내시며 많이 도와주세요."

주님, 이 분을 통해 제게 어떠한 사랑을 주시렵니까.

"자, 이제 환자복으로 갈아입으시고 편히 쉬세요."

병실 문을 열고 나오는데 입원 환자분이 나를 부른다.

"수녀님, 할 얘기가 있어요."

"제게요? 말씀해 보세요."

"수녀님을 보면 영화 씨스터 액트에 나오는 그 수녀님 같아요."

주님, 정말 그런가요.

교대 시간이 다 되어 일을 마무리하고 있으려니 복도를 지나는 환자분이 손을 꼬옥 잡는다. 얼마 전에 유방암 수술을 받은 분이다.

"제게는 수녀님이 늘 마음에 있어요. 수술 들어가기 전에 수녀님이 안심하라며 잡아주던 그 손길에 얼마나 마음이 푸근했던지…. 그때 우리 가족들도 뭔가 모르게 참 편안했대요. 저는 점점 좋아지고 있어요.

보셔요. 이렇게 가뿐하잖아요. 고마워요, 정말….”

"정말 많이 좋아지신 것 같아요. 편안해 보이시네요. 많이 드시구요. 운동도 많이 하시고….”

주님, 저는 믿어요. 이분이 당신을 찾고 있다는 것을 믿어요. 어서 빨리 당신의 사랑으로 이끄시어 당신을 알게 해주소서.

소임을 마치고 집으로 돌아오니 아직 언니 수녀님들은 소임중이었다. 식탁 위에 메모가 눈에 띈다.

'로사 수녀님. 수고했어요. 이것 드시고 편히 쉬어요.'

당신의 사랑. 성체조배 시간에 주님께 하루의 힘 주심에 감사드린다. 저녁식사 시간에 수녀님들이 함께 모여 소임터의 작은 일들을 서로 나누며 그 안에서 역사하시는 주님의 섭리를 진하게 느낀다. 각자의 고유한 모습과 역할로 주님의 여종임을 증거하는 삶, 그리스도를 향한 포기의 삶이 참으로 아름답다. 이제 하루를 정리한다.

주님. 저 오늘 당신 앞에 어떤 모습이었나요? 당신께서 주신 이 옷이 제게 썩 어울렸나요? 오늘을 이끌어 주시고 다시금 내일을 주시는 주님. 이 마음과 이 믿음으로 언제까지나 충실한 삶이게 하소서.

● 글 | 성경옥 로사 수녀 | 샬트르 성 바오로 수녀회 대구관구

작은 자의 일상

마음을 알아준다는 것, 마음이 통한다는 것,

마음을 읽는다는 것은 사랑이다.

사랑은 고통없이 읽지 못한다.

인간의 사랑에도 힘든 고비를 넘겨야 진정한 사랑을 하게 된다.

고통을 통해서 참으로 상대의 소중함과 진실을 깨닫기 때문이다.

교우들을 만나면서 '그들의 아픈 사랑은

이 아픔으로 인해 아름답구나' 하고 느낀다.

그래도 올챙이 시절이 좋았는데

아직은 세상 모르고 수녀원이라는 못에서만 헤엄치던 시절. 긴 터널처럼 어둡기도 하고 첫눈 내린 겨울처럼 깨끗하기도 했던 시절이었다.

마냥 좋기만 하던 청원기를 마치고 수련이 시작되면서 대망의 수녀가 되는 훈련에 들어갔다. 수녀원 담벼락에는 마귀들이 닥지닥지 붙어 있어서 어떤 수녀라도 틈을 보이면 데려가려고 지켜보고 있다는 말을 들어서인지 외떨어진 수련소에는 마귀도 많았다.

자고 일어나면 밤중에 시커먼 마귀가 어느 수녀의 방문을 열려고 했다는 이야기도 들렸고, 마귀가 잠자는 한 수녀의 손을 잡아당겼지만 묵주반지 덕분에 끌려가지 않았다는 등 '마귀 얘기'가 심심찮게 나왔다. 어떤 때는 실제로 미친 사람이 수녀원 창 밖을 서성대기도 했다. 잠시도 긴장을 풀 수가 없었다.

나는 행동이 느려서 어른 수녀님으로부터 빨리빨리 하라는 이야기를 많이 들었는데, 긴장이 되니까 잘한다는 게 오히려 말썽을 부린 꼴이 되고 만다. 앞으로 가도 뒤로 가도 물건에 부딪혀 둘러엎거나 깨기 일쑤이고, 제풀에 너무나 혼비백산해서 깨진 화병을 거꾸로 들고 '입이 없는 화병도 있나, 이상하다' 하고 한동안 정신을 못 차리기도 했다. 하나에서 열까지 유치원 어린아이 같았다.

추운 겨울날, 리어카에 연탄재를 담아 대문 밖으로 실어다 놓는 일은 특히 힘들었다. 얼어붙은 손발을 녹이느라고 잠시 문짝 뒤에 서 있을 때면 '이 순간, 숨을 수만 있다면…' 하고 간절히 바라기도 했다.

똥지게를 지고 똥을 푸는 일도 힘들었다. 여고 시절, 호랑이처럼 무서운 학생과장 선생님(별명이 베트콩이었다)을 놀리려고 운동장에서 낙엽을 줍던 학생들이 일제히 "베트콩 아버지는 똥 퍼요" 하고 합창하는 바람에 그 선생님이 어쩔 줄 몰라하셨던 기억이 생생한데 '결국 내가 똥을 푸게 되었구나' 하는 생각이 들었다. 그래도 주방에서 쉴새없이 잔소리를 듣는 것보다 낫기 때문에 우리는 똥을 푸러 밖으로 나왔다. 똥물이 튀기면 동시에 "와하" 웃으면서 핑계삼아 아무 데나 앉아 쉬기도 했다.

모내기, 벼 베기, 풀 베기, 돌 고르기 등 모두 처음 해보는 일들이어서 몸살이 날 정도였지만 논두렁에 앉아 마시던 막걸리 맛을 결코 잊을 수 없었다. 더욱이 내가 심은 모가 힘있게 뿌리를 박고 싹을 틔울 때 모내기를 해본 사람만이 느끼는 그 뿌듯함과 소중함, 자랑스러움도 가져보았다. 벼를 베어 봐서 그런지 가을걷이를 하는 논길을 가다보면 낫 들고 한몫 해야겠다는 생각부터 서슴없이 떠오른다.

하지만 나를 가장 힘들게 한 것은 커다란 가마솥에 불을 지피는 일이었다. 장작을 쌓아놓고 아무리 불쏘시개를 지펴도 불이 붙지 않고 연기만 자욱해서 매운 김에 눈물을 줄줄 뺐지만 누구한테 도움을 청할

줄도 모르고 울고만 앉아 있었던 기억이 난다. 가마솥에는 간식으로 먹을 찐빵이 들어있었다.

단순 노동을 하면서 끊임없이 질책을 들을 때마다 침대맡에서 십자가를 바라보며 하소연하고, 이웃보다는 예수님만 줄기차게 구하던 때였다. 물론 성녀가 되려고 꿈꿔보기도 한, 무모한 것 같지만 일편단심 민들레로 살았던 시절이었다.

첫 서원을 하고 나서 개구리가 되어 못 밖으로 뛰어다녀 보니 더욱 올챙이 시절을 자주 되돌아보게 된다. 아마도 예수님에 대한 순수한 열정이 못내 그립기 때문인가 하는 생각도 든다. 아니 이제는 온갖 세파에 시달리며 속화되었던 나 자신을 추스르면서 올챙이 적, 오롯이 내가 사랑했던 주님에 대한 그리움 때문에 울컥 목이 메이기도 한다.

● 글 | 박영옥 아가다 수녀 | 거룩한 말씀의 회

기도, 그리고 아무것도 아닌 일들

아득히 들려오는 갖가지 새소리와 푸르름에 묻혀 신선함과 상큼한 공기를 들이쉴 수 있음에 좋다. 산, 나무, 들, 꽃, 벌레, 공기, 하늘, 바람 등 자연의 풍요로움 속에 숨을 쉰다는 것이 새삼 감사하다.

이른 아침, 앞산 앞자락의 짙은 안개 속에 옛 추억이 떠오르듯, 세월의 흐름 속에서도 마음 한켠에 진한 감명으로 남아 있는 체험이 있다. 마치 짙은 안개가 소리없이 사라지다 어느날 아침 다시 피어오르듯, 어느 순간 순간에 다시 내어 보기도 한다.

한 달간 침묵했던 속사정

오래 전에 있었던 일이다. 부족했던 지원기 생활 중에 일어났던 그 일은 그 후 지금까지 나의 기도 생활에 뿌리가 되었다.

막연한 기대감과 수도생활이 뭔지 잘 모르는 채 수녀원 생활이 시작되었다. 새로운 환경에 적응하기 위해 하나 둘씩 배워가며 그 전의 습성에 변화를 요구하는 도전적인 생활이었다. 함께 입회한 자매들과의 공동체 생활 역시 또 하나의 도전이었다.

나의 부족함으로 실수도 많았다. 부엌 담당일 때, 튀겨야 할 생선을 새까맣게 태운 적도 있고, 왜 그리 허둥댔는지…. 그리고 가끔 텃밭을 가꿀 때는 웬 돌이 그리 많은지, 그 돌을 추려내느라 수고를 참 많이 했다고 자부한다.

점심 식사 후의 영적 독서 시간이면 졸기 일쑤였다. 식곤증이 심했나 보다. 할 수 없이 졸음을 쫓기 위해 거즈를 접기로 했다. 나환우를 위한 치료용으로 손이 많이 가는 작업이다. 때문에 식곤증은 어느 정도 이겨낼 수 있었다. 때때로 좀 쉬었다 하면 얼마나 좋을까 하는 바람이 굴뚝같았으나 청하기 어려웠다. 다음 스케줄이 기다리고 있기 때문이다.

수업시간 중 창설자에 대한 강의는 인상적이었다. 성 빈첸시오 아 바오로와 성 루이즈 드 마리약은 1633년 프랑스 파리에서 성 빈첸시오 아 바오로 사랑의 딸회를 창설했다. 또 파리 뤼드박에 있는 모원 성당은 1830년 성모님이 성 가타리나 라보레에게 발현하시어 기적의 메달을 만들어 보급토록 하신 곳이며, 지금은 많은 이들의 순례지로 '기적의 메달 성당'이라 불리운다는 이야기 등 모든 게 새로웠다.

이렇게 수도생활에 조금 익숙해지고 하느님과 가난한 이들을 잘 섬기기 위해 배우며 생활하는 동안, 적지 않은 마음의 갈등도 있었다. 그것은 함께 입회한 자매들이 나이와 성격, 자라온 배경이 모두 다르기에 서로 적응하는 시기에는 지극히 자연스럽고 당연히 뒤따르는 것이기도 했다.

입회한 지 3개월쯤 되었을 때, 내 안에 자그마한 갈등이 파도처럼 일었다. 집에서 장녀로 자란 탓에 선배도 아닌 동료 자매가 나를 동생 취급하는 것이 싫었다.

물론 동기는 동등하다는 생각을 지닌 이유도 있다. 4~5년 차이가 있던 탓에 그럴 수도 있겠지 생각하면서도 그것이 지속되자 그 자매를 싫어하는 마음이 생겨났다. 더 나아가서는 아예 말을 하지 않았다. 거의 한 달 동안 침묵을 지켰다. 수업시간이나 식사시간이나 함께 대화할 시간에 침묵으로 일관했다.

그때, 나의 마음 안에서는 심각한 생각들이 떠올랐다. 이제 들어온 지 3개월밖에 안 되었는데 집에 가고픈 마음이 싹 트다니…. 이런 일로 공동체 생활이 힘겹다면 일찌감치 다른 길을 택하는 게 현명하지 않을까. 드디어 갈등과 고민이 시작되었다. 잘 살겠다는 다짐은 사라지고 내 맘에 맞지 않는다고 그 자매를 탓하며, 엉뚱하게도 다른 생각을 하고 있었다.

하루는 동료 자매들과 산너머에 있는 목장에 산책을 갔다. 물론 담당 수녀님이 동행했다. 수녀원에서 그리 멀지 않는 곳이지만, 산속의 나무들과 그 푸르름을 만끽하는 것이 너무 좋았다. 그 신선함이 좋았다. 작은 산길을 따라 길가에 심은 옥수수를 신기한 듯 바라보며 걸었지만, 나는 한마디도 하지 않았다. 아니, 하기 싫었다. 돌아올 때까지 침묵으로 일관했다.

내 모습을 유심히 지켜보시던 지원장 수녀님의 물음에 나는 나름대로 설명을 드렸다. 그러나 그것은 내가 뛰어넘어야 하는 나만의 문제였다. 왜냐하면 상대를 변화시킬 수 없었고, 상대가 내 취향대로 변화하는 일은 결코 없기 때문이다.

시간이 갈수록 나는 나 자신에게 말했다.

'아, 뭔가를 해야만 해. 뭔가를 결정해야만 해.'

마음이 괴로운 것은 나 자신이었으므로 뭔가를 해야만 했다. 나를 변화시켜야만 했다. 침묵으로만 계속 살아갈 수는 없는 일이었다.

'순간'에 이루어주시는 분

나는 하느님과 담판을 짓기로 했다. 입회는 나 스스로의 자유로운 선택이었으므로 기도실로 갔다. 아무도 없었다. 나는 하느님에게 기도했다. 계속 살고 싶은데, 이런 상태로는 살 수 없으니 내 마음을 변화시켜 달라고 했다. 솔직히 그 자매를 좋아하기 힘들고 인간적으로 말도 하기 싫다고 했다. 그러므로 내 마음을 바꿔 달라고 했다. 그 순간 들려 오는 말이 있었다.

'너는 무엇 때문에 수녀원에 들어왔느냐?'

나는 왜 입회했는지를 진지하게 깊이 생각했다. 제발 입회하게 해달라고 하느님께 매달리지 않았던가. 주위의 유혹을 물리치며 가난한 사람들을 섬기기 위해 내 삶을 봉헌하겠다고 하지 않았던가. 신체검사에 이상이 있을까 봐 노심초사하지 않았던가. 무엇보다도 입회하게 되면 모든 것을 참고 열심히 살겠다고 하느님과 약속하지 않았던가.

그런데 나는 지금 뭔가. 멋진 수녀가 되겠다는 희망을 던져 버릴 것인가. 별 것 아닌 것 갖고 한 달 동안 말도 안 하고 침묵으로 일관하는 나는 지금 무엇을 하고 있는 것인가.

참으로 참회의 순간이었다. 일찍이 그렇게 진심으로 마음속 깊이 참회한 적이 있었던가. 아니, 없었다. 겸손한 나의 뉘우침이었다. 입회

전, 하느님에게 드린 서약을 몇 달도 지나지 않아 갈등하는 나의 오만
함에 대한 참회였다.

나는 노력하겠다고 기도했다. 도와 달라고 했다. 그러자 마음속에
있던 싫어하는 마음이 순식간에 사라졌다. 정말 순간적인 일이었다.
무거웠던 마음이 밝아지면서 가벼워지고 굳게 닫혔던 입이 열렸다. 마
치 뿌옇게 시야를 가린 짙은 안개가 순식간에 사라지듯…. 그 직후부
터 나는 그 자매와 이야기할 수 있었고 처음의 나의 모습대로 공동체
생활을 할 수 있었다.

그 후 세월이 많이 흘렀다. 물론 그 때 받았던 감동과 여운, 그 은총
은 늘 내 마음속 깊은 곳에 자리하고 있다. 겸허하게 진실로 청하는 기
도는 하느님이 꼭 들어주신다. 그리고 그것을 '순간'에 이루심을 나는
믿는다.

나는 아직도 기억한다. 창문 닫힌, 약간은 어두운 기도실에서 고개숙
여 기도하던 나의 모습을, 그리고 그때의 그 감격과 하느님의 위대한
힘을 기억하고 있다.

돌이켜 보면 철없던 시절의 이야기이다. 그러나 당시의 체험은 내가
어떻게 기도해야 하는지를 늘 잊지 않게 해 준다. 예수님은 루가복음
(18, 10-13)에서 바리사이와 세리가 어떻게 기도하는지를 말씀하신다.
스스로 의롭다고 생각하는 바리사이와, 죄인이라고 여기는 세리의 기
도하는 모습에서 나는 '겸허하고 가난한 자'의 기도가 무엇인지 거듭
깨닫게 된다.

● 글 | 박혜숙 마리아녜스 수녀 | 성 빈첸시오 아 바오로 사랑의 딸회

수녀님, 뭐가 그렇게 싫으세요

"수녀님은 뭐가 그렇게 싫은 것이 많아요?"

어느 날, 나를 잘 아는 이가 한 말이다. 너무 엉뚱한 순간에 들은 말이라 어리둥절했다. 그런데도 그는 이렇다 저렇다 설명이 없다.

물론 나는 알레르기성 체질이라 가리는 음식이 많고, 의사 표현이 조금은 분명한 편이어서 일이 생길 때마다 내가 어떻게 생각하는지를 정확히 말하려는 성향이 있다. 다른 사람이 내 의견을 조정하는 걸 싫어하고, 예고 없이 아무 때나 찾아오는 사람을 싫어한다. 의견을 묻는 데도 묵묵부답인 사람을 싫어하고 약속시간 어기는 사람을 싫어한다. 싫어하는 것이 정말 많기도 하다.

또 하나 있다. 고해성사 때 '매일 무엇을 하라'는 보속을 주는 신부님을 싫어한다. 선행을 하라느니, 무슨 기도를 하라느니 하는 보속은 너무나 형식적이고 사람을 얽어매는 것 같아 정말 좋아하지 않는다.

우리 수도회에 오시는 고해성사 신부님 중에도 그런 분이 계신다.

그렇지만 고해성사를 주시는 신부님이 네 분이나 되기 때문에 나는 그 신부님에게 가는 일이 거의 없다. 지방 출장이 잦았던 어느 날, 도저히 다른 기회를 찾을 수 없어서 그 신부님에게 성사를 보았더니, 아니나 다를까, 고린토전서 13장을 매일 읽으란다.

식사 때 자매들에게 "또 매일 뭘 하라잖아. 빨리 다른 신부님에게 고해성사를 보고 이 의무를 청산해야지!" 하며 농담했더니 자매들은 재미있다고 웃으면서 "여우 피하려다가 사자 만난 셈이네" 라고 했다.

그런데 매일 의무적으로 고린토전서 13장을 읽으면서 무언가 마음이 움직이는 걸 느꼈다. 늘 읽어 왔던 구절, 달달 외울 수도 있을 만큼 친숙한 그 말씀들 앞에서 읽는 속도를 빨리 할 수 없었다. '사랑은 모든 것을 덮어 주고 모든 것을 믿으며 모든 것을 바라고 모든 것을 견딥니다'라는 고린토전서 13장의 구절 하나 하나가 마음 깊이 가라앉았던 어떤 응어리를 인식시켜 주고 있었다. 무엇보다도 오랫동안 우정을 나누고 마음으로 기댔던 어느 동료의 일이 떠올랐다.

그녀와는 기회가 있을 때마다 서로의 삶을 나누고 내면을 이야기하는 사이였다. 어쩌면 혈연보다 더 깊은 형제애를 체험하고 있었는지도 모른다. 그러나 우리 둘 사이에 아주 작은 사건이 생겼다. 그녀와 내가 직접 부딪친 일이 아니라 다른 사람과의 관계 때문에 생긴 일이었는데, 참으로 풀기 힘든 오해의 장벽이었다.

나로서는 섭섭함과 분노가 오랫동안 가슴에 응어리져 고통스러웠다. 복음적 자세가 어떤 건지 이론으로는 분명히 알고 있지만 이론과 내 삶은 쉽사리 하나가 되지 못했다. '그럴 수가…' 하는 원망이 수도자로서 청산해야 할 어둠의 묶임을 뼈저리게 느끼기에 용서하지 못하는 내면의 응어리는 고통 그 자체였다. 마침내 나는 결론에 이르렀다.

‘그래, 사람의 힘으로 안 되는 것도 있구나. 결코 건널 수 없는 강이 유약한 인간에게 존재한다는 사실을 받아들이자.’

우리 두 사람은 늘 만나는 사이이기에 자연스럽게 일하고 평상적인 대화는 오고갔지만 거기에 사랑의 마음이란 없었다. 의무와 예의만 있을 뿐이었다. 나는 고린토전서 13장을 외우면서 ‘그 건널 수 없는 강’ 앞으로 다가가기 시작했다.

그런데 이상한 일이었다. ‘그럴 수가?’ 했던 생각이 ‘그럴 수도’로 바뀌더니, ‘그럼 나는 어떻게 했는가’ 하는 반성이 뒤따른다. ‘만약 하느님이 내가 그에게 한 것처럼 나를 대하신다면?’ 하는 질문이 성서 속에 숨어 있다가 내가 나타나기만 하면 얼굴을 내미는 것 같았다.

그녀가 내게 한 일은 무엇이었을까. 그것은 나의 신의를 저버리고, 나의 오랜 우정을 무너뜨린 것이었다. 내 마음을 혼란에 빠트렸고 사람을 믿지 못하게 하는 불신을 가중시켰다.

그녀의 이기심과 이용당했다는 분노가 성서의 구절들과 싸움을 벌이고 있었다. 나로서는 내가 먼저 용서를 청했던 것이 억울했고 나만이 그녀의 마음을 헤아리며 소중히 아꼈던 것이 섭섭했다. 이것은 분명 나의 주관적인 생각만이 아니었다. 그 사건을 함께 겪은 이들의 객관적인 견해이기도 했다. 바로 ‘객관적’이란 사실 때문에 더욱 그녀를 받아들이기 어려웠다.

복음의 구절들은 나의 사건에 구체적으로 반영되지 않았을 때에는 하나도 버릴 것이 없는 값진 보물 그대로이다. 그러나 그것이 내 삶에 바늘처럼 찌르고 들어올 때에는 도저히 인간으로서 따르기 힘든 경건한 문구처럼 느껴질 때가 많다. ‘모든 것을 믿고 모든 것을 덮어 주고 모든 것을 견디는 것’은 가슴이 타들어가는 고통을 내 것으로 하는 것이었다. 없어지거나 지워지는 것이 아니라 하얀 재가 될 때까지 삭이는 것이었다.

　사랑은 고통을 동반한다. 사랑은 자기를 죽게 하는 용감한 모성애를 지니지 않고서는 이루어질 수 없다. 우리 부모님들은 인생의 수많은 고비마다 이 엄청난 사랑의 신비를 배우면서 자신의 것으로 만들어 갔다. 그런데 예의와 애덕이 충만한 곳에 삶의 뿌리를 내린 나는 사랑이 주는 기쁨과 행복함만을 즐기려 했던 것이 아닌가.

　그동안 나는 "수녀님은 결혼하지 않아서 얼마나 행복하세요. 속썩이는 남편도, 애간장 녹이는 자식도 없으니…" 라는 말을 들을 때마다 '인간은 기본적으로 고통을 가지고 있는 것'이라고 생각했다. 남편(또는 아내)과 자녀가 고통거리임과 동시에 즐거움의 원천이라는 걸 몰라서 하는 소리라고 생각했었다. 그러나 지금의 내 심정은 그들의 말이 뼈아프게 들려온다.

　나 역시 동료들의 결점이나 잘못 때문에 고통을 겪지만 그것이 마치 내 것인 양 아파하고 염려하며 '그들 때문에'(나 때문이 아니라) 애닳아 했던가. 변화되기를, 행복해지기를 간절히 원하면서 나는 어찌 되어도 좋으니 제발 잘되어 달라는 간절하고 애타는 염원을 지니고 사는가. 고통에 부딪히면 저만치 물러나 지나가길 기다리고 다음엔 더 조심하자며 몸을 사렸던 지난날들이 눈앞에 펼쳐졌었다.

　사랑은 그런 것이었다. 이론도 근사한 명언도 아닌 내 뼈 마디마디의 살, 세포, 핏줄을 이루는 존재 그 자체였다. 참으로 하느님의 말씀은 나의 뼈와 골수, 살과 피를 낱낱이 가르는 살아 있는 말씀이었다.

● 글 | 김현옥 미리암 수녀 | 성 바오로 딸 수도회

마음을 준다는 것

밤꽃 향기가 짙은 6월은 내가 가장 좋아하는 예수 성심성월이다. 그러기에 좋아하는 성가를 말하라면, 나는 서슴없이 가톨릭 성가 202번 '구세주의 성심이여'임을 이야기한다.

마음과 마음의 만남

이 성가를 부를 때면 왠지 모르게 눈에 물기가 돈다. 그 이유가 무엇인지를 꼬집어 말하기는 어렵지만, 마음이 정화되는 느낌을 받는 것만은 분명하다. 그래서 나는 본당에서도 예수 성심 대축일이 될 때까지는 간직했다가 부른다든지, 혹은 심신이 해이해질 때 조용히 꺼내어 혼자서 부른다. 그럴 때면 새롭게 예수 성심 안에서 힘을 얻는다.

구세주의 성심이여, 오오 거룩해

열렬한 사랑 샘이여, 오오 거룩해
계명을 지키도록 은총 주소서
성심, 내 보호. 성심, 내 희망
내 생명 다할 때까지 인도하소서

교오한 맘과 불경이 신앙 해치며
세상의 헛된 욕망이 괴롭히오니
신앙을 지키도록 힘을 주소서
성심, 내 보호. 성심, 내 희망
내 생명 다할 때까지 인도하소서

어느 해이던가, 같이 사는 어느 수녀님과의 성격 차이로 마음이 늘 편치 못했던 나는 그날따라 유달리 마음이 아팠다. 쉬는 날이어서 다른 수녀님들은 외출했고, 나는 하루종일 빨래며 집안 청소를 했다. 날씨마저 화창하여 그런 일에 몰두하는 나를 조롱하는 것 같았지만 묵묵히 하던 일을 계속했다.

저녁기도 시간이 되어 성당으로 갔다. 성당 안은 서편으로 지는 햇빛이 색유리를 통해 스며들어 신비스런 빛으로 가득했다. 마치 나를 기다리기나 하듯 아늑하게 느껴졌다.

제단 앞으로 나가서 '하느님, 날 구하소서' 라고 외치듯 불렀다. 그런데 그 기도 소리에 나 스스로 감동되어 가슴이 뭉클해지는 것이었다. 이어 찬미가와 시편을 노래하면서 마음이 차차 평온해지며 따뜻해 왔다. '성모 찬송가'를 부를 때는 예수님의 마음이 전해지는 것 같아 기뻤다. 그것은 나를 꼭 껴안아 주시는 예수 성심의 사랑이었다.

'어서 오너라. 많이 아프지?'

그 분은 나를 애타게 기다리고 계셨던 것이다. 그날, 나의 마음을 알아주시는 분을 만났기에 더욱 예수 성심 성월을 좋아하게 되었다. 뿐만 아니라 어떤 경우이든 마음과 마음이 만난다는 것은 거룩하다고 생각한다. 그리고 그보다 더 진실한 사랑은 없지 않을까.

마음이 있으면 모든 것이 가능하다. 부활하신 예수님도 마음으로 만날 수 있고, 멀리 있는 사람도 마음이 있으면 거리가 문제될 것이 없다. 마음이 없으면 곁에 있어도 만날 수 없지 않은가.

마음과 마음의 만남은 기도이다. 내가 아는 어느 분은 무뚝뚝하고 표현이 없어서 평소 그의 마음을 읽기가 쉽지 않다. 그러나 어려움이 있거나 곤란을 당하는 이웃에게 제일 먼저 달려가 도움을 주거나 따뜻하게 돌봐 주어 우리를 감동케 한다. 나는 무뚝뚝하지만 말없는 그의 행동을 볼 때마다 '정말 사람을 사랑하고 있구나' 라는 생각을 갖는다. 반면에 마음에도 없는 인사나 말을 하는 사람을 만나면 얼마나 어색한지 빨리 피하고 싶어진다. 나 자신도 마음에 없는 말을 하고 나면 우선 나를 받아들이기가 힘들다.

개는 눈빛으로 말한다

언젠가, 본당에서 교리를 마치고 수녀원으로 돌아오는데 삐쩍 마른 개 한 마리가 왔다갔다 하고 있었다. 개를 무서워하는 나는 조심스럽게 피해 가려고 하는데, 개는 오히려 내 쪽으로 다가온다. 이상한 생각이 들어 개를 바라보다가 개와 눈이 마주치는 순간, 나는 눈물이 핑 돌았다. 그 눈빛이 너무나 슬퍼보였다.

‘배가 무척 고픈 모양이구나.’

나는 황급히 안으로 들어가 밥 한 대접을 국에 말아 왔다. 밥을 준비하는 동안에도 문을 바라보며 ‘행여나 나오지 않으면 어쩌나?’ 하고 기다릴 개의 마음이 전해 오는 터라 손길이 바빴다. 이윽고 허겁지겁 밥을 다 먹고 난 개는 내 손을 핥거나 내 발치에 머리를 부벼댔다. 마치 ‘고맙습니다. 지금부터 나는 당신을 주인으로 섬기겠습니다’ 라고 말하는 듯했다.

그 후 개는 매일같이 나타나서 밥을 얻어먹곤 했다. 그런 중에도 새끼를 배었는지 점점 배가 불러오더니 어느 날 배가 홀쭉해서 나타났다. 새끼를 낳은 것이었다. 하지만 어디에 살고 있는지 궁금했다. 그렇지 않아도 성당 옆 신문사 수위 아저씨들이 새끼들 젖만 떼면 가져가려고 호시탐탐 노리고 있다는 정보가 들어온 터였다. 수녀원에서 긴급회의가 열렸고 개들을 사제관으로 옮겨 안전하게 살도록 만장일치로 결정했다. 신부님들 역시 환영한다고 했다.

개를 옮기기로 한 날, 우리는 밥 먹을 때 외에는 줄곧 새끼를 지키는 어미개를 불러냈다. 개는 자기 집을 친히 찾아 온 주인에게 감사하고 싶었는지 무척 좋아하는 눈치였다. 우리는 어미개를 데리고 수녀원 뒤꼍에 가서 한참 동안 놀아주었다. 그리고 새끼들을 새 집으로 다 옮겼다 싶었을 무렵, 사제관으로 발길을 돌려 개를 유도했다. 그러나 어미개는 우리를 무시하고 새끼들이 있던 자기 집으로 달려가더니, 새끼들이 보이지 않자 미친 듯이 주위를 맴돌며 으르렁거렸다. 달래기가 쉽지 않았다.

한참 동안 어미개와 씨름하다가 겨우 사제관으로 데려갈 수 있었다. 멀리 사제관에서 새끼들을 발견한 어미개가 얼마나 쏜살같이 달려가 새끼를 품는지 우리는 그 모성애에 새삼 감탄했다.

다음날 보니, 개는 우리들이 마련해 준 좋은 집을 버리고 옥상 부엌 아궁이로 새끼들을 옮겨 놓았다. 어미개는 새끼들이 아궁이 밖으로 나오기만 하면 즉시 입으로 덥석 물어 아궁이 안에 도로 넣곤 했다. 참으로 보기에 흐뭇한 광경이었다.

개는 거의 부엌 아궁이를 떠나지 않았다. 가끔 마당에 내려올 때가 있었지만, 종종 새끼들이 걱정되는지 옥상으로 올라가 보곤 했다.

나는 개를 바라볼 때마다 처음 마주쳤던 그 눈빛이 강하게 되살아나곤 했다. 개는 분명히 말하지 못한다. 하지만 그 눈빛에는 '배가 고파 죽겠으니 밥 좀 주세요' 라는 뜻이 담겨 있었다. 그때 나는 비로소 '마음으로 말하는 것이 바로 이런 것이구나' 라는 생각을 했다. 나 역시 힘들 때마다 성체 앞에서 '예수님, 힘들어 죽겠어요' 라고 말한다. 짧지만 간절한 심정을 말씀드리면 마음에 평화가 찾아온다.

곱게 가이소

'안나의 집'은 차 없이는 다니기가 불편하다. 차를 세 번씩 갈아타고도 1킬로미터를 걸어야 한다. 물론 운치 있는 시골길을 걷는 것도 또다른 행복이기에 그날도 나는 가방을 목에 걸고 막 모습을 드러낸 별들을 헤아리며 돌아오고 있었다. 문득 길가 사과밭에서 인기척이 났다. 할머니 한 분이 일하고 있었다.

"할머니, 어둔 데서 뭐하세요?"

비가 올 것 같아서 마른나무를 치우는 중이라고 한다. 몇 마디를 나누고 돌아서는 나에게 할머니는 "수녀님, 곱게 가이소" 라고 한다. 한

166

참을 더 걸어가야 하는 내가 안쓰러워 하신 말씀이었다.

그 말을 듣는 순간 왠지 마음이 흐뭇했다. 할머니의 마음이 담뿍 담겨 있었기 때문일까. 나는 돌아오는 동안 내내 소월의 시구(詩句) 같은 그 말을 되뇌었다. 마음이 담긴 말 한마디는 절망에 빠진 사람을 일으키는 생명력을 갖는다는 생각이 머리에서 떠나지 않았다. 그때부터 나는 곧잘 이웃 사람들과 헤어질 때면 빠짐없이 '곱게 가이소' 라고 인사를 한다.

올해 봄꽃을 키울 때의 일이다. 정성껏 잎을 떼어 뿌리를 내린 바이올렛을 화분에 옮겨 심고 새싹이 솟아나는 재미에 신명이 났다. 부활절을 앞두고 잎이 제법 자란 화분을 보면서 '이번 부활절 선물은 모두 이 꽃으로 해야겠다'는 생각을 했다.

그러던 어느 날, 꽃을 빨리 피우려면 거름 중에 으뜸이라는 닭똥을 주는 게 좋다는 말을 들었다. 이웃집에서 닭똥을 구해다가 화분에 듬뿍 주고는 외출을 했는데, 저녁에 돌아와 보니 아연 실색할 광경이 벌어져 있었다. 그 싱싱하던 바이올렛이 모두 시들어 버린 것이다. 참으로 암담했다. 욕심이 앞섰던 게 후회스러웠다. 다행히 잎 가운데에 푸른 빛이 약간 도는지라 '내 탓이오. 내 탓이오'를 연신 외치면서 닭똥을 걷어내고는 '제발 살아만 다오' 라고 빌고 또 빌었다.

며칠 후, 죽었다 싶은 꽃에서 잎이 조금씩 살아나더니 놀랍게도 절반쯤 형편없는 몰골이지만 살았다. 내 마음을 받아 준 식물이 얼마나 고마웠는지 모른다. 다른 수녀님들의 말대로라면, 그 정도면 1백 퍼센트 죽기 마련인데, 절반이나 살아나서 눈물겨울 정도로 감동했다.

마음을 알아준다는 것, 마음이 통한다는 것, 마음을 읽는다는 것은 사랑이다. 사랑은 고통 없이 읽지 못한다. 인간끼리의 사랑에도 힘든 고비를 넘겨야 진정한 사랑을 하게 된다. 고통을 통해서 참으로 상대의 소중함과 진실을 깨닫기 때문이다. 나는 교우들을 만나면서 '그들의 아픈 사랑은 이 아픔으로 인하여 아름답구나' 하고 느낀다.

부활 엠마우스 때 할머니 수녀님에게 노래를 청하자, 노래 대신 당신의 삶 중에서 가장 소중한 경험을 하나 이야기하면서 '사랑은 바로 희생'이라고 했다. 마음을 준다 함은 자신의 성실함과 희생이다. 그래서 사람이 한 번 마음을 준 사람을 잊지 못하는 것은 당연하다. 마음이란 쉽게 주고받을 수 없기 때문이다.

고통을 겪었기에 아름답다

가끔 산을 오르다가 걸음을 멈추고 풀꽃을 들여다본다. 날마다 피고 지는 꽃들은 보는 이가 없어도 겨울을 견디고, 봄이면 가장 예쁜 모습으로 피어난다.

예수님은 사랑이시다. 죽음에 이르는 고통을 겪으신 사랑이시다. 한 사람 한 사람 모두에게 진실하고 유일한 사랑이 되어 주는 분이시다. 선한 사람에게나 악한 사람에게나 당신의 모든 것을 다 주시는 자비로우신 분이시다. 그 분은 날마다 다른 모습으로 우리에게 당신 마음을 주신다. 어느 날은 태양이 되어 오시고, 어느 날은 산과 바다와 바람이 되어 오신다.

봄 언덕에 올라 보자. 주님이 지휘하시고, 자연은 자신의 소리를 내어 노래한다. 마치 거대한 오케스트라가 연주하는 것 같다. 나뭇잎이 바람에 나부끼는 소리, 새들의 노래소리, 꽃들의 속삭임, 거기에 나도 한몫을 거든다. '엄마야 누나야 강변 살자…' 라는 독창이 끝나면 나뭇가지들이 일제히 손뼉 치듯이 바람에 나부낀다.

어느 날은 예수님이 촉촉이 내리는 봄비 되어 내 안에 오신다. 굳은 땅을 부드럽게 하고 단단한 나뭇가지에 싹을 돋게 하는 봄비는 굳은 내 마음을 살 같이 부드럽게 녹여 사랑의 싹을 틔우게 하는 예수님이시다. 단비를 맞고 싱싱해진 상추처럼 내 사랑의 싹을 생생하고 풍성하게 해주신다.

그 분이 고통 없는 전지 전능의 신이라면 이렇게 다양하게 그 분을 만날 수 있을까. 절대로 그렇지 않을 것 같다. 여름의 긴 가뭄을 견딘 과일이 달고 맛있었듯이, 겨울이 혹독할수록 봄은 찬란하다. 죄로 인해 예수 성심을 위로해 드릴 수 있다.

얼마 전, 한 교우가 부도를 내고 내게 피신해 왔다. 열심히 살았던 그는 막상 부도를 내고 보니, 감옥에 있는 모든 사람을 이해할 수 있었다고 한다. 이젠 그들이 죄인으로 보이지 않고 동지로 여겨진다는 것이었다.

예수 성심은 나의 위로이시다. 상처 입은 나를 치유해 주시고, 실패를 안아 주시며, 죄인인 나를 측은히 여겨 주시는 분이시다. 오늘도 나는 나의 잘못들을 끌어안고 예수 성심에게로 달려간다. 그 분은 우리와 꼭 같은 고통을 겪었고 우리의 약함을 아시기에….

성심, 내 보호.

성심, 내 희망.

내 생명 다할 때까지 인도하소서.

● 글 | 문화순 오틸리아 수녀 | 샬트르 성 바오로 수녀회 대구관구

나는 왜 예수님을 좋아하는가

복음서에 나오는 달란트의 비유를 읽을 때마다 주님이 내게 주신 달란트는 얼마나 되는가를 생각해 보곤 한다. 주님은 내게 금화 한 개를 주셨고 그것은 바로 건강이라고 확신하곤 했다. 사실 지금까지 크게 앓아 누운 적이 없었고 늘 내 안엔 힘이 있었다. 좀 피곤을 느껴도 하룻밤만 자고 나면 상쾌한 기운을 되찾곤 했다. 그래서 내가 받은 유일한 달란트에 대해 내심 위안을 삼고 있었다.

간경화 진단, 그리고 그후

그런데 내가 그토록 자신 있게 생각해 왔던 건강이 죽음의 위협을 받게 되었다. 오랫동안 복용해 오던 무좀약 관계로 내과 진단을 받게 되었는데, 담당의사 선생님은 간경화 초기라고 담담히 말씀했다.

간질환에 대해 전혀 상식이 없던 나로서는 '그런가 보다' 하고 별로 신경을 쓰지 않고 지냈다. 그러던 중 우연히 간에 대해 잘 아는 여교우 한 분이 내 병명을 전해 듣고는 다급히 전화를 주었다.

"수녀님, 그 상태로 지속되면 5개월도 못 넘길 겁니다. 빨리 식이요법을 시작하셔야 합니다."

재촉을 받고 보니 정신이 번쩍 들었다.

'아, 내가 죽을 병에 걸린 모양이구나. 그런 줄도 모르고 이제껏 지내 왔으니 앞으로 어떻게 하면 좋을까?'

그 자매의 말대로 간질환에는 다른 치료 방법이 없으니 식이요법에 매달리는 수밖에 별 도리가 없었다. 그런데 그 복잡한 식이요법을 어떻게 해낼 수 있을까 암담하기만 했다. 그렇다고 가만히 앉아서 죽음을 기다릴 수는 없는 일이었다.

삶에 대한 애착이 강하게 밀려왔다. 삶의 마지막 남은 시간이 5개월 뿐이라면 어서 죽음 준비를 잘해야 되겠다는 생각을 하니 왠지 조급해지며 매 순간이 귀하게 느껴졌다.

관구장 수녀님도 연락을 받고는 당장 서울로 올라오라고 한다. 휴식을 취하면서 큰 병원에 다니라는 것이다. 식이요법에 대해 자신이 없는 나로서는 대전에 머물면서 그 자매의 도움을 받고 싶었으나 수도자로서 장상의 말씀을 어기면서까지 자기 주장대로 할 수는 없었다.

서둘러 짐을 꾸리는데 여기저기 널려 있는 소지품들이 많기도 했다. 시간이 날 때 보겠다고 쌓아 놓은 책들은 영원의 여행길엔 아무짝에도 쓸모 없는 종이뭉치로 보였다. 정리해야 될 서류를 함께 사는 수녀님에게 인계한 뒤, 개인적인 물건들은 아무 미련없이 처리하고 몇 개월간 쓸 짐만을 챙겼다. 그것도 임시로 사용하다가 버리고 갈 것이니 아까울 것이 하나도 없었다. 마음도 홀가분했다.

그때 평소 들어오던 말씀이 떠올랐다. 우리 살레시안들은 늘 세 가지의 준비가 되어 있어야 한다고 했다. 고해성사를 볼 준비와 소명을 받고 새로운 소임지로 떠날 준비, 그리고 죽음 준비이다.

비로소 내면의 눈을 뜨고 보니

서울 본원에 와서 며칠 쉬고 종합병원엘 갔더니 당장 입원하라는 의사 선생님의 지시가 떨어졌다. 얼떨결에 난생 처음 입원을 하고 여러 검사를 받았다. 마지막으로 복강경 검사를 받고 수술 환자처럼 준비하고 기다렸다. 검사 결과가 좋을 수도 있고 나쁠 수도 있다는 젊은 여의사 선생님의 말씀이 왠지 두려워 각오를 새롭게 해야만 했다.

검사 전날 밤이었다. 내일이면 내 생을 마치는 날이 될 수도 있다는 생각이 온몸을 감싸오는 듯했다. 막상 주님 대전에 서야 함을 생각하니 나 자신이 그지없이 초라하게 느껴졌다. 주님께 내놓을 만한 삶을 살지 못했기 때문이다. 그러나 이제 와서 어떻게 한단 말인가. 얼마 남지 않은 시간은 어김없이 흘러가는데 앞이 캄캄해져 왔다. 정신을 가다듬고 생각했지만 별 수 없었다. 그냥 그대로 그 분 앞에 나설 수밖에 없었다.

옆의 환자도 보호자도 잠든 깊은 밤, 창문을 통해 들어오는 바깥 거리의 불빛에 비친 병실은 더욱 적막하게 느껴졌다. 그때 나의 시선이 멈춘 곳이 있었다. 온통 하얀색 벽면 위에 쓸쓸히 걸려 있는 십자고상이었다. 새삼 나의 온 존재를 끌어당기는 것 같았다. 차분한 심정으로 십자가의 그 분을 바라보며 '나'라는 존재를 다시금 의식하게 되었다.

비로소 내면의 눈이 뜨이기 시작했다. 예수님은 나를 위해, 죄인들의 회개를 위해 십자가에 달리셨는데, 그동안 나는 십자가의 주님을 껴안을 줄 몰랐던 것이다. 마치 희생이 요구되는 좁은 길은 성인 성녀들이나 신앙생활을 열심히 하는 교우들의 몫이고, 내가 갈 길은 언제나 평탄하고 걷기 쉬운 길이어야 되는 것처럼 십자가의 길을 가신 예수님을 잊고, 아니 습관적으로 외면해 왔었다.

'나'라는 존재가 무엇이었기에 이토록 자신 안에 빠져 있었을까. 그토록 사랑해 주신 예수님을 등진 채 길도 아닌 길을 헤매어 온 나를 그분은 오늘 붙들어 주셨다.

'사라, 거긴 길이 아니야. 자, 이쪽으로… 내 십자가를 바라보며 걸어라. 나는 너의 희생이 필요하단다. 나와 함께 십자가의 고통을 아버지께 바쳐다오. 세상은 갈수록 험악해져 가고, 형제들의 구원을 위하여 나의 십자가에 동참할 사람들은 점점 줄어들고 있기에 외롭구나. 나 혼자 십자가 위에 높이 매달려 있으면 네게 무슨 소용이 있니. 나의 십자가는 장식품이 아니다. 사랑스런 마음들을 끌어당기는 가장 큰 사랑이란다.'

예수님은 이렇게 말씀하시는 것 같았다.

이제 주님이 얼마나 좋으신 분인지를 실감했으니 마지막으로 해야 될 일은 무엇일까. 의식적이든 무의식적이든 온 힘을 다해 움켜쥐고 있던 내 존재에 딸린 그 모든 것을 내어놓고 텅 빈 몸과 마음으로 사랑이신 주님을 받아들이는 것이리라.

나는 그동안 저질러 놓았던 잘못에 대해 주님의 자비를 청했다. 주님이 원하신다면 생명까지도 바칠 준비가 되어 있는 평온한 마음으로, 기도해 드리고 싶은 사랑하는 사람을 위해 주님의 축복을 비는 은혜로운 밤을 보냈다.

복강경 검사의 충격

다음날, 수술대 위에 양쪽 팔을 묶인 채 벗겨진 몸을 의식하며 몰려오는 부끄러움을 느꼈을 때, 십자가의 길에서 옷벗김을 당하신 주님을 생각했다. 한참 뒤, 들어오신 의사 선생님들은 내 얼굴을 가리우고 날카로운 칼로 배 부위를 자르는 것이 아닌가.

얼마나 놀랐는지 모른다. 전신마취를 하고 집도하는 줄 알고 기다렸는데 그게 아니었다. 부분 마취를 했는지는 잘 모르겠지만, 완전히 생사람 잡는다는 생각을 하며 신음 소리와 함께 묶인 손을 움직거렸다. 수술을 진행하던 의사 선생님이 위험하니 가만 있으라고 한다. 부끄럽기도 하고 아프기도 하고 죽을 지경이었다. 주님의 십자가상의 고통을 조금이나마 체험해 본 시간이었다.

복강경 검사를 마친 후, 온몸에 남아 있는 통증을 느끼면서 괜한 검사를 했다는 생각이 들었다. 그러나 비교도 안 되겠지만 주님이 십자가에 못 박히셨을 때의 고통을 몸으로 느껴 볼 수 있었던 체험은 소중했다. 평소 멀리했던 희생, 고통을 통한 봉헌의 삶을 살기 위해 내게 주어진 작은 희생들을 기꺼이 바치고 싶어졌다.

검사 결과는 좋았고 입원 일 주일만에 퇴원했다.

본원에서 원없이 쉬고 있을 때, 월간 「레지오 마리애」에 실릴 '나에게 오신 예수님'에 대해 글을 써 보라는 부탁을 받았다. 처음엔 건강을 핑계로 거절했으나 원장수녀님의 두 번째 부탁에 그만 수락하고 말았다. 글을 쓴다는 일이 힘겨운 줄 알지만 시간적 여유도 있고, 마음 편히 쉴 수 있도록 온갖 배려를 아끼지 않는 공동체 자매들의 정성에 나름대로 보답하고 싶었다. 그러나 막상 쓰려고 보니 무엇을 어떻게 쓸 것인지가 고민이었다. 어물전 망신은 꼴뚜기가 시킨다고, 신통치도 않은 이야기를 늘어놓아 수녀원 망신을 시키지나 않을까 염려되기도 했다. 특히 이번에 받은 검사는 다른 사람들도 많이 받고 있는데 뭐 대단한 것이라도 되는 양 글로 표현한다는 것이 여간 쑥스럽지 않았다. 그래도 이 작은 사건이 내게 예수님을 바로 볼 수 있도록 해준 귀중한 체험이었기에 용기를 내어 썼다.

무엇보다도 당시의 체험은 과거와 현재, 미래를 전과 다른 차원에서 볼 수 있도록 눈을 뜨게 해준 계기였다. 입원 전까지만 해도 지금까지 특별한 신앙 체험이나 예수님과의 만남은 전혀 없었다고 생각했다.

주님은 너무나 가까이 있었다

수도생활을 하면서, 늘 그 분을 만나고 싶어했다. 좀더 화끈한 체험을 하고 싶었다. 예수님과 직접 대화를 나누신 성인 성녀들처럼 그 분을 한 번만 만나봤으면 하는 은근한 희망사항을 갖고 있었던 것이다. 그리고 성령 세미나에서 치유되어 성령을 충만히 받아 새 삶을 사는 이들을 내심 부러워했다.

나도 그런 진한 체험을 하면 더 열심히 살 수 있을 것만 같았다. 수도자의 삶에서 예수님의 현존을 빼면 허무만 남는 것이 아니겠는가. 그렇게도 바랐던 소원은 이루어지지 않았기에 내 나름대로 예수님을 생각하며 노력해 보기도 했으나 열성은 이내 식어 버리곤 했다. 그 분을 찾는 노력이 힘겨워 쉽게 포기하다 보니 그 분은 점차 내게서 잊혀져 갔다. 그러나 이젠 달라졌다. 주님은 내 생의 첫 순간부터 나를 지켜보시고 함께 해주셨음을 깨닫게 되었기 때문이다.

엠마오의 제자들처럼 그 분을 의식하지 못했을 때도 그 분은 늘 내게 다가오셨던 것이다. 예수님은 일상 안에서 평범한 모습으로 내게 오시곤 했다. 지금도 내가 의식할 때마다 가까이 계시는 예수님을 느낀다.

그 분은 내게 갖가지 방법으로 깨달음의 지혜를 주신다. 그 분이 함께 계시니 매일 습관적으로 대하던 성서와 시편 구절들이 마음속에 새로운 감동을 일으켜 놓는다.

내가 있는 곳 어디서나, 무슨 일을 하거나 잔잔한 기쁨을 맛본다. 이것이 바로 신앙인만이 누릴 수 있는 행복임을 생각하니 어려서부터 신앙을 갖게 해주고 수도생활로 부르고 깨달음을 주신 예수님에게 기쁨에 넘친 감사의 삶을 바치고 싶다.

생각해 보면, 구원은 아주 가까운 곳에 있었다. 일상의 성덕은 가까이 계시는 주님과 함께 사는 것이라 생각한다. 어느 때든 무엇인가 몰두하다 그 분을 잊을 때 엠마오의 제자들처럼 뒤늦게라도 내게 오셨던 그 분을 생각하면서 그때의 감동을 간직하며 살아가야겠다. 우리를 구원하시기 위해 평범의 길을 택하신 그 분을 기다리며 매일의 삶 안에서 그 분만 아시는 순수한 사랑의 선물을 부지런히 마련하고 싶다.

● 글 | 임숙연 사라 수녀 | 살레시오수녀회

풍요로운 만남을 위하여

누가 사는지 궁금했어요

수녀원을 중심으로 양쪽의 터엔 생활의 무게가 좀 다른 사람들이 산다. 한쪽은 올망졸망한 다세대, 연립, 아파트 지역이고 다른 한쪽은 널찍한 마당에 그럴 듯한 조경을 하고 신경을 써서 지은 개성있는 고급주택이 자리하고 있다. 그러나 아이들이 한데 어울려 좁은 골목에서 노는 모습을 제외하고는 수녀원까지 포함해서 저마다 이웃이랄 수 없이 철통같이 담이 높아 외롭다.

아파트는 아파트대로 두드리기 어려운 작은 철대문이 층마다 두 개씩 있어 사귀어 보자 하기 어렵고, 수녀원은 누가 생각해도 별스럽다. 이웃이라 하기에도 뭣하다. 누가 온다 해도 안내실 수녀는 누가 동네 이웃인지 아닌지 상대를 고르기 어렵다. 고급주택은 그대로 여러 가지 선입견 같은 높은 담과 삼엄한 대문이 어려움을 준다. 우리의 만남은

이 철통같은 담을 허물며 시작되었다.

산책길에 몇몇 수녀들과 동네를 돌다가 새로 집을 짓고 조경중인 수도원 바로 옆집의 초인종을 싱겁게 눌렀다.

"누구세요?"

자동응답기에서 금속성의 음성이 나왔다.

"지나가던 수녀예요. 이웃에 누가 사시나 궁금해서요."

"왜 그러시는데요?"

"글쎄, 누가 사시나 얼굴이라도 뵈었으면 해서요."

"……."

좀 기다리니, 할머니 한 분이 안뜰 높은 곳에서 빠끔이 내려다보고는 조심스럽게 내려와서 반가움과 의아함을 가득 담은 채 문을 연다.

"매일 보면서 이 댁에 누가 사시나 궁금했어요."

웃으며 말하는 젊은 수녀들에 대한 경계심을 무너뜨리셨는지 대뜸 들어오라고 팔을 잡아당긴다. 아들이 지어 드렸다는 별장 같은 큰 집에는 두 노인만 살고 있었다. 그날 우린 이런저런 사는 이야기로 꽃을 피우고 돌아왔다.

한여름 저녁엔 집 앞에 멍석을 깔고 나와 계신 그분들과 늦도록 이야기하고, 가지 못하면 전화라도 하는 거듭되는 만남 속에서 시간이 흐르자 담장의 높이가 무관해지고 시간이 있으면 가서 뵈어야 마음이 편한 이웃이 되었다.

요사이엔 할아버지가 무척 많이 편찮으시다. 허리를 전혀 쓰지 못하고 수술을 받아서 두 분의 외로움엔 고통까지 겹쳤다. 이제 우리의 만남은 앎을 넘어서 기도로 향하고 있다.

쏟아지는 정보시대에 사는 우리는 웬만한 사건에 눈썹조차도 깜짝

하지 않는다. 각박해진 개인주의가 이기적인 신세대를 만들고, 우리는 자신들이 기른 신세대가 두려워 세대차이와 권위로 줄을 긋고 지력과 금력으로 담을 쌓고 있다.

담이 철통같을수록 그 안에는 기나긴 삶이 준 두려움으로 가득 찼어도 정 많은 노인 같은 사람이 있을 수 있다. 알고 보면 우리는 외로운 존재들이다. 서로를 필요로 하는 존재이며 사랑 받기를 원한다.

우리의 만남은 이 담을 헐어 낼 때 이루어진다. 그것은 한 번의 미소와 말을 건넴으로써, 그리고 관심을 가짐으로써 시작된다. 내 시간에 그들이 들어와 앉고 그 시간이 기도가 될 때 그 만남은 빛이 된다.

가난한 사랑, 넉넉한 마음

따르릉, 따르릉….

"할머니, 안녕하셨어요? 오늘 가서 만나 뵙고 싶은데요, 시간 내주실 수 있으신가요? 그럼 곧 가 뵐게요, 할머니."

주섬주섬 겉옷을 차리고 수녀원 문을 나선다. 겨우내 빚을 지고 숙제를 받은 기분으로 살던 마음의 무거운 짐을 벗는 날이기도 했다. 빌린 것을 돌려드리러 가는 듯, 홀가분히 겨울답지 않은 따사로운 햇살을 세며 걸음을 재촉한다.

수도원에는 별별 사람들이 찾아온다. 수녀들의 지인(知人), 친지, 본당 사람들, 사제, 온갖 수리공, 야채장사 등 우리가 필요한 사람 말고도 우리를 필요로 하는 사람도 온다. 자녀상담, 인생상담, 부부상담, 성소상담 등….

몇 해 전부터인가, 어느 노부부가 수도원을 일 년에 한두 번 찾아왔다. 조용히 나무를 심어 놓고 가고, 기도하거나 기도를 청하기도 하고, 명절이 되면 자식들을 챙기듯 안부를 물어 왔다. 우리 모두의 부모가 된 듯, 수녀원 가족들과의 만남이 이루어졌다.

세상이 부모를 은밀히 버릴 수도 있다는 불행한 시대에 우리는 그렇게 만났다. 부모가 자녀에게 실망하기 전에 노후를 스스로 준비해야 하는 이기심에 가득 찬 시대에 그렇게 만났다. 직책이 원장이고 보니 그 사랑에 응답하는 창구는 내 몫이다. 의무감에서라도 추석 때 찾아뵙는다고 약속하고도 성탄으로 미루게 되었다.

그런데 성탄을 앞두고 할아버지가 심장마비로 세상을 뜨셨다. 극진히 수녀들을 대해 주셨던 분에 대한 우리의 의무적인 응답은 결국 가슴을 치는 죄스러움으로 남고 말았다. 사도직 소임시간, 회의, 규칙 등에 그 책임을 넘겼으나 마음이 온전할 리 없다. 바라시는 것은 없어도 짝 잃은 할머니의 외로움과 아픔은 헤아려드려야겠다고, 잠시라도 기쁨을 드리고 싶은 마음으로 발걸음을 재촉한다.

할아버지가 남기고 간 공간에 덩그러니 홀로 남은 할머니, 한평생을 동반자, 반려자로서 서로에게 쏟아 부은 사랑으로 서로 닮아버려 취향도 기쁨도 같았던 두 분의 빈터엔 몇 그루의 나무와 대가를 바라지 않는 사랑만 남아 있다. 그래서 할머니는 그 허허로운 삶에 계속 눈물만 흘리셨고, 나는 위로의 말도 잊은 채 바라보기만 했다.

겨울나무처럼 서로의 필요에 의해 관계를 맺고 손익계산이 맞지 않으면 쉽게 그만두는 현대 사회의 만남의 생리가 수도원 안이라고 해서 없지는 않지만, 우리 젊은 수도자들은 70~80년 세월을 지낸 중후한 삶의 결정체와도 같은 그 분들과 손 한번 마주잡고도 필요충분조건이 채워진다.

아무 바람이 없으셨던 할머니는 나의 방문 하나에도 하늘, 땅만큼 감격해 하신다. 방문을 마치고 돌아오며 생각했다. 아무리 주어도 모자라는 가난한 사랑만이 이 시대를 바로 비추어 줄 수 있고 그 사랑은 서로 바라며 외로워진 우리의 삶에 '맛'을 돌려줄 것이라고….

어느 교회에서 봉사하냐는 물음

"어느 교회에서 봉사하고 계십니까?"

설날을 며칠 앞둔 어느 비오는 날에 만난 택시기사의 물음이었다. 독실한 개신교 신자인 그는 늘 기독교방송을 청취하며 동승하는 승객에게 간접적인 선교를 한단다. 매일 반복되는 삶 속에서도 신념을 갖고 자신이 할 수 있는 최선의 방법으로 신앙적 삶을 살기 위해 노력하는 그의 물음에 나 자신이 부끄럽고 초라해졌다.

"저는 성당에 있지 않고 수녀원 본원이란 곳에서 살아요."

교회라는 것을 한낱 특정지역 공동체 정도로 해석해서 대답해 버렸으나 어쩐지 되뇌어지는 물음이었다. 그 기사는 만나는 모든 이가 선교 봉사의 대상이었고, 작은 차는 달리는 생생한 교회였을 것이다.

그가 물어온 것은 '나'였다. 나의 사고방식을 묻고 존재양식을 물은 것이다. '당신은 무엇을 교회라고 생각하느냐? 그런 교회에서 당신은 어떤 모습으로 함께 하고 있느냐?' 라는 질문으로 받아들여졌다.

요즘은 평신도가 '교회 안에서의 자신의 위치와 역량'에 눈을 뜨고 활발하게 움직인다. 교회 지도자들 또한 자성적인 움직임이 많아져 교회 쇄신을 자신으로부터 시작하려고 애쓴다. 그러나 유럽 교회에 비해 아직은 성직자·수도자의 교계적 권위(?)가 인정되고, 착하고 순수한 평신도에게 섬김을 받는 현재의 심정에서, 이솝우화의 '성화를 실은 당나귀'처럼 착각의 너울을 쓴 수녀로 당연히 섬김을 받아 오진 않았나 하는 생각이 든다. '어느 교회에서 봉사하느냐'는 정중한 질문에 속없이 대답한 것 같은 생각에 속앓이를 한다.

수도자에게 있어서 서원의 삶을 살기 위해 봉사할 교회는 사도직으로 나타난다. 그 사도직 안에서 만나는 모든 이가 교회이고 봉사의 대상이다. 그러나 일과 능률에 치우치고 성과에 급급하다 보니 자신도 모르게 쌓아놓은 권위의 벽 속에 안주하는 가난함이 본질을 가려 놓았다. 교회를 가리고 봉사를 흐리고, 주님이 계셔야 할 빈터에 내가 자리하고 있었던 것이다.

'어느 교회에서 봉사하느냐?'

각성제를 먹은 듯 정신이 번쩍 드는 한 택시기사의 질문으로 나는 안일함에서 깨어나 봉사직으로 부름받은 수도자의 신분으로서의 나를 새롭게 만났다. 다른 해와는 달리 올 사순 시기엔 이 만남이 빛이 되어 '은혜로운 회개의 해'를 보내고 있다.

누구든지 높은 사람이 되고자 하는 사람은 남을 섬기는 사람이 되어야 하고 으뜸이 되고자 하는 사람은 모든 사람의 종이 되어야 한다.(마르 10, 43-44)

팔순의 노사제와 칠순 노인

지난 여름, 얼마나 끔찍한 찜통 더위였던가. 그러나 언제 그랬느냐는 듯 날씨는 조석으로 옷깃을 여미게 한다. 망각 속에 밀려가는 세월이 고맙다고나 해야 할지…. 시대를 통틀어 가치와 윤리도덕의 상실이 어떻고, 인간성 상실이 활자화 되어 가름되고, 마치 온 세상이 다 그런 양 매스컴이 특집으로 떠들어도 계절과 세월의 변함 속에 그래도 변함없는 것들이 있기에 마냥 고맙게만 느껴진다.

10월 초순, 은퇴 후에 수녀원 문간 사제관(대문에서 가장 가까운)에 기거하고 계시는 팔순의 노사제를 모시고 가을 나들이를 다녀왔다. 시작부터 마침까지 "수녀들이 나를 추방했어!"로 일관하신 신부님. 내심적이 기쁘신 며칠 간의 피신이었음에는 틀림없고 또 그러셨을 텐데 말이다. 아마도 노인 특유의 표현이리라.

벼 이삭들이 머리를 숙인 누런 들녘을 신나게 달리는 새마을호. 감나무에 주렁주렁 달린 감을 보면서, 타작 마당에 서로 등을 대고 서 있는 곡식단들을 보면서, 자연에 대한 감사가 하늘로 순간순간 솟아오르고 표현하기 힘든 벅찬 기쁨에 두 손이 저절로 모아지는 여행이었다.

묵묵히 힘든 수고를 해내는 투박한 손들이 있기에 느낄 수 있고 누릴 수 있는 기쁨이요, 철따라 제때 비를 주시고 햇볕 주시며 하늘의 문을 조절하시는 아버지 하느님이 계시기에 '빨, 주, 노, 초, 파, 남, 보'의 찬연한 빛을 볼 수 있음은 인간만이 받는 복이 아닐까.

"여기, 새마을호 특실에 빈자리 없어요? 뒷자리가 시끄러워서요!"

기차 안에서 청력이 약하신 노사제에게 응답송(?)을 크게 해드린 죄였을까. 현대판 X세대 부부의 버릇없는(?) 꾸지람으로 인해 신부님이 "팔십 평생 여행하면서 주의받긴 처음이여. 허, 참!" 하신 것 외엔 모든 것이 가을하늘처럼 맑고 상큼하고 밝은 여행이었다.

팔순의 노사제가 칠순을 바라보는 노인을 찾아나선 마음, 그 마음의 만남은 한 폭의 그림이요 만남 속에 이루어진 대화는 시대를 넘나드는 대서사시와도 같았다. 아직은 젊은 수녀의 눈에 비친 노인들의 만남은 가을의 황금빛 만큼이나 눈부시고 풍요로운 만남이었고, 그래서인지 정겹고 훈훈함에 푹 머무르고 싶은 시간들이었다.

팔순을 넘긴다는 것 자체가 은총이요 축복이란 생각이 든다. 그렇기에 바라만 보아도 좋은 것이 아닐까. 무슨 법이 필요하랴. 오직 사랑의 법만이 존재하는 세대, 존재 자체가 삶의 스승이요 선배요 귀감일진대 미래의 늙음을 보는 현재의 내 삶 속에서 늙음은 아름다운 보라빛 인생이라는 생각이 든다.

모든 색의 새로운 시작인 보랏빛. 우리 할아버지 신부님은 인생 팔십에 소화데레사 성녀의 정신이 담긴 '보라꽃'을 번역 출간한 기쁨을 만끽하시면서도 오늘도 바쁘게 펜을 굴리신다. 사랑하는 이들에게 사랑의 선물로 '보라꽃' 한송이씩 주시려고….

보다 나은 만남을 위하여

해마다 연말이면 가장 많이 듣는 단어가 다사다난이다. 올해는 차라리 '대사대난'이라고 해야 할까 보다. 하루하루가 깜짝 놀랍고 굵직하고 큼직한 사건들로 채워졌으니 말이다. 바라보던 하늘도, 늘 건너던 다리도, 매일 만나던 사람도 무서워져만 가는 신뢰 결핍의 중증에 시달리고 있는 오늘의 세상이다.

시간이 무엇인가.

시작도 끝도 모른 채 작년 한 해라고 규정되어진 시간의 굴레 속에 질펀거리고 살아온 우리가 또다른 시간의 굴레를 기다린다. 새로울 것이라는 기대감을 갖고…. 복음에서는 성서 안에서의 만남의 절정인 마리아와 엘리사벳의 만남을 들려준다.

> 엘리사벳이 마리아의 문안을 받았을 때 그의 뱃속에 든 아기가 뛰놀았다. 엘리사벳은 성령을 가득히 받아 큰소리로 외쳤다.(루가 1, 41-42)

만남은 참 좋은 것이다. 풍요롭고 은혜로운 것이다. 지난 한 해, 그 무서웠던 세월에도 추억이 삶의 의미를 부여해 주었고 깊이를 더해 주었다. '돌아보면 모든 것이 은총이었네'라는 어느 목회자의 고백처럼 내게 있어서도 모든 만남은 축복이요 은총이었다. 수녀이기에 만날 수밖에 없었던 이들과의 만남도 그랬고, 오랜 시간을 두고 알고 지내는 이들과의 만남도 그랬다. 짧은 시간 동안에 깊게 다가온 이들과의 만남 또한 그랬다.

시간으로 만남을 주선하고 만남을 통해 변화를 체득하면서 올해의 막장인 달력 앞에 숙연한 마음으로 서 본다. 몇 자 안 되는 글로 서툴게 나누었던 만남을 떠올리고, 활자화 될 수 없는 만남, 잊혀져가는 만남, 가슴에 묻어 둬야 하고 덮어둬야 하는 만남을 떠올린다. 그리고 마리아와 엘리사벳의 만남을 바라본다.

서둘러 유다 산골에 있는 한 동네를 찾아가서 문안을 드린 마리아의 걸음은 재촉된 걸음이었으리라. 주님의 어머니께서 먼저 서둘러 만남을 갖고 문안의 인사를 하셨으며, 그 말씀을 들은 엘리사벳의 태중의 아기 요한도 기뻐 뛰놀았다고 성서는 들려준다. 이 아름답고 겸손한 만남은 2천 년에 걸친 만남의 귀감이 되고 있다.

이제 내적으로 외적으로 정리하면서 부끄러움에 사로잡힌다. 과연 나는 만남을 위해 걸음을 재촉해 보았는가. 또 문안 인사를 먼저 드려

보았는가. 마리아의 몫을 살고자 노력하는 수도자의 삶을, 수도의 길을 가고 있는 나는 과연 봉사의 마음으로 만났던 이들에게 기쁨을 주었는가. 새해에는 새로운 마음으로 새롭게 만남을 가져보리라는 기대를 가져본다. 그리고 꼭 그렇게 이루어지리라 믿으면서 축복의 만남을 가지리라 다짐해 본다.

노란 손수건 이야기

기다림은 설레임을 수반한다. 기다림은 초조함 역시 동반한다. 기다림은 긴장의 시간이요 희망의 시간이기도 하다. 그리고 누구를, 무엇을 기다리느냐에 따라 그 의미는 극과 극을 달리하기도 한다. 새로운 생명의 탄생을 기다리는 것과 피안의 세계를 향한 죽음을 기다리는 것, 사랑하는 이를 기다리는 것과 원하지 않는 이를 불가피하게 기다려야 할 경우, 아니면 역으로 그 누가 나를 기다릴 때의 마음은 어떠할까. 아무튼 기다림이란 다가올 그 무엇인가를 향한 바람이요 희망이라는 의미가 더 크게 가슴에 다가온다.

노란 손수건 이야기가 떠오른다. 교도소에 수감중인 남편이 출소일을 앞두고 사랑했던 아내에게 다음과 같은 편지를 띄웠다.

"머지 않아 우리는 만나게 될 것 같소. 그러나 왠지 두려움이 엄습해 오는구려. 지난 세월, 당신이 어떻게 변했는지, 또 나를 맞아줄 지 두렵기만 하다오. 우리집 뜰 앞에 큰 나무 한 그루가 있지 않소. 그 나무 가지에 노란 손수건 한 장을 걸어두면 당신이 나를 기다린다는 의미로 받아들이고 내리겠지만, 없다면 당신이 날 받아들일 마음이 없는 것으로 알고 그냥 지나가겠소."

기다리던 출소일에 남편은 간단한 가방 하나 들고 교도소 문을 나서서 고향 가는 버스에 몸을 실었다. 그리고 자신의 이야기를 옆 좌석에 앉아 있는 사람에게 털어 놓았다. 그 이야기는 버스에 탄 모든 이들에게 속닥속닥 전해졌고, 모든 사람들은 과연 어떤 상황이 펼쳐질 것인가에 대해 기대감과 불안, 초조함을 갖게 되었다.

드디어 고향 근처 어귀에 버스가 들어서는 순간, 모든 사람들은 놀라 탄성을 질렀다. 그 큰 나무 가지가지마다 온통 노란 손수건으로 펄럭이고 있었던 것이다.

대림 시기가 되면 늘 이 이야기가 떠오른다. 우선은 아내의 기다림의 표현이 만발하여 핀 노란꽃에 대한 경이로움과 따사로운 마음의 표현 때문이겠고, 그토록 기다리던 남편을 생각하며 가지가지마다 노란 손수건에 눈물을 적시며 매달았을 아내의 정성에 탄복해서이다. 또 나의 가슴에 남편을 기다리던 아내의 사랑이 차오름을 느끼기 때문이다.

평생을 수도자로 살겠노라고 겁 없이 서약하고 세상 깊숙이 일에 파묻혀 살다가 정신이 번쩍 드는 때가 바로 대림 시기이다. 혼자 조용히 초에 불을 당기며 성찰해 본다.

'과연 나는 예수님을 위해 노란 손수건을 준비하고 있는가?'

노란 손수건은 정녕 희망의 표지요, 신앙을 잃지 않도록 희망을 주는 승리의 깃발이다. 하늘이 주시는 은총의 선물인 기쁨이 노란 손수건 안에 있기에 그 의미는 깊고 높고 크게 다가오는가 보다. 해마다 맞이하는 대림절에는 세상이 온통 노란 손수건으로 펄럭이면 좋겠다.

● 글 | 김혜련 마리 막달레나 수녀 | 노틀담수녀회

부활의 삶을 살고 싶다

어릴 때 '인생은 고해'라는 말을 들으면 어른들이나 쓰는 말로 흘려 버렸는데, 요즘 신문이나 텔레비전 뉴스를 보면서 다시금 이 말을 중얼거릴 때가 많다.

세상은 고통의 바다?

며칠 전, 내가 사는 시골 동네에도 영농자금 빚을 갚을 길 없는 어느 젊은 남자가 자살을 했다. 꽃상여를 붙들고 울고불면서 애통해 하는 노모와 하얀 상복을 입은 어린 아들이 아버지 사진을 들고 뒤따르는데, 상여꾼들은 느릿느릿 "어허야…"를 부르며 먼 산을 올랐다. 앳된 부인은 몸을 가누지 못한 채 부축을 받으며 울음소리도 내지 못한다.

고통에 시달려 스스로 목숨을 끊는 사람이 늘어나고 실직자들의 힘 없는 어깨와 굶주리는 이들의 뼈만 남은 얼굴들, 최소한의 생명도 지탱할 수 없어 죽어 가는 사람들의 소식을 들으면서 끝없이 펼쳐진 고통의 바다에 던져진 인간들의 모습을 본다.

사회와 국민을 위한다는 사람들의 거짓된 삶들, 작은 질서 하나 제대로 지키지 못해 이웃을 불편하게 하고 상처 주는 우리들, 독약에 가까운 화학물질로 만드는 일부 과자와 식품들, 열두 살 어린이가 다섯 살 어린이의 돈 천 원을 뺏기 위해 물에 빠뜨려 죽이는 일, 조용한 지하철에서 휴대폰으로 크게 떠드는 여대생을 꾸짖는 교수에게 간섭한다고 따지고 서로 폭행하다가 경찰서까지 간 일…. 물리고 물리면서 늘어만 가는 죄악의 홍수 속에서 현대를 살고 있는 우리는 모두 힘들어 하고 있다.

오늘도 저녁기도를 하며 십자가를 오랫동안 쳐다본다. 그리고 그 십자가를 통해 새로운 힘과 용기를 얻고 위로를 받는다. 나, 그리고 이웃과 세상의 모든 죄를 지고서 고통받고 고민하고 걱정하는 주님을 통해 나의 고통도 함께 나누기 때문이다.

예수님이 십자가에 처형되었을 때, 제자들은 불안하고 겁이 나서 도망을 쳤다. 그러나 3일 후 부활하여 다른 모습으로 그들을 인도하시는 주님을 만나는 체험을 통해 새로운 힘으로 다시 주님을 증거하는 제자들이 되었다. 절망하고 고뇌하고 앞이 캄캄한 절벽 같은 고통의 바다 안에서 새로운 힘으로 삶을 시작할 수 있는 것이 부활이 아닐까.

좋은 수녀가 될 거예요

한때 본원에서 성소 담당을 맡은 적이 있었다. 어느날, 문간에서 손님을 맞이하던 수녀님으로부터 연락이 왔다. 성소자가 한 명 왔는데,

이야기를 들어보니 좋은 사람처럼 보이므로 만나 보라는 것이었다. 응접실에 갔더니 수줍어하고 겸손한 어느 젊은 여자가 기다리고 있었다. 그녀는 평소 수도자가 되는 게 꿈이었고, 특별히 우리 수도회에 오고 싶어서 찾아왔다고 말했다. 솔직한 태도와 소박한 말씨에 잔잔한 감동을 받았다.

마침 입회자 면담 시기여서 수련소에 연락했다. 그랬더니 수련장님과 선생수녀님 두 분이 같이 나오셨다. 4명의 수녀들 앞에서 그 자매는 면접을 받는 것이므로 매우 긴장했다. 신앙심은 어떤지, 가정은 화목하고 별 문제가 없는지, 입회 동기는 무엇인지, 차례로 질문하고 답을 들은 뒤, 드디어 "그러면 한 번 준비를 해 봅시다"라는 말씀으로 면담이 끝났다.

그런데 수련장님이 마지막으로 "학교는 어디 나왔어요?"라고 물었다. 기본적으로 수녀원 입회 학력이 정해져 있으므로 물어 볼 필요도 없었지만, 어느 학교를 나왔는지 궁금하셨던 모양이었다. 그러자 자매는 작은 목소리로 집이 어려워 어느 야간 학교를 졸업했다고 했다. 순간, 평소 긴말을 않는 수련장님은 벌떡 일어나며 "안 됩니다" 하고는 나가셨다. 선생수녀님 두 분도 덩달아 일어나셨다.

얼굴이 발갛게 달아오른 그 자매는 고개를 푹 숙이고 앉아 있었다. 나는 당황했고 어떻게 위로해야 할지 막막했다. 잠시 후, 그 자매는 그러잖아도 이곳에 오기 전에 친구에게 의논했더니, 어렵지 않겠느냐는 말을 하며 말리더라는 것이었다. 그리고는 "이럴 줄 알았어요. 괜찮아요" 하고 힘없이 고개를 떨구며 나갔다. 나는 자세히 알아보지도 않고 수련장님을 만나게 해서 상처만 받게 한 것이 너무 미안한 나머지 연락처도 알아놓지 못한 채 헤어지고 말았다.

그 후, 생각할수록 미안한 마음이 더해 가기에 만나기만 하면 용서를 청하고 더 좋은 길이 있음도 안내해 주고 싶었다. 또 그 자매가 생각날 때면 저절로 화살기도가 되었고, 그때마다 하느님이 꼭 한 번 만나게 해주시도록 기도할 뿐이었다.

9년의 세월이 흘렀는데도 가끔 생각나는 자매였기에 바쁜 일상생활에 까맣게 잊고 지내다가도 불현듯 미안한 마음이 되살아나곤 하여 꼭 만날 수 있기를 바랐다.

그런데 이곳으로 오신 수녀님들이 10일간의 피정을 마치고 떠나는 날이었다. 한 수녀님의 부탁을 받고 교사회 피정 프로그램을 찾다가 별로 참고할 게 없기에 참회예절과 성체조배 자료만을 드린 다음, 서로 인사하기 위해 문밖에 모여 이런 저런 이야기들을 했다.

그 수녀님은 "저도 고향이 ○○인데요" 하며 고향에 피정 온 것을 기뻐했다. 나 역시 그 수녀님을 처음 볼 때부터 안면이 있는 것 같아 "아하, 그래서 안면이 있었구나" 했더니 모두들 농담인 줄 알고 와르르 웃었다. 나는 다시 물었다.

"수녀님, 혹시 우리 수녀원 본원에 오신 적 없어요?"

그 수녀님은 꼭 한 번 가 보았다고 했다.

"혹 저를 기억 못하겠습니까?"

"아뇨. 그때 여러 수녀님을 만나서 모르겠는데요."

그러나 나는 예전의 일을 떠올렸다. 틀림없이 그 때의 그 자매라 여겨졌다. 나는 기쁨을 감추지 못하며, 그 여러 수녀 중 한 사람이 바로 나라고 말했다. 그러자 그 수녀님은 나를 꼭 안으면서 "어쩐지 언니 같더니, 고맙습니다" 하며 눈물을 글썽거린다.

저절로 감사의 기도가 솟구쳐 나왔다. 9년간 담겨 있던 미안함이 사라지고 무거웠던 마음이 날아갈 듯 가벼워지며 우리의 기도를 들어주시는 하느님의 자비에 감격했다. 그 수녀님 역시 그 때까지도 거절당한 상처가 마음에 남아 있었는데, 이 만남으로 깨끗하게 치유된 것을 체험하게 되었고 생명의 기쁨을 맛보았다고 했다.

"수녀님은 좋은 수녀가 될 거예요."

이 얼마나 극적인 만남인가. 주님께서 나의 오랜 청원을 외면하시지 않고 마지막 떠나기 직전에 만나게 해주시다니…. 주님은 우리의 생각마저 빼놓지 않고 들어주시는 분임을 다시 체험하면서, 이것이야말로 매일 사는 우리의 부활 체험임을 감사드렸다. 부활이란 죽어서 다시 살아나는 것만이 아니라 생활 안에서 어두움을 벗어버리는 모든 것이 아닐까.

부활 체험

우리 수도회에서 운영하는 영아재활원에는 1백 명이 넘는 온갖 장애를 가진 어린이들이 있는데, 어쩌다 이곳에 들를 때마다 마음을 다그치고 돌아온다. 뼈가 굳지 않아 누워만 있는 아이, 손가락 발가락이 두 개뿐인 아이, 머리가 몸보다 몇 배 더 큰 아이, 팔다리가 없는 아이 등 바라보기도 미안한 아이들이 모여 있다.

그들이 할 수 있는 것은 떠 먹여 주는 음식을 삼키고 배설하고 우는 것 정도이다. 그래서 일손이 많이 필요한데, 해마다 이곳에는 자원봉사자들이 많이 찾아온다. 그들 중에 어떤 사람들은 아이들을 돌보는 수녀들의 행동이 가치 없다고 화 내는 사람도 있다. 사람 구실도 못하고 희망도 없는 아이들에게 돈과 시간을 투자하고 많은 사람이 매달려 일하는 것이 의미 없는 일로 보이기 때문일 것이다. 아마도 그만한 시간과 사람을 보다 생산적이거나 효과적인 곳에 투자한다면 이 사회가 더 발전할 수 있다는 생각을 하는 것 같다.

정말 그럴까. 나는 형식적인 방문이건, 실제 봉사하기 위해 오시는 분이건 간에 이곳을 방문하고 돌아가는 분들이 눈물을 흘리는 광경을 자주 본다. 아무 것도 할 수 없는 그 어린 생명들을 통해 건강한 자신들의 교만과 게으름, 거짓과 싸움, 욕망에 가득 찬 마음을 보기 때문이 아닐까. 걸을 수 있고 말할 수 있고 먹을 수 있고 볼 수 있다는 사실의 고마움. 비록 돈이 없고 상처뿐인 마음이라도 육신 하나 성한 것만 해도 얼마나 감사한가.

나는 이 어린아이들보다 더 설득력 있는 삶이 어디에 있을지 궁금하다. 생각해 보자. 뛰어난 강의나 글이 죄에 빠진 사람으로 하여금 철저히 회개하고 눈물을 흘리게 할까. 가히 누워 있는 그들이 많은 사람의 마음을 움직이고 절망과 좌절에서 일어설 수 있는 용기와 희망을 주는 것을 보면서, 나는 또다시 예수님의 부활을 체험한다.

오늘 우리의 삶 안에서, 그리고 매일 미사를 통해 예수님의 부활을 기념하고 그 분의 현존을 체험하는 우리는 그 분의 부활에 대한 의미를 좀 더 구체적으로 깨달아야 하겠다.

예수님은 순탄한 삶을 살지 못했다. 태어나자마자 도망부터 가야 했던 신세였고, 커서도 시기와 질투의 대상이 되어 반대의 표적이 되었다. 머리 둘 곳조차 없어 거리를 떠돌며 얻어먹고 살았다. 그 분이 베푼 기적에만 매달렸던 사람들은 메시아로서의 예수님을 알아보지 못했기에 반역죄인으로 몰았고, 결국 마지막엔 사형에 처해진 팔자 사나운 분이셨다.

언젠가 신앙이 없는 어느 분이 십자고상을 가리키며 "저렇게 고통당하는 예수님을 왜 믿느냐?" 라고 물은 적이 있다. 그 분은 삶이 대단히 고달펐기에 예수님을 통해 마음의 평안을 얻고자 성당에 갔는데, 십자가에 가시관을 쓰고 못박혀 계신 것을 보고는 이곳도 틀렸다고 판단했다는 것이다.

그 분이 생각하듯이, 만약 주님이 그렇게 비참한 죽음으로만 끝났다면 성직자와 수도자부터 먼저 옷 벗고 떠나 버렸을 것이다. 그 옛날 제자들이 도망쳤듯이 말이다. 그러나 예수님은 우리에게 다시 살아나실 것을 약속하셨고 그 약속을 지키셨다.

부활하신 예수님은 이제 어떤 장소에 구애됨 없이 온 세상에 현존하시면서 우리를 구원의 길로 인도하신다. 그러기에 우리는 모든 이 안에서 그 분을 발견한다. 모든 사건과 자연과 일과 죄 안에서도 그 분의 현존을 보고 다시 시작한다.

봄은 겨울 안에 있다

새벽 미사를 마치고 수녀원으로 오는 길에 찬바람이 얼굴과 목덜미를 매섭게 훑고 가지만 멀리서 봄이 오고 있음을 느낄 수 있었다. 행여나 눈에 띌까 조용조용 오는 생명의 봄…. 흙이 도톰해 헤쳐 보면, 연한 싹이 소복하고 마른 풀더미 속에 햇쑥이 삐죽 잎을 틔워 놓았다. 그리고 뒷마당 버드나무 숲을 못 살게 윙윙거리던 바람도 한풀 꺾였는지 조용하다.

겨울 동안에야 누가 이런 생명이 땅속과 숲속에 있음을 짐작이나 했으랴 싶다. 얼었던 땅도 마른 나뭇가지도 겨울을 참고 견뎌온 보람으로 새봄과 함께 새 생명을 내놓은 것이다. 이것은 이스라엘 민족이 자기들을 죽이려 쫓아오는 파라오의 군대를 뒤로 하고 홍해를 건너면서 맛보았던 생명의 기쁨이다.

올해는 대희년의 뜻깊은 해이다. 희년 자체가 생명을 찾게 해주는 은총의 해이기에, 우리도 이웃에게 생명이 되는 새로운 삶을 살아야 하지 않을까. 내가 이웃에게 생명이 되어 주는 일이란 우리가 바르게 알고 있는 것을 실천하는 삶이라고 생각한다. 그동안 대충대충 넘어가면서 자기 것만 중요하게 여겼던 자세에서 이젠 모두를 중요하게 여기고 사는 삶으로 바뀌어야 할 것이다.

예수님이 생명을 바쳐 우리에게 영원한 생명을 주셨듯이, 우리도 자신을 내어 줌으로써 이웃에게 생명을 주는 벗이 되어야 한다. 자녀들을 위해 헌신과 희생으로 고통을 참고 견디는 어머니들의 삶처럼, 우리도 이웃을 위해 희생할 줄 알고 자신을 열고 내어주어야 한다.

모든 사람들이 사랑받기를 원한다. 그러나 사랑은 결코 쉬운 일이 아니다. 끝없이 참고 기다리며 자기를 깎아내는 아픔과 용서와 자비, 따뜻함과 결단, 때로는 사랑을 위하여 떠나야 하고 매일 죽어야 한다. 매일매일 양식이 되어야 한다. 겨울 안에 봄이 있듯이 희생하는 죽음 안에서 새로운 생명이 태어난다. 어머니의 산고를 통해 아기가 태어나듯이, 우리가 이웃을 위해 받는 그 고통을 통해 병들었던 이웃이 치유되고 다시 태어날 수 있다.

희생과 자기 죽음은 드러나지 않는다. 성서의 비유대로 누룩이 밀가루에 들어가 부풀릴 때처럼, 작은 씨앗이 큰 나무로 자라는 동안 거의가 눈치채지 못할 정도로 조용하다. 우리도 이제 새로운 생명, 새 삶을 위하여 소리없이 이웃의 누룩 역할을 해 보자.

가끔 본당에서 일을 많이 한다는 단체가 너무 시끄러울 때가 있다. 일하는 만큼 말도 많은 것일까. 그러나 깡통 속을 다 채우지 못하고 조금만 채우면 소리는 더 요란한 법이다.

우리도 마찬가지다. 여러 사람이 모이는 곳에 가 보면 알 수 있다. 언성이 높은 사람이나 규칙을 무시하고 우기는 사람들은 인격적으로 문제가 있다. 인간으로서, 또 신앙인으로서 부족하기에 우격다짐으로 큰소리를 치는 것이다. 자신의 부족함을 위장하는 하나의 방식이다.

남보다 손해보고 살 때

먼저 질서를 지키자. 어디서든 거기에 적용되는 질서를 지켜야 한다. 예컨대, 담배꽁초 하나라도 제자리에 버리고, 남에게 방해가 된다면 나의 편리함을 희생하자. 일본에서는 연립주택인 경우 밤 10시 이후에는 샤워를 하지 않는단다. 누가 시켜서 하는 것이 아니라 이웃을 먼저 생각하는 마음 때문에 저절로 지킨다고 한다.

우리 역시 남보다 조금 손해 보며 살아 보자. 참 편안해질 것이다. 내가 먼저 양보하면 이웃도 양보하게 된다. 너그럽고 따뜻한 마음, 화내는 것을 줄이고 대신 바보같이 웃어 보자. 그리고 잘못된 것을 대충 넘어가는 일이 없도록 하자.

우리 모두 지금부터 고쳐 가면서 다시 시작하자. 날마다 자기를 유심히 살펴보고 마음을 들여다보고 바른 마음, 바른 행동, 바른 말, 바른 생각인지 되새기자. 마음이 바르지 못한 사람은 말을 해도 이웃의 약점을 이야기하기 좋아하고, 좋게 보기보다는 안 좋게 보려 하고, 남이 잘되는 것을 보면 배 아파하는 경우가 많다.

머지 않아 우리는 영원한 생명을 받은 채 하느님 앞에 서게 된다. 그러나 그 영원한 생명이 구원이 될지 멸망이 될지 아무도 모른다. 다만, 바르게 살지 못하면 구원받지 못하는 것을 알 따름이다. 그동안 우리는 확인하지 않고 자신의 편리대로 이익만을 찾다가 얼마나 많은 사람이 희생되고 손해를 보았는가.

날마다 일어나는 교통사고의 대부분이 부주의와 성급함으로 일어나는 것이 아닌가. 소중하고 귀한 삶을 기도하는 마음으로 살아야겠다. 또 우리는 공직자들의 비리를 욕하는데, 욕하는 나 자신이 공직자가 된다면 그렇게 하지 않을 자신이 있는가.

환경 문제가 심각하건만, 우리는 합성세제를 사정없이 풀어쓰고 있지 않는가. 어디 그뿐인가. 산이나 강변에 사람들이 다녀가면 그곳은 몸살을 앓는다. 여기저기 쓰레기가 쌓여 토양과 물이 오염되고, 마구잡이로 꽃나무를 꺾고 뿌리째 파 가는 통에 금수강산이 황폐해진다. 더욱 안타까운 일은 불도저와 포크레인 등으로 아름다운 산야를 무참히 파헤치고, 몸에 좋다 하여 수단과 방법을 가리지 않고 야생 동물의 씨를 말리고 있다. 이런 행동은 궁극적으로 우리의 생존을 위협하는 결과를 빚는 데도 우리는 자기 욕심을 채우기에 혈안이 되어 있다.

그리스도인들은 결코 이같은 속된 삶을 살지 않아야 한다. 하느님이 원하는 삶을 사는 것이 그리스도인들의 본분이다. 지금 대희년의 큰 문이 열려 있다. 그 문으로 쏟아지는 생명을 주는 은총의 물을 마시기 위해 우리 모두 예수님처럼 바보가 되고 밥이 되고 자신을 죽이고 희생하는 사람이 되자.

● 글 | 문화순 오틸리아 수녀 | 샬트르 성 바오로 수녀회 대구관구

내게 갖고 싶은 것이 있다면

부지중에 한 해를 보내고 밀린 설거지를 한 뒤에 젖은 손을 닦는 마음으로 과거를 돌아보니 참 많이 살아왔다는 생각이 든다.

유리병이 깨끗하게 비워져 있어야 햇빛이 투명하게 그 속에 들어오듯, 우리는 마음을 비움으로써 그리스도의 빛 속에 살게 된다. 그러면 영혼의 눈이 뜨이게 되고 귀가 열리게 된다. 아씨시의 성 프란치스꼬 성인이 태양을 형제, 달을 자매라 부르며 새들에게 강론하고 자연과 친형제처럼 산 것은 세상의 모든 만물이 창조주이신 한 분 하느님이 만드신 같은 피조물임을 깨달은 이유에서이다.

나무들의 말없는 말

오래 전, 수지 성모교육원에서 '주년 피정'을 했다. 첫날 성체조배하려고 성당 복도를 걸어가다가 창 너머 앙상한 겨울나무를 보았다. 순간, 거룩한 분위기에 매료되면서 빨려들듯이 그 나무들이 나를 온통 끌어당겼다. 나는 창가에 다가가 그 나무들이 말없이 나에게 말해 주는 것을 그대로 노트에 받아 썼다. 그것이 한 편의 시가 되었다.

나는 처음 모래에서
세상에 나올 때부터
집이란 없었다.
깊은 겨울 밤에도
먼 별빛만 희미하게 비출 뿐
이 몸을 가리울 누더기도 없었다.
나는 내 것이란 아무것도 없다.
내가 살 자리도 따로 고르지 않고
주인이 심어준 곳이면
가파른 언덕 위나 모래땅
물가나 비옥한 땅 어디서나
늘 감사로이 살 뿐
불평하지 않는다.

솔직하고 진실하며
시샘도 없다.
기다릴 줄 알며
참을 줄 안다.
나는 항상 온몸으로 말하고
아름다운 노래를 부르지만

들어 주는 현자는 드물다.
땅속 깊이 발을 묻고
일생을 곧바로 서서
하늘만 바라보며
잠도 서서 잔다.
나의 소임은
자나깨나 찬미하여
하느님 나무로 키가 크는 일,
꽃을 피우고 열매 맺는 일,
하느님과 남을 위해
오롯이 혼신을 모두 바친다.

신앙의 참맛을 얼마나 알까

수녀들은 일 년 중 만 8일간의 주년 피정을 하고, 매월 하루 '월 피정'을 한다. 지난해 6월, 나는 이미 '월 피정'을 했지만 성체신심 강의 봉사를 더욱 잘하기 위해 특별 지향을 갖고 성체와 성혈 대축일에 혼자 피정을 했다. 물론 침묵하는 피정이다. 피정은 그 전날 끝기도 후부터 시작하여 다음날 점심식사로 끝나는 것이 우리 집에선 상식으로 되어 있다. 피정 때 공동기도는 함께 하지만 좀더 깊이 잠심하여 하느님 안에 잠기기 위해 식사는 따로 한다.

오전 내내 성체 앞에서 기도하다가 정오가 거의 다 되어갈 무렵이었다. 잠깐 성당을 나오려는데, 감실 안에 계신 주님이 나의 옷자락을 잡는 정도가 아니라 속마음을 단단히 쥐고 꿇어 앉히셨다.

'애야, 내가 여기 있는데 나를 두고 어딜 가려느냐?'

나는 다시 강당으로 나와 칠판에 쓴 것을 지우고 '최 수녀 피정 오후 6시까지' 라고 고쳐 쓰고 피정을 연장했다. 그런데 그날따라 몸과 마음이 가볍고 편안하고 기분이 참 좋았다. 일생을 통해 그런 영육의 온전한 쉼을 맛본 경험은 별로 없었다. 그날 나는 '초대의 말씀'을 너무나 깊이 실감 있게 체험했다.

수고하고 짐을 진 여러분은 모두 내게로 오시오. 그러면 내가 여러분을 쉬게 하겠습니다. 여러분은 내 멍에를 메고 나에게서 배우시오. 나는 온유하고 마음이 겸손하기 때문입니다. 그러니 여러분의 영혼이 안식을 얻을 것입니다. 사실 내 멍에는 편하고 내 짐은 가볍습니다. (마태 11, 28-30)

아무리 수박이 달다 해도 겉만 핥는다면 참맛은 모른다. 나는 수박 겉핥기와 깊은 우물파기를 비교 묵상하면서 우리가 너무 피상적으로 기도나 신앙생활을 하기 때문에 생활 속에서 하느님을 만나지 못하고 신앙의 참맛을 모르고 살고 있음도 생각하게 되었다.

우물을 슬쩍 파면 건수(乾水)를 마시게 되지만 깊이 파들어갈수록 청량수를 만날 수 있다. 성체에 대한 신심은 모든 신심의 핵심이며 교회 활동의 원동력으로서 가톨릭 신앙의 보고가 여기에 있다.

선풍기와 커피포트

○○구치소 교리담당 선생님이 상담실에서 사용할 선풍기 두 대와

커피포트를 사 달라고 청해 왔다. "신부님께 사 달라고 하시지, 수녀가 무슨 돈이 있다구!" 했으나, 그래도 마음이 약해서 신부님에게 말씀드렸더니 상담실 짓느라고 돈을 너무 많이 썼다면서 점잖게 거절하신다. 두말 못하고 물러나왔다.

3일 후, 주일 오후에 어떤 여자가 찾아왔다는 전갈을 받았다. 약속한 사람도, 찾아올 사람도 없는 터라 의아하게 생각하며 객실로 나갔다.

그녀는 몇 번 만난 신자였다. 하지만 전과 달리 얼굴이 보송보송 피어 있어서 얼른 알아보기 힘들었다. 나를 본 그녀는 환한 미소를 지으면서 흰 봉투 하나를 공손히 내민다.

"여고를 졸업하고 아빠 하시는 일을 돕고 있는데요, 한 달에 30만 원씩 월급을 주시거든요. 거기서 매월 십일조 떼어놓은 것인데, 수녀님 활동비로 쓰시게 드리고 싶어 갖고 왔어요."

그 말을 듣는 순간, 가슴이 뭉클했다. 잠시 잊었던 일이고, 또 돈 달라고 기도도 안 했는데 앞장서서 챙겨 주시는 주님에게 어쩐지 마음 속으로 미안했다. 그날 나는 선풍기를 신형으로 두 대 사고 커피포트를 샀는데, 돈이 5천 원이나 남았다.

참으로 마음을 비우고 순수한 지향으로 하느님 중심의 생활을 하려고 노력하며 살 때, 그 분이 내 안에서 모든 문제를 친히 해결해 주신다고 확신하게 해준 작은 사건이었다.

● 글 | 최남순 크리스티나 수녀 | 영원한 도움의 성모수녀회

성서에 빚진 수도자

오늘도 어김없이 강의실을 꽉 메운 사람들을 향해 하느님 말씀을 쏟아낸다. 그러고 나면 한동안 혼이 나간 사람처럼 정신이 얼떨떨하다.

내게는 강의할 때마다 이내 죽을 사람처럼 열강하는 버릇이 있다. 마이크만 들면 나도 모를 힘에 사로잡혀 2시간을 목소리 하나 변함없이 일사천리로 끝내곤 한다. 그러기에 강의 듣던 사람들도 "어휴!" 하고 한숨을 몰아쉬며 끝을 맺는다. 왜 그렇게 열강을 해야 되는지…. 때로는 좀 슬슬 해야겠다고 마음을 먹지만, 마이크만 들면 달라지는 내 모습을 나도 어쩔 수가 없다.

영혼의 안개가 걷히던 순간

몇 년 전, 대학원을 졸업하고 새로운 소임을 기다리고 있을 때 전혀 뜻밖에 '성서 모임'으로 발령이 났다. 순명 서원을 한 수도자로서 의아스럽지만 그대로 순명을 할 수밖에 없었다. 속으로는 애써 나를 타일렀다. 평소 성서 40주간(신·구약 전체를 읽을 수 있도록 안내되어 있는 책)을 꼭 한 번 해 보고 싶었으니, 하느님이 주신 시간에 성서만 공부하는 소임이 얼마나 좋은가 라고…. 그동안 하느님 말씀에 많은 은혜를 입었고 수도생활을 하면서 늘 빚진 마음으로 살았으니 이번 기회에 빚을 갚는다는 생각으로 열심히 할 것을 다짐했다. 그러나 시간이 지나면서 모든 것이 나를 무기력하게 만들었다. 아니, 그럴 수밖에 없었다. 나 자신이 너무나 부족했던 것이다.

처음 준비할 때, 1~2년은 공부하는 재미, 모르는 것을 아는 재미에 참으로 하느님의 말씀이 달디 달았다. 특히 루가복음 19장의 자캐오를 공부할 때에는 예수님을 보고 싶어하는 자캐오의 모습에 매료되어 며칠씩 진도가 못나가고 행복감에 젖어들곤 했다. 하지만 성당에 나가서 강의를 하게 되고, 더구나 신부님과 수녀님들이 함께 강의를 들으실 때는 오금이 붙고 말 잘하는 내 입이 달라붙어 말하기가 싫어지는 것이었다. 한번은 진땀을 빼고 와서 장상 수녀님에게 다른 소임으로 바꾸어 달라고 하소연하기도 했다.

그러던 중, 본회 창립 60주년을 맞이하여 종신 서원자 세미나가 열렸다. 본회 사도직을 세분화해서 그룹별로 토의하는 것인데, '계층별 성서 모임'이란 그룹을 보면서 눈이 번쩍 뜨였다. 바로 저거다! 그 순간, 몇 년 동안 갈등을 느끼며 희미한 안개 속에서 헤매던 내 영혼에 안개가 걷히고 길이 보이기 시작했다.

'지금 우리 나라엔 많은 사람들이 하느님 말씀에 갈증을 느끼며 찾아다니고 있다. 서울 같은 대도시에는 많은 신부님들과 수도자들이 그 갈증을 해소해주고 있지만, 지방이나 시골, 농어촌, 또 시간 없는 상인들,

기득권층에서 밀려난 노인들, 장애자들, 어린이들 모두 아직까지 계발되지 못한 많은 계층들에게 하느님의 말씀을 전파해야 한다. 그래, 나는 꼭 하느님께 빚을 갚아야 돼. 하느님이 나를 불러 주신 그 목적이 무엇인지 꼭 밝혀야 해.'

나는 세미나 후부터 달라졌다. 그토록 나를 얽어맸던 모든 것들이 하나하나 사라져 갔다. 그리고 새롭게 변모해 갔다. 부족한 면이 보이면 예수님에게 지혜와 통달을, 넘치는 면이 보이면 예수님에게 겸손과 절제를, 자존심이 상하면 예수님에게 인내와 온유를, 분에 넘치는 칭찬을 들을 땐 '주여, 마땅히 해야 할 일을 했을 뿐이옵니다' 라고 하여 마치 제2의 수련 생활을 하는 것 같았다.

사실 교직에 있었을 때에는 모든 면에 자신이 있었다. 학생들을 사랑했고, 교직을 천직으로 알았고, 어려서부터 키워 온 전공에 나름대로 자부심이 있었다. 그래서 어느 학교를 가나 별로 막힐 것이 없다고 생각했었다. 그러나 '성서 모임'을 맡은 뒤에는 시작부터 자신 있는 것이 하나도 없었다. 물론 신학대학도 안 나왔고, 아는 것도 없고 경험도 없었다. 오직 하나 있다면 예수님 빽(?)이었다. 하기야 예수님이 아니었더라면 나라는 존재부터 없었을 것이지만….

아버지, 도는 제가 닦을 테니…

나는 가톨릭 가정에서 자라지 않았다. 절에서 도를 닦고 계시던 아버지를 억지로 모셔다가 '아버지 대신 도는 제가 닦을 테니 저 대신 아버지는 가장 자리를 지켜주십시오' 하고 담판 짓고는 수녀원으로 향했던 나였다. 그러나 수도의 길은 쉽지 않았다. 입회한 지 사흘만에 보따리를 쌌다가 풀은 후에도 뿌리 없는 나무는 바람이 불 때마다 온몸을 휘청거렸고, 어느 때는 얕은 뿌리가 다 뽑히도록 흔들렸다. 집에서는 수녀원에서 나올 것을 종용했고, 더구나 아버지가 다니시던 종파가 '일승종'(샤머니즘이 많이 접목된 파)이고 보니 절에서 하는 온갖 행사에서 어머니는 애절한 소원을 불심에 구했다. 수녀원에 있는 내게 보탬이 될 리가 없었다.

계속되는 병고와 갈등 속을 헤매다가 겨우 수련기를 시작하는 착복 피정(만 8일)에 들어갔다. 어느 날, 강론을 들으러 강의실에 모였으나 신부님은 강론 대신 '사막의 체험'을 해야 한다면서 도시락과 성서만 들고서 수녀원 건물 밖으로 나갔다가 5시에 들어오라는 것이다. 그밖의 것은 예수님이 다 알아서 해주신다는 것이다.

무슨 뜻인지 몰라서 당황했지만 줄곧 침묵 중이라 누구에게 물어볼 수도 없었다. 그냥 도시락과 성서를 갖고 건물 밖으로 나오는데 마음 속에서 '에제키엘 30장… 에제키엘 30장…'이란 소리가 되풀이되어 들렸다. 내가 갖고 있던 신약성서에는 그런 것이 없길래 무시하고 그냥 걸어가려는데 발걸음이 떨어지지 않는다. 그때 나는 관절염을 앓고 있었기에 아픈 다리를 이끌고 다시 수녀원으로 돌아가 신구약 합본을 찾아보았다(합본이 나오는 해, 입회 기념으로 성서를 샀다). 놀랍게도 에제키엘이 있었다. 뒷동산에 올라 에제키엘 30장을 펴 보았다. 별로 와 닿는 구절이 없었다. 31장을 읽기 시작했다.

'너의 크기를 무엇에 비교할까…'로 시작되는 2절, '가시들이 무성하게 뻗은 것은 물이 많아서 잘 자란 탓이었다'는 5절을 읽기 시작하는데, 갑자기 지나간 세월이 눈앞에 파노라마처럼 펼쳐지면서 성서 말씀이 내 머리를 치는 것이었다.

하느님은 왜 나를 불렀을까

어렵게 고학을 하며 학교 다닐 때 늘 곁에서 그림자처럼 함께 해준 수녀님. 그 수녀님은 내가 천주교와 처음으로 맺은 인연이었다. 그 수녀님 덕분에 영세하고 대학을 졸업하여 교편 생활을 할 수 있었으며, 또 지금의 수도생활을 하게 된 것이었다.

그러나 당시의 내 모습은 처량하기 그지없었다. 건강도 나빴고, 특히 뒤늦게 입회했기에 나이 어린 사람들과 같이 생활하는 것이 쉽지 않았다. 더구나 학교 제자들도 있어서 선생이었던 사람이 늘 아파서 쩔쩔매는 꼴을 제자들에게 보여 주기 싫었다. 자꾸만 밖에서 신나게 교편 생활하던 것에 대한 미련을 떨쳐 버릴 수가 없었다. 그래서 더욱 힘이 들었다.

성서 말씀은 계속되었다. 과거, 현재, 미래의 내 모습을 한눈에 다 보여 주는 것이었다. 나는 정신없이 울면서 하느님의 용서를 청했다.

'맞습니다. 제가 세속에서 잘 살았다면 그것은 모두 다 당신 은총 덕분이었습니다. 지금 저를 괴롭히는 이 교만과 자존심을 당신께서 꺾으시고 제 시련을 허락하시는데, 저는 자꾸만 세속을 연연했습니다.'

그런 나의 미래는 '에덴의 나무들 가운데 너만큼 멋지고 큰 나무가 없었다. 그런데 너도 에덴의 나무들과 함께 지하에 내려가지 않을 수 없었다. 할례받지 않은 자들과 함께 눕는 신세가 되었다. 주 야훼가 하는 말이다' 라는 성서 구절(에제 31, 18)에서 확실했다.

할 말이 없었다. 그날 나는 무엇을 했는지 기억할 수 없다. 5시가 넘도록 도시락도 못 먹고 그냥 가지고 왔을 정도이다. 나는 성서의 위력을 알았다. 성서는 참으로 하느님의 말씀임을 깨달았다.

서원 후, 계속 교편 생활을 했으니 성서 전부를 깊게 읽고 깨치지를 못했기에 나는 늘 성서에 빚진 사람이 되어 있었다. 그래서 언제나 성서 전부를 알 수 있기를 염원했었는데, 지금 내가 갖고 있는 성서의 페이지마다 색색으로 칠해져 있는 것을 보면 이제야 빚을 갚는다는 생각이 들어 행복해 한다.

하느님은 참으로 내게 짓궂은 분이시다. 나는 가끔 성소에 대해 겸허한 마음으로 생각해 본다. 하느님은 왜 나를 부르셨을까. 독실한 불교 가정에서 왜 나만을 부르셨을까. 부르시려거든 다 부르시지, 왜 아버지는 충청도에, 어머니는 강원도 절에 따로 계시게 할까.

성서는 이스라엘 사람들의 긴 역사 속에서 하느님이 함께 해주시고 사랑을 가르쳐 주신 것에 대한 신앙고백이다. 나 또한 성서 강의를 하면서 신앙을 고백한다. 비록 부모 형제들은 아직 천주교를 믿지 않지만 나만은 하느님께 선택받았고 지금껏 살아오면서 성서 구절 속에서 만난 하느님을 신바람 나게, 아니 누구의 표현대로 신들린 여인처럼 하느님 말씀을 쏟아 놓는다. 때로는 부끄럽고 창피하지만, 벌거벗은 내 모습을 이야기하며 눈물을 흘리더라도 나는 내게 베풀어주신 하느님의 영광을 말하고 싶다.

신앙의 뿌리가 없었기에 겪었던 나날들, 내가 잘났었기에 가려진 하느님의 영광을 이야기하고 싶다. 그것만이 부족한 나에게 넘치도록 베풀어주신 하느님에 대한 사랑의 고백이기에 나는 방금 강의를 끝내고 다시금 죽을 사람처럼 열강을 한다. 나를 사랑해 주신 그 분의 사랑을 세상에 전하기 위해서…

● 글 | 장명희 콘솔시아 수녀 | 영원한 도움의 성모수녀회

기다림의 즐거움

기다림, 그 끝에서

1986년 겨울의 어느 날, 나는 친구로부터 수도성소가 있는 것 같다는 말을 들었다. '아뿔사!' 하는 느낌과 함께 충격으로 와 닿았던 그 기억은 지금도 생생하다.

평온함 속에 강한 힘이 있는 수녀님들을 보면서 하느님의 부르심이 과분하게 느껴졌다. 그래서 두 달 정도 성당에 나가지 않기도 했지만 마음은 더욱더 힘들어질 뿐이었다. 결혼하지 않고 안정된 직장을 구하여 하느님의 일을 열심히 하겠노라고 일방적으로 타협을 했다. 그리고 그 계획을 실천한 지 얼마 되지 않아 갑작스럽게 병이 찾아왔다. 할 수 없이 하느님께 항복하여 봉헌을 약속하고 수도생활을 시작했는데, 어느새 10여 년이란 세월이 흘렀고 신앙 여정을 되돌아보는 은총의 시기에 살고 있다.

기억을 더듬어보면, 음악에 소질이 없었던 내 약점이 전례에서 거대한 바위처럼 다가온 적도 있었다. 공소 미사에 갈 때는 미사 시간에 부르는 성가를 이끌어가야만 했는데, 전례와 음악의 조화가 이루어지지 않는다는 곱지 않은 눈길을 의식할 때마다 식은땀이 흘렀다.

잊을 수 없는 일이 또 있다. 오르간을 다루지 못하고 노래를 못한다는 이유만으로 본당에 파견된 지 3일 만에 돌아가라고 말하는 단호한 분을 만난 적도 있었다.

이렇듯 무능력을 체험하면서, 나는 '나'라는 존재가 하느님 앞에서 기도하는 사람 이외에 아무 것도 아님을 확인할 수 있었다. 그것은 정체성을 찾기 시작한 계기이기도 했다. 또 그것을 알려고 노력하는 가운데 아낌없는 배려와 사랑을 심어주시는 분들과 격려를 아끼지 않는 많은 분들이 구도의 길목에서 나를 기다리고 있었다.

하느님의 이끄심은 여기서 멈추지 않고, 각기 다른 곳에서 색다른 모습의 하느님을 체험하게 하셨고 그것을 내적 성장으로 이끌어주시곤 했다. 수도생활 초기에는 불어오는 바람 속에서도 행복을 느꼈고, 하느님과 만날 때 죄스러움과 부끄러움을 감추고 아름다움과 신선함만을 추구했다. 그러다 보니 내 생명을 주관하시는 주인으로서가 아니라 내가 시키는 대로 하시는 종으로서의 하느님을 만들어가고 있었다. 하느님 앞에 자신의 모든 것을 내어놓고 진실하게 선다는 것이 얼마나 힘들었는지 모른다.

그러나 결국 수없는 나의 변덕은 바람난 여인의 모습이라고 고백하게 되었다. 교회는 불안, 초조감의 피난처였고, 그 원인은 바로 허영과 허상에 노니는 감정의 놀이였음을 깨닫게 되었다. 이 깨달음으로 생활 속에서 현실과 허상을 식별할 수 있게 되었고, 내적 중심이 생기면서 나는 비로소 수도자의 길에 들어선 사람이라는 것을 느끼게 되었다. 하루가 정신없이 가버리는 느낌은 마음이 분주한 것이 근본 원인이었음을 알았고, 겉으로는 둘째가라 하면 서운할 정도로 부지런한 반면에 내적 게으름이 영적 수련에 큰 걸림돌이 되고 있음을 알았다.

내가 지니고 있는 이런 모습들을 찾아내면서 생명의 귀중함이 느껴졌다. 예수님께서 왜 인간의 구원에 목숨까지 바치셨는지, 그 뜻을 깨달아가는 자신을 보면서 한 사람 한 사람을 소중히 여기는 마음이 생겼다.

이런 생활이 계속되면서 수도자란 순간순간 진실하게 살려고 하는 사람이며, 예수님의 구원사업을 위해 기도하는 사람이라는 확실한 명제를 얻었다. 그런 사람이 되려면 더 단순한 생활을 하며, 세례자 요한이 낙타 털옷을 입고 메뚜기와 들꿀을 먹으며 산 체험을 스스로 해나가지 않으면 안 된다는 생각이 들었다. 수없이 반복되던 변덕스런 모습을 진실한 모습으로 바꿀 수 있도록 수련 기간 동안 많은 기회가 주어졌다는 사실을 생각하면서, 나는 수도생활 10년만에 자신 있게 '주님의 자비는 기다림에 있습니다' 라고 신앙고백을 한다.

초등부 여름 신앙 캠프에서

독일이 통일된 후, 우리 나라 통일 문제가 세계의 관심사가 되었다. 교구 교육국에서는 통일에 관한 우리의 자세를 정립하기 위해 '우리 함께 살아요' 라는 신앙교육을 실시했다. 2일간은 성당에서 북한을 이해하고 받아들이기 위한 공부를 했고, 2일간은 섬진강 강변에서 캠프를 열었다. 유치부부터 초등학교 6학년까지 참가하여 5~6명씩 하나의 모둠을 형성했다. 캠프 운영은 여태까지 교사와 어른이 다 챙겨 주었던 방식을 벗어나서 큰 규칙 속에서 스스로 결정하고 행동하며 책임지는 방식으로 진행되었다. 나는 각 모둠이 의논하여 필요한 준비물을 챙기는 모습을 보면서 약간 염려스럽기도 했지만, 스스로 행동하고 책임진다는 취지로 열린 캠프이니만큼 대견스런 마음이 앞섰다.

첫날 오전 8시에 성당을 출발하여 목적지인 강변에 도착했다. 식수가 없는 곳이라 물을 아껴 사용해야 된다는 전제가 있긴 하지만 이틀간 지내기는 안성맞춤인 장소였다. 불편함 속에 배울 수 있다는 많은 장점들을 생각해 보았다.

모둠별로 집 짓는 일이 시작되었다. 비록 텐트 조립이지만, 아이들에겐 결코 쉬운 일이 아니었다. 뜨거운 햇볕 아래서 땀을 뻘뻘 흘리며 텐트를 세우는 모습이 안타까웠는지, 그곳에서 노시던 아저씨들이 도와주고 계셨다. 나는 그 분들에게 캠프 취지를 말씀 드리고 양해를 구했다. 드디어 집이 완성되었다. 어른도 버거운 텐트를, 어리다고만 생각했던 아이들만의 힘으로 멋지게 완성한 것이 고마웠다.

점심 준비가 시작되었다. 다들 밥 짓고 있건만 출발 전부터 염려스러운 모둠에서 일이 생겼다. 가스렌지가 준비되지 않아 밥을 못한 어느 모둠에서 으뜸장이 2학년 동생에게 책임 전가하고 있었다. 자초지종을 듣고 나서 으뜸장의 잘못이라고 했지만 어쩐지 마음이 불편했다.

나는 "사람들은 서로 도움을 주고받으며 사는 거란다" 하며 이웃 모둠에 가서 빌려오는 방법을 제시해 주었다. 도움을 주고받으며 사는 삶의 진리를 배우는 순간, 나의 가족 으뜸장은 밥이 다 되었는데 먹지 않고 다른 모둠에 신경 쓴다며 호통을 친다. 가족의 일원으로 챙겨주는 그 마음 씀씀이에 행복을 느꼈다.

오후 시간에 물놀이가 시작되었다. 나는 강물의 위험 지역을 알리고
자 들어갔다가 그만 내가 급류에 휩쓸려 떠내려가는 소동을 치렀다.
선생님들의 도움으로 무사히 빠져 나왔는데, 내가 직접 당한 것을 본
탓인지 아이들은 위험 지역 가까이 가지 않아 안심이 되었다.

식사 후에는 여러 가지 놀이와 이야기 잔치를 벌였다. 으뜸들 모임
을 통해서 선택하도록 했는데, 교사들이 준비한 놀이와 이야기 잔치에
는 아무도 오지 않는다. 벌써 자기들끼리 노래 자랑하고 이야기꽃을
피우고 있다. 별자리를 관찰하는 모임들도 있었다.

다음 날 새벽, 잠꼬대하는 아이의 소리에 눈을 떴다. 아침 기도를 하
고 있었는데 식사를 준비하는 아이들이 부산하다. 식사 후에는 돌아가
는 시간과 정리를 어떻게 하며, 느낌 나누기는 어떻게 할 것인지를 으
뜸장들끼리 의논하여 정하게끔 했다. 물놀이 가는 아이들, 그 물놀이
를 지켜보는 아이들, 줄넘기하거나 공놀이 하는 아이들도 있었다. 물
에서 노는 아이들은 너무 체온이 내려갔다 싶으면 얼른 나오는 등 나
름대로 건강을 관리하는 모습을 보고, 아이들은 어른들의 생각처럼 어
리지만은 않다는 것을 깨달았다.

캠프를 마칠 시간이 되자, 아이들은 놀다가도 짐을 정리하고 쓰레기
를 줍는 등 주변을 깨끗이 정리했다. 누가 시키지 않아도 맡겨진 일을
스스로 해결하는 아이들이 대견스러웠다. 마지막으로 느낌 나누기 시
간에서는 부족했던 점을 챙겨 주지 못했다며 울먹이기도 하고 미안해
하기도 하는 표현에서 가슴이 뭉클했다. 더불어 사는 행복과 아이들에
대한 이해와 사랑의 방법을 내게 알게 해준 소중한 경험이었다.

● 글 | 백인숙 실비아 수녀 | 거룩한 말씀의 회

얘야, 받아라. 이 깃발을

인천 십정동성당에서 함께 일하던 동료 수녀님의 친가를 방문한 적이 있었다. 그때 수녀님의 어머니로부터 이런 이야기를 들었다. 누가 지어낸 듯한 그 이야기는 다음과 같다.

사후 체험

어느 공소에서 레지오 활동을 하던 아주머니가 있었는데, 쁘레시디움이 제대로 되지 않아 단원들이 하나 둘 빠지고 있던 때에 부단장을 맡게 되었다고 한다. 하지만 결국 단원들이 다 빠지고 간부들만 남게 되었고, 간부들마저 모임에 자주 결석하여 그 쁘레시디움은 해체되고 말았다. 그 뒤, 아주머니는 몹쓸 병을 얻어 고생하다가 급기야 운명하고 말았다. 그런데 문제는 이때부터였다.

가족들이 다 모여 슬피 울고 있었는데, 죽었던 아주머니가 갑자기

벌떡 일어나며 "깃발! 깃발! 깃발!" 하고 외치더란다. 이게 웬 날벼락인가. 사람들은 깜짝 놀라 넋을 잃을 정도이다. 그때 그 아주머니가 내 말 좀 들어보라면서 말문을 열었다.

아주머니는 꿈속에서 어디론지 가고 있었다. 웬 낯선 사람이 나타나서 길을 인도하는데, 그의 머리에는 뿔이 달렸고 엉덩이에는 꼬리가 달려서 보기만 해도 섬뜩하고 무서웠다. 도무지 따라가고 싶지 않았지만 뭔가 알 수 없는 힘에 이끌려 어둡고 막막한 길을 따라갔다.

한참을 가다 보니, 두 갈래 길이 나타났다. 그런데 오른쪽 길에 한복을 입고 아주 소박해 보이는 부인이 서서 자기를 그윽히 바라보고 있는 게 아닌가. 아주머니는 자기와 비슷한 한복을 입은 모습만 보고도 마음이 놓이고 반가웠다. 그래서 구원을 청하는 간절한 눈빛으로 바라보았는데, 돌연 그 낯선 남자가 부인에게 꾸벅 절하더니 사라지더라는 것이다.

두려움에서 벗어난 아주머니는 부인이 고마웠다. 그 부인과 함께라면 어디든 따라갈 수 있을 것 같았다. 그런데 갑자기 그 부인은 양쪽 가슴에서 두 개의 깃발을 내놓으며 "애야, 이 깃발을 받아라" 하고는 던져 주더란다. 받아 보니, 하나는 흰색 천에 빨간 십자가 깃발이고 다른 하나는 레지오 마리애 깃발이더란다. 아주머니가 긴 잠에서 깨어난 것은 바로 그때였다고 한다. 그 후, 아주머니가 레지오 단원으로 열심히 활동했음은 말할 나위도 없다.

깃발 던져준 부인은 누구?

들은 지가 벌써 10여 년 넘는 이야기이지만, 아직까지 잊혀지지 않는 것은 바로 그 부인 때문이다. 난데없이 나타나 새로운 삶의 용기를 일깨워 준 그 부인은 누구일까. 교우들은 두말 할 것도 없이 성모님일 거라고 생각할 것이다. 성모님은 우리에게 섬기는 삶, 나누는 삶을 일으켜 주고 실망과 좌절 가운데 우리를 북돋아 주는 분이다.

로마에서 공부할 때 '오늘의 교회 안에서의 여성'이란 논문을 썼다. 교회 안에서 여성의 모델은 성모님이며, 미래의 교회 안에서 여성의 위치까지를 언급한 글이다. 그러나 성모님에 대해 숱하게 들어왔고, 또 성모님을 모델로 삼고 있다지만 막상 성모님에 대해 쓰려고 하니 20년간의 수도자로서의 삶이 무색할 정도로 막연하기만 했다.

사실 나는 그 분을 마음 안에 모신다면서도 그 분의 삶을 실천하지 못했고, 그리워하면서도 희망에 찬 그리움이 아니라 그저 막연한 그리움에 그쳤을 뿐이었다. 그러면서 성모님에 대해 글을 쓰겠다고 하니, 삶이 아니고 생활이 아니라서 참 막연하기만 했다. 아무 것도 짚이는 것이 없어 참으로 답답한 심정이었다.

그런 날이 두 달이나 흐른 어느 날, 3일간 내내 마음속으로부터 '생명의 말씀'이라는 단어가 수없이 되살아났고 머리에서 떠나지 않았다. 이틀간은 생각날 때마다 그냥 내리눌러 진정했는데, 3일째는 도저히 견딜 수 없이 되살아나 방으로 달려가 성서를 폈다. 그 때 읽은 구절이 미가서 7장 18절이었다.

하느님 같은 신이 어디 있겠습니까? 남에게 넘겨 줄 수 없어 남기신 이 적은 무리, 아무리 못할 짓을 했어도 용서해 주시고, 아무리 거스르는 짓을 했어도 눈감아 주시는 하느님, 하느님의 기쁨이야 한결같은 사랑을 베푸시는 일 아니십니까?

나는 진정으로 참회의 시간이 필요하다고 느꼈다. 밤낮을 가리지 않고 쏟아져 내리는 눈물을 주체할 수 없어 온통 눈물바다를 이루었다. 나의 마음이 백옥같이 씻기워지고 양털같이 하얗게 변화될 때, 하느님은 내 안에 계시고 성모님은 나를 이끌고 가시리라는 희망과 함께 거듭해서 이 말씀들을 읽고 또 읽었다.

어느 누구에게도 넘겨 줄 수 없어 남겨 놓은 적은 무리 중 하나인 나, 바로 그 '나'가 지금 참회의 눈물을 흘리고 있고 하느님 사랑의 전율을 강하게 느끼고 있는 것이다. 이때부터 나는 집중 기도에 들어갔다. 일 년여를 하루에 3시간씩 성체조배하면서 삼위일체 옆에 늘 성모님을 초대하여 기도하기 시작했다.

성서에 나타난 여성의 삶

하루는 성서에 나타난 여성들의 삶을 보면서 그들의 삶이 성모님의 모습과 너무도 흡사한 것을 발견했다. 가난하고 겸손했으며 모든 것을 수용하는 땅의 모습이었다. 하느님에게 자신을 온전히 바칠 때 인간이 할 수 있는 일은 모든 것을 당신 뜻에 맡기는 비움과 수용의 자세뿐이다. 그래서 나는 성서에 나타난 여성들의 삶의 모습에서 인간다운 삶을 발견한다.

먼저 창세기의 하와를 보자. 하와를 보고 반가워 부르짖는 아담의 탄성은 "드디어 나타났구나. 내 뼈에서 나온 뼈요, 내 살에서 나온 살이구나. 지아비에게서 나왔으니 지어미라고 부르리라"였다.

홀로 있던 고독한 아담, 외로운 남자 옆에 그녀는 나타났다. 외로운 사람에게 누군가 있어 준다는 것은 얼마나 행복한 일인가. 그래서 하와는 아담의 구세주다. 그녀는 아담의 고독을 씻어 준 여인, 외로움을 달래 준 여인, 일생을 함께 한 동반자요 짝이었다. 둘은 뗄 수 없는 한 몸이었다.

아브라함의 아내 사라의 긴 삶 안에는 하느님, 그리고 다른 이들이 가까이 있었다. 그녀는 자비로웠지만 성을 잘 냈고, 덕이 있으면서도 질투가 심했고, 부자였지만 열등감이 있는 여인이었다. 많은 것을 소유하려 했고 버림받기도 했던 여자였다. 그녀는 인간의 부족함을 누구보다 뼈저리게 깨달은 사람이다. 자신이 아무 것도 아니라는 것을 알때 하느님의 크신 힘이 드러나게 된다. 사라는 하느님의 도구였다.

그에게 복을 내려 많은 민족의 어머니가 되게 하고 그에게서 민족들을 다스릴 왕손이 일어나게 하리라.(창세 17, 16)

사라를 통해 인간의 출산력은 하느님의 세상 구원에 아무런 기여도 못한다는 것을 깨닫게 된다.

룻은 이방 여인이었다. 시어머니인 나오미와 함께 끝까지 이스라엘의 하느님과 유다 가문을 섬긴 현숙하고 의로운 여인. 사랑과 부드러움, 자비로움을 느낄 수 있는 여인이었다. 룻은 이방인임에도 불구하고 주님과 함께 계약 안으로 들어간다(룻기). 다말(창세 38) 역시 이방 여인이었다. 하지만 정당한 권리를 일방적으로 빼앗고 그녀를 공동체에서 완전히 격리시키는 불의를 행한 시아버지 유다의 태도에 대해 생명을 건 모험을 하며 유다 가문을 계승하는 축복을 누리고 자신의 권리를 회복한 용감한 여인이다.

마태오복음(15, 21-28)에 나오는 가나안 여자는 너무 담대해서 두려움을 모르는 여인이다. 적이 있다는 것은 두려움이 많다는 것을 뜻한다. 그러나 가나안 여인에겐 적이 없었다. 아무도 대결할 적수, 경쟁해야 할 대상으로 여기지 않았다.

'다윗의 자손이여, 저에게 자비를 베풀어주십시오.'

이 여인은 아픈 자기 딸을 도와달라 하지 않고 자기를 도와달라고 말한다. 바로 완전한 여인임을 밝혀 주는 고백이기도 하다.

사마리아 여인(요한 4, 1-42)은 예수님과의 만남에서 결코 자신의 개인적인 사생활 문제에 관심을 갖고 문제를 해결하려 했던 여인이 아니다. 깊은 민족의식으로 유대 남자인 예수님에게 도전한 여인이다. 제자들조차 예수님이 십자가 죽음으로 그 분의 영광을 나타내기 전까지는 예수님이 메시아, 즉 영광스러운 분이라는 사실을 전혀 깨닫지 못했다. 그러나 사마리아 여인은 예수님을 알아보았고 사람들에게 증거했으며, 마침내 사마리아 사람들로 하여금 예수님이 누구인지를 올바로 직시하게 만들었다. 그녀는 결코 자신의 개인적인 애정 문제에 목말라 한 여인이 아니다. 민족 전체의 문제를 목말라 하면서 구원이 유대로부터 온다는 차별과 분단의 이데올로기를 깨뜨려 버린 여인이다.

성모 마리아의 진정한 용기

마르타와 마리아를 생각하면, 세상은 두 여인 모두를 필요로 한다. 우리는 마르타를 칭송하면서도 말씀을 듣는 마리아의 행위보다 부족한 것으로 간주하여 마르타와 같은 역할을 하는 여성들로 하여금 자신을 '열등한 존재' '가치가 덜한 존재'로 느끼도록 만들고 있다.

마리아가 택한 '들음'은 단순히 관조하고 명상하며 사색하는 객관적인 '인식'이나 '청강'을 뜻하지 않는다. 이것은 불의한 자들을 심판하는 하느님의 음성을 듣고 그 뜻을 깨달아 불의를 돌이키며 하느님의 뜻을 '행하는 것'이다. 마리아의 삶은 마르타의 삶이 되어야 하고, 마르타의 삶은 다시 마리아의 삶으로 되돌아가야 한다.

참으로 성서의 여성들은 하느님의 말씀에 귀를 기울였고, 성실했으며, 위험 중에도 용감했고, 가난과 투쟁과 시련에 직면해서도 굴하지 않았다. 슬픔 속에서 괴로워했고, 희생자의 역할을 맡아 자신을 내던졌으며, 겸손되이 자신을 바쳤다. 하느님은 당신 구원을 실행에 옮길 때에 아무리 보잘것없어 보일지라도 각자에게 고유한 역할을 주신다. 여기에 모범이 되는 분이 바로 성모 마리아님이다.

나는 그 분의 추종자이다. 마리아님은 하느님의 사랑을 온몸으로 느낀 여인이며, 하느님의 기쁨이 한결 같은 사랑을 베푸는 일이라는 것을 직접 실행한 어머니이다. 그래서 하느님 말씀에 귀기울일 줄 알았고 성실했으며 시련에 굴하지 않았다. 슬픔 속에서 괴로워하면서도 자신을 투신할 수 있는 용기를 가졌고 마침내 자신까지 바친 어머니이다. 어머니 마리아님은 나에게 말씀하신다.

'애야, 받아라. 이 깃발을! 이 깃발은 너 자신뿐 아니라 더 넓은 우주 구원을 향한 깃발이며 삼위일체의 사랑에 예속된 깃발이다. 너의 삶이 어떠한 고통 속에서라도 하느님의 구원 계획에 동참하는 것임을 잊지 말고 기뻐하라.'

하느님의 사랑을 온전히 실행한 마리아님은 지금도 우리들 한 사람 한 사람의 마음 속에 사랑의 깃발을 던져 주고 계신다.

● 글 | 송인순 마리 익나시아 수녀 | 노틀담수녀회

수녀로 산다는 것은

작은 자의 일상

어깨에 묻어나는 봄의 따스함이 참으로 싱그럽기만 하다. 이른 새벽, 세상은 아직 미명의 어둠에 잠겨 적막한 시각, 잠자리에서 일어나 수도복을 정갈하게 갈아입고 수녀원 성당으로 향한다. 한밤을 청명하게 깨어 지킨 푸른 새벽별빛에 영혼의 눈을 씻고 고요히 묵상자리에 들면, 오늘 하루도 욕심을 버리고 마음을 비워 '참'을 발견하고 '선'을 행하며 아름다움을 느끼고 들을 줄 아는 하루이기를 바라는 맑은 염원이 내 안에 샘물처럼 차오른다.

영혼의 가장 고운 목소리를 가다듬어 아침기도를 바치고 미사가 이어지는 동안, 창 밖에서는 서서히 먼동이 터 온다. 성당 유리창으로 비쳐드는 아침 햇살은 얼마나 밝고 정직한 얼굴인가. 나도 그처럼 하느님 앞에 바르고 부끄럼 없이 살기를 다짐하며, 어제의 묵은 나를 벗고 새로운 하루의 새로운 나로 다시 태어나는 아침이다.

침묵 중에 맑고 간소한 아침식사를 하고 부지런히 빗자루를 들고 정원으로 나간다. 아침 햇살에 수줍은 듯 곱게 핀 보라빛 제비꽃의 활짝 웃는 모습에 방긋 미소를 던져 주며 헝클어진 어제를 곱게 빗질하듯 성가정의 뜨락을 깨끗이 청소한다. 말끔하고 정갈하게 비질된 나의 뒷자리를 살짝 뒤돌아보는 기쁨은 아침 청소 때마다 남몰래 누리는 비밀의 즐거움이다.

뎅그렁, 뎅그렁….

일과의 시작을 알리는 종이 수녀원 뜨락을 울린다. 새날을 주시어 나자렛의 하루를 살게 하신 하느님에게 감사와 찬미를 드리는 일과기도를 바친 뒤 몇 장의 성경을 맛나게 읽고 나면 영혼의 팔다리에 힘이 오름을 느낀다. 이제 각자의 일터로 파견되어 하루 일을 시작한다.

노동과 봉사와 섬김의 하루 일이 끝나면 노을빛이 고즈넉이 밀려드는 저녁 조배 자리로 돌아와 겸허히 성체 앞에 머문다. 감사와 찬미의 저녁기도를 바치고 아침의 결심처럼 부끄럽지 않은 하루를 살고 싶었음에도 불구하고 또다시 부끄러움과 허물이 많았던 하루. 회개와 용서를 청하지 않을 수 없음을 겸손되이 인정하며 낮 동안의 나의 삶을 구석구석 성찰한다.

오늘 하루 얼마나 기쁘게 지냈을까

나는 하느님으로부터 받은 새로운 하루를 얼마나 기쁘게 살았는가. 그리스도 안에서의 삶의 기쁨은 체험적인 것이지 만져지는 것이 아니다. 기술과 지식의 암기로 얻을 수 있는 것이 아니다. 그리스도 안에 사는 이의 기쁨은 텅 빈 성가정의 뜨락에 가득 찬 봄볕의 따사로움 안에서도 삶의 출렁이는 금빛 파도를 느낄 줄 아는 것이다. 나날이 반복되는 평범한 일상의 잔물결 속에서도 새롭고 감사하며 경이로움의 무수한 느낌표들을 낚아 올리는 것이다.

수도자들은 언제 어디서 어떤 소임을 맡고 있든지 맡겨진 일을 기쁨에 넘쳐서 해야 한다. 그리스도의 광채가 어둠 속에서 더욱 환히 빛을 발하듯, 수도자들의 기쁨도 갖은 어려움 속에서 더욱 커지고, 시련과 절망 속에서 더욱 깊이 뿌리를 내리는 기쁨이다. 그 기쁨은 내 안에, 수도원의 담장 안에, 나의 사도직 안에만 머물지 않고, 나를 건너 이웃에게로, 벽을 넘어 세상 밖으로 끊임없이 흘러 넘쳐 그리스도께서 어떤 분인지를 증거하는 기쁨이 되고, 모든 이들과 함께 공유하는 기쁨이 된다.

그러나 나 자신을 깊이 들여다보면 종종 한가함을 모르고 바쁘기만 하여 행동은 조급하고 쫓기듯 다급하게 사는 모습을 발견하게 된다. 기쁨보다는 '바쁨'이 더 크게 자리하여 마음의 고요와 여유를 잃고 물기 마른 화분처럼 팍팍하게 살아버린 나의 하루…. 그저 할 일 없이 바빴고, 신경은 곤두서 있고, 말씨는 굳어 있어 덕이 없었다. 그 누가 발을 딛고 들어설 단 한 치의 여백도 마련하지 못한 비좁고 불편한 내 안의 나를 보게 된다. 스스로 한 뼘의 우울 속을 맴돌며 만나는 사람의 마음을 헤아리지 못하고 무거운 분위기를 연출해냈음을 고백한다.

내면의 느낌이 중요하다

나는 이웃에 대한 책임감은 얼마나 있으며, 만나는 모든 사람을 소중히 여기고 친절히 대했을까.

예수님은 이웃과의 관계의식이 심오하셨다. 특히 죄인들에게 친절했다. 단순한 몇 마디 말씀으로 그 무뚝뚝한 어부들을 불렀고 이해 타산에 밝은 세리까지도 모든 것을 버리고 따라오게 했다. 또 가난하고 병들고 장애 입은 사람을 소홀히 하지 않았으며, 그 시대에 가장 소외받던 여자와 어린이들을 당신의 벗으로 받아들이기를 꺼리지 않았다.

그 무엇에도 걸리지 않는 자유인이었으며, 참으로 충만한 느낌을 살았던 예수님은 주고받는 인간관계에 익숙했다. 나자로의 죽음 앞에서 눈물을 흘렸고, 가장 사랑하는 친구들이 배반을 했을 때 연민의 정으로 그들을 바라보며 뉘우치는 그들을 기꺼이 품어 용서했다.

'느낌이 중요해요' 라는 광고문구가 생각난다. 온갖 감각적인 느낌들이 난무하는 시대이면서도 진정 느낌이 상실된 시대 같다. 자신의 내면세계는 물론 객관세계에도 스스로 관심을 갖거나 느끼려 하지 않는다. 나와 관련이 없는 문제에는 더욱 더 무관심하다.

가슴 아픈 일에도 진한 서러움이 없고, 사랑에도 가슴을 앓는 열정이 적어 쉽게 만나고 쉽게 헤어진다. 만사가 시들하고 공허하며 무표정하다. 타인과 사물에 대해 깊이 들으려하지 않는다. 서로 함께 모여 대화해도 마음을 여는 내면 깊이의 이야기를 하지 못하고 일상적이고 피상적인 대화뿐이다.

인간관계에 있어서도 손해나는 일에는 절대 희생하지 않을 뿐 아니라 개인적인 것은 결코 침해받기를 싫어한다. 그래서 인간은 군중 속에서 더욱 고독해지고 그 외로움을 달래기 위해 컴퓨터와 즐기고, 서로 멀어진 '너'와 '나'는 점점 더 고립된 독단과 이기의 성벽에 유폐되어 가고 있다.

오늘의 우리는 기계 개발, 편리한 이기(利器)를 개발하려다가 자기 개발을 놓쳤다. 삶을 놓친 것이다. 삶의 과정은 자기 개발의 과정이며, 자기 완성을 향해 나아가는 질서이다. 이 질서와 과정은 나 혼자서는 이룰 수 없는 것들이다. 여기서 '너'와 '나'는 서로 함수관계를 이루며 원점에서 만난다. 그러므로 나의 질서는 동시에 너의 질서이며, 나의 성장은 너의 성장과 맞물리는 것이다.

느낌으로 충만했고 관계 속의 자유인으로 살았던 예수님 앞에 오늘 나의 하루는 어떠했던가를 성찰해본다. 나 또한 보고도 본 느낌이 없고 듣고도 듣지를 못했다. 나 자신의 문제나 실패에 대한 책임을 다른 데에 탓을 돌렸고, 감정은 응고되고 각질화 되어 싱싱한 삶의 환희도 깊이 느끼지 못했다. 용솟음치는 생의 의지가 결핍되어 순간순간 나를 새롭게 성장시켜주지 못했다. 그러므로 만나는 이웃에게 기쁨을 전하지 못했고, 내 자신의 감정에 매몰되어 한 사람 한 사람을 소중히 여기며 정성껏 최선을 다해 만나주지 못했음을 고백한다.

고통받는 이웃을 위했는가

언제나 기꺼이 봉사하기 위해 나 자신을 내어 줄 수 있었는가.

그리스도인의 참 기쁨은 그리스도 안에서 일치하여 그 분의 사랑 안에 함께 머무는 것이며 그 분의 사랑을 나누는 것이다. 그 사랑은 아무리 바쁘고 부유해지고 편한 삶이 보장되더라도 형제의 고통을 외면하지 않는 것이다. 이웃에 대한 책임감을 갖고 언제나 이웃에게 봉사하기 위해 우리 자신을 내어줄 수 있어야 하는 것이다.

내 것, 내 시간, 내 능력을 기꺼이 주님과 이웃을 위해 내어놓을 때,

나와 우리 가족, 교회, 우리 나라, 더 나아가 온 세계가 화목하고 풍요로워진다. 우리는 형제들의 고통 속에서 우리에게 다시 오시는 고통받는 그리스도를 발견하는 지혜의 눈을 떠야 한다.

발전의 그늘에서 방치되어 있는 이들이 우리 사회에 얼마나 많은가. 우리의 관심의 뒷전에 물러나 있는 사람들…. 우리들은 그들이 다가와 도움 청하기를 기다리지 말고 말없이 그들 곁에 가서 머물러 주어야 한다. 비록 그것이 큰 도움이 되지 못하고, 그래서 번번이 처음부터 다시 시작해야 하는 어려움에 부딪치더라도, 죽기까지 당신을 내어주신 예수님처럼 결코 포기하거나 좌절하지 않는 사랑의 승리를 믿고 또 이루어야 할 것이다.

그러나 나는 종종 작은 일을 하고도 큰 일을 한 것처럼 생각했으며, 무엇이 큰 일인지를 분간하지 못했다. 앞으로 해야 할 귀중한 책임을 모르고 살 때가 많았던 것 같다.

한두 가지 작은 일을 한 뒤에는 그것을 자화자찬하고 과대평가하는 동안, 사회적인 교만에 빠져 버렸으며 좀더 겸손해지고 성실하게 살아가는 정신적인 자세가 부족했다. 또한 타인으로부터 희생이 요구될 때 진심으로 도와주려는 자세로 해야만 '할 일을 했을 따름'이며 당연한 일로 받아들였어야 했는데, 큰 선심을 쓴 것처럼 우쭐거렸다. 그리고 이웃의 작은 필요와 바람을 챙기고 이를 채워주고자 하는 섬세함이 부족했다.

아직도 모난 돌의 모습이지만

역경이나 애매모호함 중에도 감사로이 살았는가. 바다가 잔잔할 때는 누구나 노를 잡을 수 있다. 그러나 진짜 뱃사람은 거친 파도 속에서도 노를 잡고 있다. 진정한 하느님의 사람은 역경과 애매모호함, 혼란과 긴장 가운데 꿋꿋이 서 있을 수 있어야 한다.

우리는 공동체 안에서, 가족간의 불화, 일에서의 마찰, 사랑하는 사람들 사이의 오해와 논쟁과 다툼, 개인적 좌절, 교회 안에서의 부딪침 등의 역경과 갈등을 체험한다. 또 불확실함, 근심, 걱정, 불안, 의심, 당황함, 결정이 안 되는 일 등의 모호함을 체험하기도 한다.

예수님은 모순을 받아들이셨을 뿐 아니라, 모순 개념(십자가의 승리)을 당신 가르침의 중심으로 삼으셨다. 쓰디쓴 반대를 받으면서도 결코 움츠러들지 않으셨다. 엄청난 증오심에 직면하면서도 하느님의 흔들림 없으신 사랑과, 삶에 내재하는 선함에 대한 믿음을 결코 잃으신 일이 없었다. 부당하게 처형당하는 모호함과 당황함의 바다에서도 흔들림 없는 평화를 유지하셨다.

그러나 나는 역경이나 애매모호함을 잘 견디지 못했다. 사람이든 사건이든 상황이든, 분명하고 이치에 맞아 나의 이해 영역 안으로 들어오는 것이 아니면 거부하거나 도피해 버리곤 했다. 모순 속에 감추어진 신비를 체득하기까지 견디어 내야 하는 고통의 시간들을 감사와 희망으로 바꾸는 작업을 소홀히 했다. 눈앞의 평화를 위해 타협하고 안주하는 삶을 살았음을 고백한다.

행여 내가 의식하지 못하고 행했을 뜻하지 아니한 허물들, 내가 알아내지 못한 잘못들은 하느님의 자비에 맡긴다. 오늘 하루 나의 모든 것을 그 분 앞에 드리고 나면, 또다시 텅 빈 손, 빈 마음의 가난한 자 되어 주님께서 마련하신 밤의 안식에 든다.

매일 반복되는 하루 일과 속에서 겸허히 자기 성찰을 하며 끊임없이 하느님께로 향해 가는 여정의 길, 어떤 것에도 머무름 없는 구름 같은 마음, 무엇에도 걸림 없는 바람 같은 걸음걸이로 이 길을 가고 싶다. 탐욕하지 않고 애착하지 않으며, 참으로 맑고 가난한 기쁨으로 내 삶의 뜰을 가꾸고 싶다.

세상의 만물 여기저기에서 하느님을 발견하고 하느님과 대화하며 생명의 향기를 만끽하는 작은 행복의 주인이 되고 싶다.

실수투성이이며 부족하여 아직도 모난 돌의 모습이지만 희망을 잃지 않고 끊임없이 나 자신을 깎고 다듬어 가면, 어느 날엔가 작고 예쁜 하느님의 조약돌로 그 분 손에 동그랗게 놓여있지 않을까. 참으로 겸손되이 한 걸음 한 걸음 차근차근 가야겠다.

● 글 | 이계영 데오파노 수녀 | 서울 성가소비녀회

운명인가 선택인가

날이 저물면 그리스도의 죽음을 생각하고

날이 밝아오면 그리스도의 부활을 맞이하는 마음으로

하루를 살아간다.

하느님이 심어주신 곳에서 작지만

그리스도의 향기를 낼 수 있는 삶을 나름대로 살아가고 있다.

꽃골무의 추억 속에

　어머니, 하얗게 사위어가는 칠순이셔도 마음은 아직 푸른빛으로 젊어 계신 당신. 저를 낳으실 때는 달 속에서 예쁜 선녀들이 노니는 꿈을 꾸었노라고 태몽 이야기도 해주시더니 요즘도 꽃골무를 기우십니까.

　새벽에 일어나 골무를 기우시면 한 땀 한 땀의 그 정성이 그대로 기도가 된다 하셨지요. 지금 제가 머물고 있는 방에도 앙증스런 꽃 세 개가 수놓인 당신의 골무가 책상 모서리에 엎디어 있습니다. 그 골무 속에 담겨 있는 제 유년의 추억과 마주칠 때 저는 얼마나 즐거운지요. 당신이 수놓아 주신 온갖 노리개와 주머니와 골무들을 저는 참 많이도 아이들에게 갖다주곤 했습니다.

　몇십 년을 길들여오신 그 손때 묻은 기도서와 묵상서는 외출할 때도 꼭 갖고 다니시는 믿음 깊은 어머니. 기도서 갈피마다에는 친필로 쓰신 기도문이며, 수녀원에 간 딸들이 보낸 편지와 상본과 사진이 들어 있고 또 곱게 말린 꽃잎이나 낙엽도 끼워져 있는 걸 저는 눈여겨보았

있지요. 그지없이 넉넉하고 편안한 당신의 모습을 떠올리면 늘 여유 없고 차가운 제 모습이 부끄러워집니다. 고독의 깊은 그늘을 지나 더 맑고 단순하게 정화된 당신의 표정을 저는 참 좋아합니다.

지금도 저를 부르실 때면 도라지 꽃빛이 되는 당신 목소리. 이 세상에서 가장 귀에 익은 그 목소리.

이렇게 나이를 먹어서도
엄마와 헤어질 땐 눈물이 난다.
낙엽 타는 노모의 적막한 얼굴과
젖은 목소리를 뒤로하고 기차를 타면
추수 끝낸 가을 들판처럼
비어 가는 내 마음.
순례자인 어머니가
순례자인 딸을 낳은
아프지만 아름다운 세상.

알고 계시다시피, 얼마 전부터 저는 다시 서울에 와서 살고 있습니다. 우리 수녀원이 서울역 근방에 있기에 이미 기적소리에 친숙해진 저는 특히 밤에 듣는 기적소리를 통해 많은 것을 묵상해보고 싶습니다. 모두 낯설어서인지 부산에 두고 온 바다와 친구들이 그립습니다. 정들고 길들여진 관계에서의 이별은 그것이 아무리 신앙 안에서의 것이라 해도 마음이 아팠어요.

그러나 만남 못지 않게 이별을 통해서 인간은 거듭날 수 있다는 제 생각엔 변함이 없습니다. 오늘도 저는 떠나는 연습을 하며 삽니다. 아침부터 밤까지, 저는 저의 뜻과 결별하고 형제의 뜻을 따라야 합니다. 소극적이고 수동적인 태도와 결별하고 적극적이고 능동적인 삶의 지표를 세워야 합니다. 성급한 것과 결별하고 인내를 가져야 합니다. 매사에 참을성 있고 작은 고통이라도 기쁘게 감수해야 한다고 남들에겐 잘도 말하는 저이지만, 저 자신은 실천에 있어 형편없는 열등생임을 당신께 정직하게 고백하지 않을 수 없습니다. 이렇게 부족한 저를 위해 앞으로도 계속 기도해 주시겠지요.

어디고 여행을 다녀올 때마다 또 특별한 체험을 할 때마다 당신이 마련해 둔 노트에 시를 적는다 하신 어머니. 언젠가 그 소중한 노트를 제게도 꼭 보여주십시오.

"수녀님은 알고 보니 시심(詩心)을 할아버지, 아버지, 어머니로부터 그냥 공짜로 선물 받은 거야" 하고 옆의 자매들이 웃으며 얘기할 때마다 저는 고개를 끄덕이곤 합니다. 정말 저는 아름다운 선물을 받았습니다. 하지만 시를 쓴다고는 하면서도 저만큼 시에 대해 아는 게 없고 할 말이 없는 바보도 없을 것입니다.

작은 민들레꽃을 유난히 좋아하는 한 수녀가 하얀 솜털처럼 여기저기 날려 보낸 혼의 노래들을 많은 분들이 종종 사랑한다고 전해올 때 저는 당황하고 부끄러워서 어쩔 줄을 몰랐었습니다. 그러나 이제는 노래를 부르게 한 주인이신 분께 그런 마음을 조용히 환희와 감사의 기도로 바칠 줄도 알게 되었습니다. 언제나 최선의 성실을 다해 오늘을 기쁘게 살고 싶은 것, 겉으로는 담담하고 조용해도 마음엔 늘 사랑의 불이 붙고 있는 겸허한 수녀시인으로 살고 싶은 것, 이것이 저의 바람입니다. 늘 따스한 눈길로 지켜보아 주십시오. 어머니.

● 글 | 이해인 클라우디아 수녀 | 부산 성 베네딕도 수녀회

아버지의 유산

공자는 쉰 살이 되어서야 지천명(知天命)한다고 했다. 하늘의 뜻을 완벽하게 깨달아 하늘이 맡긴 소명을 받고, 그 사명에 따라 하늘의 운명의 뜻을 홀연히 깨달으면서 그 뜻대로 살았기에 오늘날 인류 4대 성인의 한 분으로서 많은 이들의 존경을 받고 있다.

대부분의 사람들은 죽음으로 삶을 마감하면서도 하늘의 진정한 뜻과 이치를 모르고 있는 것 같다. 다만 이승에 대한 애착과 저승의 삶에 대한 두려움, 경외심 등으로 전전긍긍할 뿐이다. 그렇기에 공자의 삶은 가위 경탄할 만한 깨달음이 아닐까 싶다.

아버지 죽음이 부르심일 줄이야

우리는 의식하든 의식하지 못하든, 하느님 안에서 살고 있다. 하느님은 우리 스스로 당신을 알고 당신의 뜻에 따라 살기를 바라신다. 그리고 많은 그리스도인들이 각기 주어진 위치에서 하느님이 원하시는 삶을 살고자 노력하고 있다. 나 역시 감히 하느님의 부르심에 응답하여 수도자로서 살고 있다.

나는 죽음이라는 어둠의 세계를 건너 하늘나라로 먼저 가신 아버님의 모습을 통해서 수도성소를 깨달았다. 하느님은 한 사람의 죽음으로써 또 한 사람을 수덕의 길로 부르셨던 것이다. 그도 그럴 것이, 아버지의 죽음이 아니었으면 내가 이 길을 걷지 않았을 것이기 때문이다. 과연 하느님은 부르심에 대한 메시지를 계속 보내어도 응답이 없자, 아버지의 죽음을 이용하셨을까. 성(聖)과 속(俗), 삶과 죽음이라는 등식을 보여 주심으로써 나의 결단을 촉구하신 것일까.

아무튼, 아버지의 죽음은 나 자신을 돌아보게 했고, 결코 순탄하지만은 않은 수도자의 삶을 살게 했다. 여기에는 선조의 신앙을 토대로 쌓여진 믿음의 몫이 작용하기도 했다.

공자보다 1백90여 년 후에 태어난 중국 사상가 장자의 생애를 적은 글에 다음과 같은 내용이 있다.

장자가 임종 전에, 그의 제자들은 스승의 장례식을 성대하게 지내려는 계획을 세웠다. 그러자 장자가 말했다.

"나는 하늘과 땅으로 관을 삼고, 해와 달을 한 쌍의 구슬처럼 매달아 행성과 별자리를 온 우주에 보석처럼 빛나게 할 것이며, 만물이 참석해 애도할 것이다. 더 이상 무엇이 필요하겠는가. 아, 모든 것이 넉넉하구나!"

그러나 제자들은 "까마귀나 솔개가 스승님을 먹을까 두렵습니다" 하고 슬픈 표정을 지었다. 이에 장자는 태연하게 말했다.

"땅 위에서는 까마귀나 솔개에게 먹힐 것이요, 땅 아래에서는 개미나 벌레에게 먹힐 것이다. 어떤 경우든 내가 먹히게 될 것인데, 너희는 어찌 새들에게 치우친단 말이냐."

먹히게 되고 먹어야 되는 삶과 죽음의 세계를 초연히 받아들인 성인의 경지는 조금이라도 먹히게 될까 봐 불안해 하는 범인(凡人)들의 마음으로서는 참으로 헤아리기 어려운 경지이다.

그리스도는 '이는 내 몸이니 너희는 받아 먹어라' 하고 말씀하셨다. 거의 강제성을 띠어 우리에게 밥으로 먹여 주시고자 당신을 내어 주시는 것이다. 그럼에도 많은 사람들은 생명의 밥의 이치를 깨우치지 못하고 있다.

먹힌다는 것과 포기한다는 것

아버지는 위암 말기의 환자로 투병 생활을 하실 때, 죽음의 고통을 느끼면서 어머니를 자주 부르셨다. 나는 할머니를 부르시는 것으로 알고 그때마다 할머니를 모셔다 드렸는데, 아버지는 무표정하게 그냥 침묵을 지키셨을 뿐이다.

아버지가 하느님의 나라로 가신 뒤, 할머니는 아버지가 어머니를 부른 것은 두 가지 의미였다고 담담하게 말씀해 주셨다. 성모님과 할머니, 두 분의 의미가 들어 있다는 것이다. 그러면서 아버지의 죽음을 감사하다고 표현했다. 왜냐하면 아버지는 벌써 세상을 떠날 사람이었으나 성모님의 은총으로 지금까지 살아왔으니, 55년이란 긴 세월을 살도록 생명을 주신 하느님과 성모님의 은혜에 그저 감사하다는 것이다.

후에 들려주신 이야기를 듣고 할머니 말씀의 뜻을 이해할 수 있었다. 아버지는 일제 말기에 일본으로 징용되셨는데, 어느 날 방공호에서 잠자고 있을 때 꿈인지 생시인지 어렴풋한 상태에서 누군가 아버지의 이름을 불렀다고 한다. 그리고 빨리 나오라고 하기에 '네, 어머니!' 하고는 무의식중에 방공호 밖으로 뛰어나갔는데, 그 직후 방공호가 폭발했다는 것이다.

그곳에서 한밤중에 곤히 잠자고 있던 모든 사람이 참변당했고 오직 아버지만이 살아남았다고 했다. 아버지는 그때 자신을 불러 주신 분이 성모님이라고 믿고 계셨다. 아버지가 생전에 어머니를 자주 부르신 것, 할머니 역시 더 이상 청원기도를 하지 않은 것도 그 때문이었다.

"그때 만일 아버지가 죽었으면 너희들이 존재하겠느냐. 그러니 우리는 주님의 은총 속에 살 뿐이다."

할머니는 말씀을 마치고 성당으로 눈길을 돌리셨다. 당신은 우리 가족이 살아온 삶이 하느님의 특별한 사랑으로 여겨져 그것에 만족하시며, 더 이상 아들의 못다 한 삶에 대한 애착과 미련을 버리셨던 것이다. 어쩌면 삶과 죽음, 그리고 먹혀야 산다는 신비를 이미 터득하셨는지도 모른다.

아버지께서 유명(幽明)을 달리하신 그날, 수도생활을 선택한 결정적인 이유는 인생에 대한 것이었다. 죽는다는 것의 의미, 육체적 삶의 허망함, 영혼을 담는 그릇인 육체의 무저항, 무기력의 한계, 생명을 연장시키기 위한 의학과 민간요법 등으로 최선을 다 했어도 떠날 수밖에 없는 인간, 영원한 생명을 얻기 위해서는 세상의 모든 것이 도구일 뿐 생명 자체가 될 수 있는 것은 아무 것도 없다는 사실을 다시금 깨닫게 되었던 것이다.

나는 아버지의 탈상 후 곧바로 수도원에 입회했다. 그리고 첫 서원한 지 어느덧 20여 년의 세월이 흘렀다. 돌이켜 보건대, 나에게 주어진 명제는 그리스도처럼 먹혀야 된다는 사실이다.

수도자의 3대 서원의 의미가 그리스도처럼 완벽하게 먹히기 위해 부르심에 응답하는 것이 아니던가. 그렇다면 어떻게 먹혀야 그 분처럼 먹힐 수 있는 것일까. 생활 자체가 예수 그리스도를 원형과 모범으로 삼아야만 하느님 안에서 자유롭게 살게 된다. 본질적 의미를 잃어버린 채 산다면, 이미 먹힌 것이 아닌 먹어 버린 상태로 사는 것이기에 자유롭지 못한 수도자가 될 것이다.

모름지기 수도자는 더 자유롭게 그리스도를 따르고 더 가까이 그리스도를 본받고자 스스로 선택했다. 그러나 섣불리 세상의 요구에 응답하다가 본연의 카리스마를 잃고 흔들리며 방황하는, 새장에 갇힌 새와 같은 수도자의 모습이 될 수도 있다. 따라서 나는 한없이 열리고 나날이 변화되는 시대의 요청 속에서 결코 수도자의 자세를 잃지 않고자 노력하고 있다. 매일 수도자의 본분에 맞는 넉넉한 생활 의식으로 그리스도적 사랑과 평화의 모습으로 복음을 생활화하려고 힘쓴다. 그러나 생각만큼 삶의 자리 안에서 쉽게 이루어지지는 않는다.

얻기 위하여 포기한다는 것, 텅 빈 가운데 충만을 통해서 그리스도께 끌리는 매력만으로 그 모든 것을 수용할 수 있는 수도자의 삶은 정말 매혹적이다. 우리의 중심이신 그 분은 인생을 충만하게 실현하려면 완전한 자기 포기를 통해서만 이루어지는 것임을 제시하신다.

또한 인생에서 참으로 중요한 것이 어떤 것인지, 사랑한다는 것이 무엇을 뜻하는지, 이웃이 되어야 하는 것이 무엇이며, 공동체가 이루어지는 것은 무슨 의미가 있는지를 복음을 통해서 그리스도 스스로의 삶으로써 보여 주신다. 마지막에는 생명의 밥으로까지 내어 주시면서, 보다 풍요롭고 진지하게 자유로운 삶으로 조화 있고 행복하게 자기를 실현하여 인간적인 삶을 살게 해주신다.

그 화려한 유혹 속에 첫 서원 단계에 왔을 때, 나는 정말 자신있게 살 수 있는 의지가 없었다. 완덕의 길에 이르는 성숙한 수도자, 진정 그리스도의 신분에 맞는 수도자가 될 것인지 걱정스러웠다. 그래서 서원 피정을 하면서 소박하고도 철없는 기도를 했다.

'주님, 정말로 주님께서 제게 수도자가 될 수 있는 자질을 주셨다면, 그 증거로 첫 서원을 하는 날에 흰 눈을 내려 주십시오. 그렇지 않으면 주님의 뜻이 아닌 것으로 생각하겠습니다.'

이를테면 확인성 기도로 떼를 쓴 것이다. 그런데 정말 주님은 철부지의 소원을 들어주셨다. 아침에 창 밖을 바라보니, 믿을 수 없을 만큼 흰 눈이 온 것이 아닌가. 우연의 일치로 기상 상태가 그렇게 되었음에도, 그때는 정말 그렇게 믿었고 지금까지 확신을 갖고서 살아왔다. 하지만 성숙한 수도자, 완덕에 이르는 수도자로서의 이변은 아직까지도 유효하긴 하나 삶의 방법 안에서는 이루어지지 못하고 있다.

무소유의 참된 가치

다시 새봄을 맞이하며 우리 수도회의 고유 정신과 사명을 떠올려 본다. 하느님의 종이신 예수님, 성모님, 성 요셉님을 따라 가난과 겸손, 침묵의 관상, 노동을 본받아 살아가야 한다. 그리고 불쌍한 자, 가난한 자, 병든 자, 무의탁한 이들과 함께 신비체의 가족을 이루어 살아가야 하는 것이 성가소비녀들의 지상 생활의 몫이다.

현대인의 가난, 특히 수도자의 가난은 무궁무진한 신비이다. 물질 풍요 속에 살아가야 하는 수도자로서 가장 신비함을 이루는 것이 내적, 외적인 가난한 마음으로 살고자 하는 것이다. 모든 것을 얻었기에 모든 것을 내놓을 수 있는 삶. 그렇지만 그리스도의 무소유가 수도자의 길을 가는 데 본질이면서도 장애 요소가 가장 많다. 따라서 말 자체로써만 끝날 수 있게끔 늘 조심스럽다.

예수님은 내적인 가난, 즉 마음으로 가난한 사람에게 참된 행복이 있음을(마태 5, 3) 알려 주셨다. 또 외적인 가난을 택한 이들에게도 백배의 상급을 주신다고(마태 19, 29) 말씀하셨다.

우리의 자아는 끊임없이 마음 안에 무엇인가를 가지려는 의지를 구하기에 현세의 어떠한 것에도 애착을 두어서는 안 된다. 오직 하느님께 대한 절대적인 의탁과 신뢰에만 바탕을 두고 살아야 한다. 아버지가 아무 것도 소유하지 않으신 채 하느님 초대에 응답하시어 가신 그날, 내가 깨달았던 것도 가장 가난한 십자가의 초대에 응한 것이다. 지금의 내가 아무 것도 갖고 있지 않은, 외적으로 빈 모습이라도 그것이 의미하는 침묵과 겸손과 기쁨이 그 안에 있다. 따라서 그리스도의 발자취를 따르려는 내가 주님이 행하신 세상의 구원에 스스로 모범이 되고 세상을 돕는 일에 남은 날들을 온전히 봉헌해야만 한다.

물론 지금도 부족하지만, 아버지가 내게 심어주신 믿음 안에서 나 자신의 사랑을 기반으로 십자가의 영광을 위해 살아가는 주님의 여종이 되기를 갈망한다. 아, 이 세상 수많은 이들 가운데 부르심에 선택받은 자 되었음이 얼마나 은혜로운 일이며 행복한 일인가.

● 글 | 김태순 블란디나 수녀 | 서울 성가소비녀회

언제나 앞장서 가는 그 분

8월은 내가 수녀가 되고 싶다는 일념으로 서울 신길동에 있는 살레시오 수녀원을 찾은 인연의 달이다. 꼭 수녀가 되어야 하는 이유도 없었고, 그렇다고 나의 가족 중 누가 그런 길로 이끌어 준 것도 아닌데, 나는 무엇 때문인지 어느 순간 수녀가 되어야 한다는 생각에 사로잡혀 있었다. 이 고정 관념으로 오늘 이 시간 이곳에서 하느님이 이끄시는 대로 평범한 매일의 삶을 살아가고 있다.

나는 평범한 무종교 서민 가정에서 8남매 중 다섯 번째로 태어났다. '평범한 서민 가정' '무종교 가정'이란 단어의 뜻대로 우리 집은 평범하기 이를 데 없었다. 위로 오빠와 언니들이 있고 아래로 동생들이 있는 그런 가정에 중간쯤 태어났으니, 나는 그냥 가만히 있기만 해도 모든 게 다 잘 돌아가도록 되어 있었다. 그런 의미에서 특별나게 어린 시절을 회고하며 전해 줄 만한 이야기거리가 없다.

다만 6·25전쟁이라는 커다란 불행이 내가 바라고 원했던 길을 막고 꿈에도 생각하지 못했던 길로 인도했다. 그 길은 인간의 계획이나 설계로 이루어지는 게 아니라 하느님의 사랑과 은총의 힘이 이끄시어 자연스럽게 당신의 길로 방향지워 주셨음을 뒤늦게 깨달았다.

십자가의 성 요한을 닮고 싶다

1961년 우연한 기회에 친구의 친구를 만나 가깝게 지냈는데, 그녀는 만나기만 하면 할 이야기가 항상 많았던 것으로 기억된다. 만나고 또 만나면서 무엇인가 특별한 면이 있다고 느껴졌다. 궁금증과 호기심으로 이리저리 알아보니, 그녀는 성당에 다니며 영세 준비를 하고 있었다. 성당에 대한 관심이 내 마음 한복판에 덜컥 자리를 잡았다.

그녀는 이듬해 4월 예수 부활 대축일 전에 세례를 받았다. 나는 그녀의 인도로 교리반에 들어가 그 해 8월에 하느님의 자녀가 되는 영광을 안았다. 수도회는 다르지만 그녀도 지금 수도자의 길을 걷고 있어, 우리는 절친한 친구로서 가끔 연락하고 만난다.

세례를 받자 마자, 나는 레지오에 입단하여 지금까지 몰라서 못해 드렸던 하느님에 대한 사랑, 그 사랑을 바쳐 드리기 위해 온갖 정열을 다 쏟았다. 첫사랑 같은 일종의 열병이었다.

이른 새벽에 일어나 매일 새벽미사에 참례했고 주일이면 하루종일 성당에서 보내다시피 했다. 영적 독서를 한답시고 이해도 못하면서 성인들의 전기를 읽곤 했다. 그때 읽은 책 중에서 가장 인상에 남은 책은 『십자가의 성 요한』이다. 인상에 남았다는 말은 그 책을 잘 소화했기 때문이 아니라 너무 어려워서였고, 한편으로 그의 삶이 훌륭하여 닮고 싶다는 갈망이 내면 깊숙한 곳에서 일고 있었기 때문이다.

　지금도 나는 그 책의 내용이나 그 정신을 잘 모르는데, 그때 무엇을 알았겠는가. 막연히 수녀가 되고 싶다는 희망사항이 그 책을 끝까지 읽게 한 원동력이었으리라 생각한다.

왜 이렇게 겁이 나지…

　지금도 마찬가지지만, 당시 폭넓은 교우 관계를 맺는 성품이 아니라서 만나는 친구가 별로 많지 않았다. 성당에서도 역시 많은 사람을 사귀지 않았고 그들과도 극히 제한된 활동 외에는 대체로 집에서 혼자 지내곤 했다. 그러던 어느 날 저녁, 레지오 회합을 마치고 집으로 돌아오려고 성당 문을 나서려는 나를 본당신부님이 부르셨다.
　"젬마, 너 수녀원에 갈 생각 없니?"
　나는 아무 대답도 하지 않았다. 대신 집으로 돌아오면서 줄곧 그 생각에 빠져 있었다.
　'어찌된 일이지? 난 누구에게도 수녀원 가고 싶다는 말을 한 적이 없는데…. 그럼, 이것이 하느님의 부르심인가. 그렇다면 정말 나는 수녀원에 가야 되는 게 아닌가. 그런데 왜 이렇게 겁이 나지….'
　갖가지 상념에 마음은 뒤숭숭하고 무거웠다. 그때부터 나는 좀더 심각하게 이 문제에 대해 생각하게 되었고 기도하기 시작했다. 특별한 기도를 했다기보다 집에서 어머니를 도와 자질구레한 집안일들을 군말 없이 기쁘게 했고, 당시 여고 교사로 직장생활을 하는 언니의 시중을 기분 좋게 들어주었다.
　그리고 저녁이 되면 성모님 앞에 무릎을 꿇고 앉아 식별할 수 있는 힘을 달라고 성모송 세 번을 정성스레 바치곤 했다. 실로 둥지를 떠나

넓은 창공을 향해 날개를 펴는 것은 아쉬움과 두려움이었다. 예측불허의 미래 앞에서 '이 길이 네 길이다' 라는 뚜렷한 음성이 내 귀에 들리지는 않았지만, 마음 밑바닥에서 울리는 소리가 있었다.

'지금까지 너를 이끌어 오지 않았느냐. 그러니 걱정하지 마라.'

그제서야 마음이 평온했고, 신부님을 찾아가 말씀드렸다.

나는 어렸을 적부터 마음 깊숙한 곳에 은밀한 '소망 단지'를 간직하고 있었다. 그것은 선생님이 되는 것이다. 가난하고 소외된 아이들을 가르치며 그들과 더불어 보다 나은 삶의 터전을 이루는 것이다. 그러기 위해서는 어떤 것에도 매이지 않고 간섭받지 않는 자유로운 삶을 펼쳐야만 했다.

마침내 나는 신부님의 도움과 조언을 받으며 수도회를 선택하고 입회를 결정했다. 그때까지 부모님에게는 내 의중을 밝히지 않았다. 반대하면 어쩔까 하는 두려움 때문이었다. 특히 내가 입회하게 된 수도회의 정신이 나의 '소망 단지'와 꼭 같은 정신으로 살아가는 수도회임을 알게 되었을 때의 그 기쁨은 이루 표현할 수가 없었다. 주님은 보이지 않는 모습으로 나보다 앞장서 가시며 이끌어 주신 것이다.

희망과 포부 뒤에 숨어 있던 망설임과 두려움은 수도회를 결정하고 선택하자 어디론가 사라졌다. 반면에 여태 느끼지 못했던 생명에 대한 존귀함, 모든 인간에 대한 사랑, 삶에 대한 기쁨, 영원에 대한 그리움들이 나의 삶을 더욱 살아 있는 생명력으로, 삶의 기쁨으로 이끌었다.

가슴 아팠던 종신서원식

1964년 9월이었다. 집안 식구들, 특히 아버지의 완고한 반대를 물리

치고 서울 신길동 언덕에 자리잡은 살레시오 수녀회에 입회했다. 영세
한 지 2년밖에 안 된 애숭이 지원자에게는 모든 것이 설고 쑥스럽고
또한 신기한 것도 많았다. 수녀원 안에는 물질적으로 있는 것보다 없
는 것이 더 많았다. 무엇보다도 배고픔이 힘들었다. 그래도 나는 '완
고하게 반대하시던 아버지를 거역했으니 죽으나 사나 이곳에서 매일
기쁘고 보람되게 사는 것만이 또 한 번 아버지 마음에 못박지 않는 것'
이리라 생각하며 억척스럽게 견뎠다. 힘들고 지칠 때에도 아버지를 생
각했고 아버지의 회심을 위해 하느님에게 빌었다.

그런데 설상가상으로 4년 후 언니가 아버지를 등지고 나와 같은 길
로 들어섰다. 그때 아버지의 노여움은 가위 상상을 초월할 정도여서
몇 마디의 말로는 도저히 표현할 수가 없다. 다만 언니와 나는 아버지
의 딸 자격을 잃어버렸고 집에 발을 들여놓을 수 없었다.

두 딸의 '배반'으로 무척 상심하신 아버지는 좀처럼 마음의 문을 열
지 않으셨다. 하느님에 대한 이야기나 기도해 드리겠다는 말조차 듣기
싫어하셨다. 그뿐이 아니었다. 수녀원에 찾아오시지도 않으셨고, 전화
나 편지도 일체 없으셨다. 친척들이나 친지들이 있는 곳에 우리가 나
타나는 것조차 꺼려하셨다.

1975년 나의 종신서원식이 있었다. 나는 그 자리에 아버지를 꼭 모
시고 싶어 여러 차례 갖가지 방법을 다 써봤으나 끝내 참석하지 않으
셨다. 아버지의 깊은 마음을 헤아리며 슬프다기보다는 가슴이 아팠다.
그러나 수도회의 창립자 성 요한 보스꼬께서 회원의 가족들은 3대까
지도 구원을 약속하겠다는 말씀을 은근히 신뢰하며 '때가 되면 모든
일이 잘 풀리겠지' 하는 마음에 조바심을 내거나 서두르지 않았다. 오
로지 일상의 삶터에서 바른 지향을 두고 열심히 기도하고 일하며 모든

것을 그 분에게 맡겼다. 그리고 매일 새벽 일찍 일어나 특별한 지향을 넣고 '성로신공'(십자가의 길)을 바쳤다.

1980년대에 들어서면서 아버지는 건강에 이상이 있으셨는지 자주 병원을 드나드셨다. 가끔 찾아가 뵈었지만 신앙에 대해서는 차마 말씀드릴 용기를 낼 수 없었다. 그저 침대 발치에서 바라보는 것으로 만족하고 돌아오곤 했다.

마침내 아버지마저 세례받고

1986년 어느 날, 나는 우연히 아버지의 입원기록 카드를 보게 되었는데, 놀랍게도 종교란에 '가톨릭'이라고 적혀 있었다. 아버지의 마음을 훔쳐보긴 했어도 기분은 퍽 좋았다. 그때부터 나는 슬쩍슬쩍 신앙에 대해 말씀드리고 기도도 해 드리곤 했다.

아버지는 모든 것을 포기하신 양 거부하지 않고 순응하셨다. 그러나 막상 영세하는 것에 대해서는 선뜻 허락하지 않고 미루시기만 했다. 새벽마다 드리는 나의 '성로신공'이 더욱 절실해져 갔다.

1987년, 이분다 수녀님이 서울 묵동성당에서 광주 방림동성당으로 가게 되었는데, 떠나시기 전에 본당신부님에게 부탁하여 아버지가 영세할 수 있도록 하겠다는 전갈이 왔다. 뛸 듯이 기뻐 아버지에게 달려가 말씀드렸다. 그러나 아버지는 아무런 준비 없이 세례를 받을 수 없으므로 좀더 있다가 잘 준비해서 받겠다고 하셨다. 그때 아버지는 폐암 말기 환자였으므로 나는 다급한 마음에 간호하고 있던 큰언니에게 상황을 보아 틈틈이 교리를 해 드리라고 부탁했다.

언니와 의논하여 2월 5일 병원에서 세례받는 계획을 은밀하게 세웠다. 물론 아버지에겐 말씀드리지 않고, 신부님과 가족들에게만 연락했다. 그리고 그날, 서둘러 몇몇 수녀님들과 함께 병원으로 갔다. 마음의 준비를 해드려야겠기 때문이었다. 내심 걱정도 되었지만 의외로 아버지는 평온하셨다. 성령의 비추심이 아니시면 그런 대답을 할 수 있을까 싶게, 신부님의 질문에 또박또박 대답하였다.

"할아버지, 무엇을 원하십니까?"

"제가 칠십 평생을 살아오면서 잘못한 것이 많사오니 용서와 은총을 청합니다."

어떤 대답을 하실까 조마조마하던 나로서는 한마디로 충격적인 놀람이요 기쁨이요 감사였다. 그토록 완강히 거부하던 아버지도 하느님의 초대에는 꼼짝을 못하셨나 보다. 긴긴 세월 꿈쩍 않고 버티셨는데…. 요셉이란 세례명을 받으신 아버지는 꼭 보고 싶어하던 88 서울 올림픽이 있기 몇 달 전에 영원히 하느님의 품으로 떠나셨다.

어떻게 이런 일이 일어날 수 있었을까. 나로선 설명할 길이 없다.

수도생활 30년이었지만

예수님은 엠마오로 가는 제자들 틈에 슬쩍 끼어들어 그들이 문제삼고 있던 것에 관심을 보이시면서 함께 걸어가셨다. 그리고 그들의 근심 걱정거리들을 하나하나 들어주시고 풀어 주셨다. 마찬가지로 주님은 지금도 똑같이 우리를 찾아오시어 우리의 소망을 우리도 모르는 사이에 어느 틈엔가 이루어 놓으시는 것이다.

30년이 넘도록 수도원에서 살아온 세월이다. 나의 불신앙과 옹졸함으로 상황과 사건에 휘말려 이것저것 따지다가 머리를 들어보면 하느님은 묵묵히 거기 계셨다. 때로는 이리저리 헤매며 엉뚱한 곳에서 엉뚱한 요구를 하는 등 허둥거리다 돌아와 보면 역시 그 분은 거기 조용히 머물러 계셨다.

그러고 보면 하느님은 늘 내 곁에서 내가 기쁠 때 기쁘셨고, 슬플 때 슬프셨고, 괴로울 때 괴로우셨고, 외로울 때 외로우셨고, 언제 어디서나 내 앞에 서시어 조용히 기다리곤 하셨다.

무상으로 베풀어주시는 하느님.

사랑도 자비도 용서도 모두 거저 주신다. '거저 받았으니 거저 주라'고 하시는 예수님 말씀대로 나의 모든 것을 아낌없이 내어 주며 나누는 삶을 살아야 하지만, 때때로 얄팍한 이기심과 나약함으로 그 분에게 응답해 드리지 못할 때도 그 분은 늘 너그러이 받아주시고 용서해 주시며 뒤를 돌아보지 않고 나를 앞장서 가시곤 하셨다.

하느님의 크신 사랑을 무슨 수로 내가 헤아릴 수 있을까. 하지만 나름대로 나의 삶 속에서 그 분에게 감사와 찬미를 드리며 평범하게 이어지는 일상을 매일 기쁘게 살아가려고 노력하고 있다.

● 글 | 이명자 젬마 수녀 | 살레시오수녀회

어머니의 자리

두 모녀의 세력 다툼

집으로 가는 길이었다. 긴 기차 여행중 이모님도 나도 말이 없었다.

강원도에서 자란 나는 어려서 공무원인 아버지를 따라 이곳저곳 이사를 많이 다녔다. 바닷가의 작은 어촌마을이든 산골짜기의 시골동네이든 순박한 친구들이 있었기 때문인지 이삿짐 사이에 끼어 앉아 가는 여행이 싫지 않았다. 그 후 대구로 나와 직장생활을 하면서 가족들을 그리워하고 찝찔한 바다 내음과 시원한 파도소리를 그리워했으며, 시골집의 너덜너덜한 벽지와 고르지 못한 방바닥의 느낌들까지 그립기도 했다.

그런데 그날의 귀향길은 너무나 다른 느낌이었다. 두려움, 분노, 슬픔 같은 것들로 마음은 빈틈이 없었다. 누구도 나를 반깁게 맞이해 주지 않을 것이었고, 이런 모습으로 간다는 것이 싫었다.

대구에서의 생활은 삭막하고 늘 외로웠다. 어느 날 무엇에 쫓기듯이 성당을 찾아 들어갔고 그 후 혼자 성당에 가곤 했었다. 2년 정도를 그렇게 다니다가 세례를 받자 자연스레 혼자라는 울타리는 허물어졌고 함께 하는 신앙생활이 참으로 즐거웠다. 그러면서 언제부터인가 선택하라는 다그침이 늘 뒤따라 다녔고 영세한 지 5년 후에 수녀원 입회를 결심하게 되었다.

나에게는 갈등과 고민을 마감하는 일대 결단이었으나 가족들에겐 의혹과 실망의 시작이었다. 몇 달간의 씨름 끝에, 이해는 못하겠지만 자기가 좋아한다면 할 수 없다고 한 걸음 물러섰으나 어머니만은 현실을 포기하지 않으셨다. 몰래 입회 준비를 마치고 준비물도 수녀원에 들여놓았다는 걸 아신 어머니는 노발대발 하시며 그 짐을 찾아오셨는데, 나는 일부가 수녀원에 남아 있다는 걸 알고 그래도 다행스러웠다.

이미 직장은 그만두었고 어머니와의 갈등 때문에 대구에 있다는 것이 비겁하고, 그 분 뜻이 아닌 듯한 불편함 때문에 집으로 가는 기차를 탔지만 어떻게 해야 할 것인지, 앞으로 어떻게 될 것인지 그저 두렵기만 했다.

이렇게 강원도를 돌아온 후, 두 모녀는 일 년을 안방과 건넌방에서 서로 세력 다툼을 했다. 어머니는 보란 듯이 절에서 가져온 달력이나 부적을 안방에 붙였고, 딸은 보란 듯이 성모상을 건넌방에 모셨으나 한 번씩 불심검문이 있으면 딸은 참패를 면치 못했다. 수녀원에서 온 듯한 편지는 사전검열에 걸려 손에 들어오지 않았고 타다만 종이조각이 놀리듯 날아 다녔다.

나는 암담했다. 내 앞의 바다는 칠흑같이 캄캄하고 등대불은 늘 깜박거렸다. 하루는 절망, 하루는 희망, 아침은 희망, 저녁은 절망…. 그렇게 지낸 일 년이 희한하게도 훗날 신앙의 고향과 같은 향수를 갖게 했다. 그리고 탓할 수만 없는 게, 그 어려움 주위에 위로가 되는 것들을 너무나 많이 준비해 주셨다는 것 때문이다.

지워지지 않은 마음의 상처

성당에 다니는 것은 묵인되었으며 집에서의 갈등 외에는 모든 것이 즐겁고 아름다웠다. 자연이 너무도 아름답고 신비스럽다고 느끼게 된 것도 그때였다. 하루는 계곡에 가서 물소리, 새소리를 듣고, 하루는 바다로 가서 파도 소리에 취하면서 하느님의 소리를 듣고 있는 듯했다. 지금도 그때 나의 수련장님이 되어 주셨던 하느님에게 감사드린다. 얼마나 따뜻하고 인내롭게 이끌어 주셨던지….

다음해 봄이 오자, 뒷일을 성모님에게 맡기고 입회일에 맞춰 대구행 버스를 탔다. 그날은 비까지 와서 차창 밖의 회색빛 바다와 함께 하늘도 땅도 회색빛뿐이었다. 수련원 생활은 그야말로 핑크빛이었다. 내가 여기 있다는 것이 실감될 때는 꿈만 같았다. 그러나 어머니의 안타까움은 극에 달했으며, 나는 아버지의 설득으로 한 달간의 행복을 뒤로 하고 다시 집으로 가야만 했다. 청원복을 벗고 갔지만 내 마음은 검은 옷을 더 껴입고 있었다.

어머니는 그런 딸을 보며 얼마나 괴로우셨을까. 철없는 딸은 어머니가 밥상을 준비해 놓고 자리를 비켜주면 그제야 나와서 저녁 때까지 밖을 싸다녔다. 시간은 많고 돈은 없으니 그저 지치도록 걸어다니며 물었다. '저에게 무엇을 원하십니까?' 라고.

어머니도 내심 끝없이 물으셨을 것이다. 어느 날 동생에게 "갈려면 가라 해라. 꼴도 보기 싫다"고 하셨다는 말을 듣고 하느님의 사인을 본 듯 가방을 들고 또 대구행 버스를 탔다.

수련원의 내 자리는 한 달 동안 비운 주인을 기다리고 있었고 동료 자매들과 수녀님들의 따뜻한 환영은 내심 무겁게 지고 온 불안감을 없애 주었으며, 이전의 기쁘고 즐거운 생활로 다시 돌아가도록 해 주었다. 가끔씩 많은 이야기를 나누던 바다를 볼 수 없다는 게 아쉬웠지만 그 해는 저녁 노을이 어찌 그리 아름다웠던지, 바다를 옮겨 놓은 듯한 서쪽 하늘을 보며 그것도 어느 정도 잊을 수 있었다.

비어 있는 어머니 자리

나는 집을 잊어갔고 어머니는 자식 하나 없다는 마음으로 아픔을 잊으려 하셨다. 수련원 생활을 마치고 3년만에 첫 휴가를 얻게 되었을 때 다시 혼란이 생겼다. 아직도 풀리지 않은 어머니 앞에 나서기란 정말 내키지 않았고 관계 회복에 도움이 될지도 의문이었다.

피하고 싶은 마음과 다소간의 희망으로 집에 갔다. 어머니의 상처는 딸을 받아들일 수 있을 정도로 나아 있지는 않았다. 몇 번의 휴가를 그런 식으로 보내면서, 어머니는 늘 강하고 이런 식이라고 화를 내면서도, 전에 그다지 생각해 보지 않았던 어머니의 어둡고 나약한 면에 대한 관심 또한 커졌다.

외할아버지는 딸 셋만을 두고 일찍 세상을 뜨셨다. 그 뒤 큰이모는 출가하고 어머니는 열 서너 살 때 외할머니가 재가하시자 동생과 함께 작은댁에 맡겨졌다. 작은이모는 이웃 마을로 재가하신 외할머니를 만나러 다녔지만 어머니는 한 번도 찾아가지 않았고 그 후 관계를 끊었다고 한다. 어머니가 평소 외할머니에 대해 한 번도 말씀하신 적이 없다는 것을 기억해 내자, 어머니 마음속의 지워지지 않는 상처를 보는 듯했다. 이런 어머니의 삶은 자식을 위해서는 무엇이든 할 수 있다는 헌신의 자세였다. 그러한 당신에게 큰딸의 떠남은 버림받은 깊은 아픔의 띠에 같은 아픔을 또 연결한 것이 아니었을까.

나는 너무도 어둡고 아픈 미지의 바다 앞에 서 있는 듯했다. 아무 것도 할 수 없다는 것이 떨게 하였으나 내가 여태껏 알지 못했을 뿐 그 바다는 처음부터 있어 왔다. 그리고 그 바다 한가운데 서 계신 분은 십자가를 지신 예수님이셨다. 그 분이 우리 집 안방에서 십자가를 지고 계시다는 것은 뭐라고 말할 수 없지만 엄연한 사실로 다가왔다. 그리고 나는 방관자였고 구경꾼일 뿐이었음에 가슴을 쳤다.

왜 당신은 천더기, 사람도 아닌 구더기 취급을 받으면서 그곳에 계셨습니까. 왜 저와 저의 집을 택하셨습니까. 이렇게 슬픈 한탄에 젖어있는 예루살렘의 여인에게 그 분은 말씀하셨다.

하느님께서는 이 세상을 이토록 사랑하시어 외아들을 주시기까지 하셨으니 이는 그를 믿는 이마다 모두 멸망하지 않고 영원한 생명을 얻게 하려는 것이었습니다.(요한 3, 16)

오늘도 비어있는 어머니의 자리를 보며, 아무런 기적도 표징도 말씀도 없이 홀로 수난의 길을 가시는 당신을 봅니다. 저를 그 길에서 시몬처럼, 베로니까처럼, 성모님처럼 당신을 만날 수 있도록 불러 주십시오. 주님, 당신과 함께 가는 이 길을 사랑합니다.

● 글 | 최재향 루시아 수녀 | 샬트르 성 바오로 수녀회 대구관구

다시 태어나도 이 길을

경이로움과 신비감에 싸여 하늘을 응시하며 두 손을 모으고 천사의 말씀을 경청하고 있는 성모 마리아의 상본을 보는 순간, 그렇게 심하던 통증이 말끔히 사라졌다.

어머니를 사랑하지 않았기에

오래 전 이야기이다. 수녀원 입회하기 전, 산골 중학교 교사로 있을 때였다. 몇 번의 입원과 퇴원을 반복하면서 고통을 겪고 있을 때, 성소를 확정지어야겠다는 결심을 하고 '영원한 도움의 성모수녀회' 문을 두드렸다. 입회원서를 쓰고 종합진단을 하고 시골로 내려갔는데, 계속되는 통증으로 안절부절을 못했다.

그때, 수련장 수녀님이 보내주신 편지에는 종합진단 결과 아무 이상이 없으니 안심하라는 것과 겪고 있는 통증은 특별한 시련 같으니 마음을 굳게 먹고 잘 있으라는 것, 수련소에서 기도하겠다는 내용이 써 있었고, 여기에 성모님 상본을 함께 보내 주셨던 것이다.

그 뒤, 수녀원에 입회해서 수련기를 보내는 중에는 성모 신심이나 사랑을 전혀 알지도 못하고 느끼지도 못했다. 다른 수녀들은 기도할 때나 이야기할 때 언제나 성모님 이야기가 끊이질 않는데, 나만은 유독 성모님과 아무런 관계가 없었다. 예수님을 많이 사랑했고 예수님 사랑은 남달리 체험했지만 성모님과는 모르는 사이로 지냈다. 하지만 성모회 수녀로서 성모님을 모르고 산다는 자체가 마음이 편치 않았고 힘들었다. 유난히 성모님을 사랑한다는 동료에게, 또 신부님에게 여쭈어 보았다. 성모 신심이 마음에 와 닿지 않으면 자기 어머니를 생각해 보고 예수님의 어머니를 연결해 보란다.

나의 어머니를 생각해 보고 성모님과 연결해 보라고….

문제는 바로 거기 있었다. 나는 어머니를 사랑하지 않았다. 사랑하지 않은 것이 아니라 야속하고 원망스러웠다. 아버지는 교직을 그만두고 불교에 심취되어 절에 들어가셨고, 대대로 내려온 불교 집안에서 돌연변이로 수녀가 되어 부모님에게 큰 실망을 드렸지만, 어차피 출가 외인이 될 딸이지 않은가.

그런데도 한사코 수녀원에서 나오길 바라면서 백일 기도다 무슨 기도다 하며 절에서 애절한 기도를 하는 어머니가 밉고 야속했다. 더구나 샤머니즘과 많이 결탁된 종파에 귀의해서 드리는 기도가 수녀원에 있는 딸에게 도움이 될 리 만무하다.

그러던 어느 날 꿈을 꾸었다. 절에 있는 신도들과 어머니가 내 허리에 밧줄을 매고 양쪽에서 잡아당기면서 수녀원에서 안 나오면 죽여 버리겠다고 호통치는데, 무엇보다도 허리가 끊어질 듯이 아파서 소리를 지르고 깨어 보니 꿈이었다. 온몸이 퉁퉁 붓고 꼼짝할 수가 없어서 수련 수녀지만 아침 미사에 참례하러 일어날 수가 없었다. 이런 일이 반복되면서 수녀원에서 받는 따가운 눈총과 입회 전에 경험했던 그 고통이 시작되었을 때, 누구와 이야기할 수도 없었고, 또한 나 스스로 극복해야 함을 잘 알고 있었다.

십자가의 길에서

그런데 나의 어머니와 연결지어 성모을 생각해 보라니, 절대로 될 수 없는 일이었다. 차라리 성모 신심을 포기하는 것이 더 나았다. 나로선 힘들고 어려울 때 예수님을 따라 '십자가의 길' 기도를 바치는 것이 오로지 최고의 명약이었다.

하루는 '십자가의 길'을 가다가 13처에서 발걸음을 멈추었다. 순간, 십자가에서 예수님의 성시를 내려 안은 성모님의 가슴 아픔이 내 가슴으로 깊숙이 옮아 왔다. 얼마나 고귀하고 소중한 아드님인가. 하느님의 아드님을 낳아 키움으로써 구세주의 삶을 살아오신 예수님이 처참하게 십자가를 지고 죽음의 행진을 계속할 때, 성모님의 심정은 어떠하셨을까.

예수님 앞에 나설 수가 없고, 예수님에게 무엇 하나 도와 드릴 수도 없는 무력한 어머니의 그 가슴 아픔이 저리고 아리도록 나의 가슴에 파고드는 것이었다. 그리고 성모님의 소리가 들리는 듯했다.

'그래, 그동안 십자가의 길을 혼자 걸어오느라 고생 많았다. 나는 너에게 한시라도 눈을 뗀 적이 없다. 네가 극복해야 되는 그 길을 나는 말없이 너와 함께 지켜보며 왔단다. 내가 십자가에서 죽었으니 이제야

내가 너를 내 품에 안을 수 있구나.'

　나는 비로소 성모님의 한없는 사랑의 현존을, 애절한 성모님의 사랑을 느끼게 되었다. 누구 하나 나를 위해 기도해 주는 이 없고, 아프고 힘들어도 누구에게 이야기할 수 없는 외로움에 시달릴 때도 성모님은 나 자신이 극복하고 일어나길 애절한 사랑으로 지켜보며 골고타 언덕까지 함께 오셨던 것이다. 당시 수련소에서 성소의 식별 때문에 함구령이 내려졌기에 이에 관해 누구와 이야기할 수 없었다.

　'성모님, 당신은 사랑의 어머니이십니다. 자비의 어머니이십니다.'

　내가 예수님은 사랑하면서 성모님은 모르겠다고 외면해도, 어머니는 내 아들 예수님만 사랑할 수 있다면 더 바랄 것이 없다며 숨어서, 아니 예수님에게 가리워져도 그것으로 만족하시는 분이었다. 그 덕분에 나는 예수님을 더 많이 사랑할 수 있었나 보다.

수녀님, 저 사랑하세요?

　첫 서원을 하고 어느 고등학교에 있을 때였다. 한 학생의 어머니가 면담을 하자며 찾아왔다. 남편이 외도를 해서 얻은 아들을 키우는데, 그 아들이 문제아란다. 이야기를 듣는 순간, 그 학생의 어려운 처지가 난감하게 여겨졌다. 성모님의 도우심이 절실하게 필요했다. 나는 그날부터 그 학생과 함께 성모님께 '54일 기도'를 시작했다.

　온 가족들의 냉대와 학대 속에서 탈출구를 도벽에서 찾았고 누구와도 말하지 않는 그 학생과 '54일 기도'를 한다는 것은 쉬운 일이 아니었다. 그러나 성모님의 도우심으로 '9일 기도'가 두 번 끝나고 세 번째 하던 어느 날, 학생이 물어왔다.

"수녀님, 저 정말 사랑하세요?"

"그럼, 사랑하니까 이렇게 매일 같이 기도하지."

처음엔 나를 위선자라고 반발하던 아이였는데, 자기를 사랑하느냐고 물어온 것이다. 심경의 변화가 오고 있음을 직감하며 기다렸다. 얼마 후, 굳게 닫힌 입술이 움직이기 시작했다. 엄청나고 놀라운 사실이었다. 그 학생은 결국 성모님의 아들로 다시 태어날 수 있었다.

성모님이 가장 사랑하시는 사람이 사제들이다. 수도자로 살아가자면 많은 사제들과 만나게 된다. 어떨 땐 정말 인간으로서 어찌할 수 없는 한계점에 도달할 때가 한두 번이 아니다. 그럴 때마다 성모님에게 간절히 기도하며 매달린다.

'성모님, 당신이 가장 사랑하시는 사제들을 도와주십시오. 그리고 힘을 주십시오.'

성모님에게 간절히 기도해서 이루어지지 않은 것이 없다. 참으로 성모님은 우리 어머니이시다.

성모님의 침묵정신과 할머니 신심

성모성년이 반포되었을 때 나는 신명이 났다. 오랫동안 성모님에게 효성을 드리지 못한 많은 잘못들, 성모님에게 진 빚을 갚을 좋은 기회가 왔다고 생각했다. 때마침 서울 혜화동에 있는 동성고등학교에 소임 중일 때였다. 은혜롭게도 혜화동성당이 순례 성당으로 지정되었기에, 매주 금요일 오후 수업이 없는 관계로 성모성년 특별미사에 참례할 수 있는 특전을 누렸다.

우리는 성모성년으로 굉장한 은혜를 받았다는 생각이 든다. '파티

마의 기적' 70주년을 지내고 소련을 비롯한 공산권의 붕괴를 보면서 이것이야말로 성모님의 은혜라고 믿고 싶다. 나도 성모성년을 지내면서 성모 신심에 많은 진전을 보았다고 생각한다. 무엇보다도 부모님과 화해하고 사랑할 수 있게 되었다.

언제부터인지 모르지만, 강의를 시작할 때나 무슨 기도를 할 때면 끝 부분에 꼭 '성모님과 함께' 라는 기도가 자연스럽게 나오고 있음을 깨달았다. 어렵게 느껴졌던 성모 신심 징크스가 해소되었음을 느끼며 성모님에게 감사드린다.

기도를 부탁하는 사람들을 위해 기도하다 보면, 그 영혼을 위한 성모님의 역할을 보게 된다. 성모님이 보잘것없는 나를 항상 보살펴 주시고 이끌어 주셨듯이, 많은 영혼들을 위해 성모님은 보이지 않지만 끊임없이 보살펴 주신다. 그런데도 본인들은 알아차리지 못한 채 신앙생활을 열심히 안 하고 냉담하는 것을 보면 안타깝게 느껴진다. 우리는 성모님의 사랑을 의식하지 못하지만 그래도 성모님은 영혼 하나하나를 소중하게 보살펴 주시어 예수님에게로 인도하신다는 것을 이제는 흔들림 없이 믿고 있다.

내가 가장 본받고 싶은 성모님의 덕은 무엇일까. 루가복음(2, 52)에 나오는 '곰곰이 생각하고 마음에 간직했다' 는 성모님의 침묵 정신이다. 나는 선천적으로 말을 잘 한다. 자타가 인정하는 말 잘 하는 수녀이다. 그러나 이것이 수도자로서 살아가는 데 얼마나 큰 걸림돌인지, 그리고 큰 유혹인지 모른다. 살아가면서 인생을 말로써 다 설명할 수 있는가.

나는 가끔 사형선고를 받으시는 예수님의 심정을 절감할 때가 있다. 그 상황에서 예수님은 아무런 말씀도 안 하신다. 실상 그때 무슨 말을 할 수 있으며, 했다면 누가 믿을 수 있는가. 시편에서 말씀하신 대로 입에 재갈을 물리시는 하느님의 섭리를 본다.

나는 너를 가르쳐 네 갈 길을 배우게 하고, 너를 눈여겨보며 이끌어 주리라. 부디 철없는 말이나 노새처럼 되지 말아라. 재갈이나 고삐라야 그 극성을 꺾나니.(32, 8-9)

처음엔 일의 상황이나 핵심을 무척 설명하고 싶었다. 지극히 외향적이고 직설적인 나는 한바탕 쏟아버리고 싶은 유혹이 간절했다. 함구령을 받은 지 15년이 지나 해제되었을 땐 이미 설명할 필요도 없었고, 그것을 기억하는 사람들도 없었다. 그런 어려움이 어디 한두 번이었겠나. 곰곰이 생각해서 가슴에 간직한 성모님을 따르기에 참으로 어렵고 힘들고 유혹도 많았지만, 이제 세월이 흐르고 나니 어려워도 조금만 더 곰곰이 생각하면 참을 수 있고 넘어갈 수 있을 것 같다.

나는 할머니 신심이 있다. 어려서부터 할머니들 속에서 자라서인지 주름살이 많이 진 할머니들의 얼굴에서 '인고의 삶의 계급장'을 보게 된다. 얼마나 많이 참고 살아온 세월일런가. 성모님이 얼마나 예뻐하시는 '천당 입장권'인가 싶어 저절로 가슴이 저려옴을 느낀다.

이제 우리는 각자가 성모님 같이 많은 예수님을 잉태하여 낳아 드려야겠다. 더 많은 영세자를 탄생시키고 쉬고 있는 안타까운 영혼들을 찾아서 회개할 수 있도록 성모님에게 간절히 청하고 우리 각자가 또 다른 성모님이 되어가기를 간절히 기도한다.

● 글 | 장명희 콘솔시아 수녀 | 영원한 도움의 성모수녀회

하느님은 짓궂으신가 봐

　어린 시절, 눈감으면 피어나는 새하얀 꽃이 있었다. 그 아련한 모습이 지금도 그리움의 빛깔이 되어 나의 가슴을 저미고 있다. 그 모습은 날 오라 부르시는 십자가상의 그리스도이시다.

　십자가의 그리스도를 닮아 살도록 하느님은 나를 부르시어 이곳 수도공동체에 '한 알의 밀알'(요한 12, 24-25)로 심어주시고, 그리스도를 닮아 사랑의 나무로 자라게 하시고 꽃을 피우게 하셨다. 꽃을 피운다는 것은 쉽지 않은 일이며 고뇌의 날들이 이어지는 때가 많다. 하지만 꽃을 피운다는 것은 괴로움 속에서, 아니 오히려 괴롭기 때문에 미소를 잃지 않는 삶으로 이어지게 된다.

　아버지는 유교, 어머니는 불교인 집안에서 태어나 엄하게만 자랐던 어리석고 부족한 한 작은 아이를 수도자의 길로 불러 주시어, 수도서원으로 봉헌의 삶을 살아가기로 약속한 지 25년이 되었다. 나에게 있어 부르시는 하느님은 심한 장난꾸러기이시다. 그러나 하느님은 나에게서 눈길을 떼지 않으시고, 늘 손닿는 곳에 계시는 분이시다.

중학교 입학시험 전날에 어머니가 갑자기 쓰러지셨다. 시험을 보러 가야 할 나를 보살펴줄 사람은 없었다. 어리석게도 지원한 학교가 아닌 가까운 중학교에 가서 가만히 서 있다가 모두 다 수험표를 달고 시험장에 들어간 뒤 집으로 돌아오고 있었다.

집은 성당을 지나가야 하는 곳에 있었기에 성당에서 나오던 알지 못하는 언니가 업고 뛰어서 시험장소로 데려다 주었다. 시험장에 들어가 보니 까만 옷을 입고 얼굴만 내어놓은 사람의 모습(나중에 안 것이지만 수녀님이었다)이 너무나 무서웠다. 떨면서 집에 돌아오니, 어머니는 다시 깨어나시고 가족들이 모두 기뻐하고 있었다. 중학교에도 무사히 입학하게 되었다.

중학교를 다니며 사귄 가장 사랑했던 친구와 성당 앞을 지나가면서 "우리 저기 들어가 보자" 하고 들어간 곳에 십자가상이 있었다. 우두커니 서서 바라보며 "얼마나 아플까" 하고 이야기하다가 내일 다시 오자고 약속하던 그 시절.

날마다 찾아가 바라보다가 어느 날, 안내하는 신자를 따라가 예비신자 교리를 시작했고 영화 '쿼바디스'를 보았다. 베드로가 박해를 피해 로마에서 도망갈 때, 예수님은 다시 로마로 돌아오고 계셨다. 베드로가 "주님, 어디로 가십니까?" 하고 묻자 "너 대신 내가 간다" 하시는 예수님의 그 말씀에 큰 충격을 받았다.

'나 대신 죽으러 가실 수 있는 분이 계시다면 나는 어떤 삶을 살아야 하나' 하고 생각하던 중, 다시 비안네 신부님의 일생에 대한 영화를 보았다. 마지막 한 사람의 영혼을 구하려고 돌아가시는 순간까지 기도하시는 비안네 신부님의 그 사랑에서 나의 인생도 '그 분, 그리스도에게' 내어놓을 수 있는 용기를 주시기를 기도했다.

세례를 받은 그해 여름, 사랑하는 친구는 갑자기 나의 곁을 떠나 하느님 나라로 갔다. '예수님을 위해서 일생을 살자'고 굳게 약속했던 그 친구는 지금 하늘나라에서 나를 지켜보며 격려하고 있을 것이다.

나는 수도서원을 통해서 하느님에게 속하고 주님의 것이 되어 '그리스도보다 아무 것도 더 낫게 여기지 말라'(성 베네딕도 수도규정 7장 11절)는 사부 성 베네딕도의 말씀에 따라 날마다 새롭게 살아가고 있다.

사부 성 베네딕도께서 사랑하셨던 '순명과 침묵, 겸손과 마음의 순결, 기도에 대한 사랑과 희생, 하느님과 더욱 일치하는 것'(수녀원의 기도) 등의 가치들을 깊이 추구하며 살고 싶다. 또 교회의 성인들처럼 위대한 일을 할 수 없더라도 아주 작은 자의 기도로 '너희는 가서 만백성에게 복음을 전하라'(마르 16, 15)는 말씀을 따를 수만 있다면 나는 다시 태어나도 수도자의 길을 걸을 것이다.

날이 저물면 그리스도의 죽음을 생각하고, 날이 밝아오면 그리스도의 부활을 맞이하는 마음으로 하루를 살아간다. 하느님이 심어주신 곳에서 작지만 그리스도의 향기를 낼 수 있는 삶을 나름대로 살아가고 있다.

장미꽃이 아름답듯이, 들꽃처럼 작은 꽃도 아름다운 꽃이다. 그리고 작은 삶이 꽃을 피고 지는 것은 그냥 어쩔 수 없이 피고 진다고 체념하지 않는다. 나 자신의 행복은 물론, 우리 공동체에도 행복을 주고, 나아가 하느님 나라를 위한 삶이라고 생각하기에 기꺼이 피어나고 있다고 본다.

기쁜 희망의 나날이 이어진다면 좋겠지만 아무 것도 보이지 않는 어둠만이 앞을 가릴 때면 이 시를 떠올린다.

숲으로 가는 길에
백 년을 안고 쓰러진 나무가 있습니다.
나무는 더 이상 높이 높이 자랄 수 없지만
자신의 몸이
조금씩 조금씩 썩으므로
비옥해지는 땅을 느낍니다.
언젠가 백 년 후
땅이 되어 버린 나무의 몸 위에
말할 수 없이 큰 나무가 자라고 있을 겁니다.

수도자의 기도와 작은 고뇌가 거름이 되어 하느님 나라가 더욱 자라
나 한 그루 우거진 나무로 변할 수 있다는 희망으로 나날이 충실히 기
도하고 있다.

바람에 몸을 씻는 풀잎처럼
파도에 몸을 씻는 모래알처럼
야훼의 얼에 고뇌를 씻고
그리스도의 사랑에 나를 헹구어
부활의 희망을 바라보며
수도자의 삶은 매일이 기쁨으로 이어집니다.

● 글 | 정정옥 도나타 수녀 | 대구 포교 성 베네딕도 수녀회

첫 영성체 때 드린 기도

주님 가시는 길은 언제나 바르시고,

그 하시는 일 모두 사랑의 업적이다.

주님은 당신을 부르는 자에게

진정으로 부르는 자에게 가까이 가시고

당신을 경외하는 사람의 소원을 채워주시며

그 애원 들으시어 구해주신다.

당신의 무서운 힘 사람들에게 알려질 것이며

나는 당신의 위대함을 이야기 하리이다. (시편 145, 17-19. 6)

나는 기도할 때마다 '내 삶 자체가 기적이구나' 생각한다. 중학교 시절, 국어 선생님에게 홀려 다니던 그때, 선생님의 종교는 한 점 의혹도 없이 나에게는 우상이었다. 그냥 선생님이 좋아서 선생님의 종교를 선택하여 스스로 찾아가 성당문을 두드렸다.

　나에게는 너무나 생소한 곳이었지만 어디서 그런 용기가 생겼는지 지금도 모르겠다. 성당에 다니게 된 이유는 무의식 중에 선생님처럼 되고 싶은 꿈이 있었던 게 아닌가 하는 생각이 든다. 그때 선생님은 이 세상에서 가장 사랑하는 사람이었고 존경하는 분이었기 때문이다.

　중학교를 졸업하던 날, 집에 불이 나는 바람에 졸업식에 참석할 수 없었다. 그날, 온종일 선생님 생각으로 가득했는데, 저녁에 선물이 전달되었다. 성모님 상본과 성서 구절이었다.

　너는 영원히 슬프지 않을 것이며
　영원히 목마르지 않을 것이니라.

　이 성서 구절은 나의 기도를 영원하게 만들었다. 고등학교 1학년부터 교리를 시작해서 2학년 때 세례를 받았다. 교리 시간이 끝나는 마지막날 수녀님이 마무리 교리를 하셨다. 첫 고해성사와 첫 영성체를 할 때 몸가짐과 마음을 어떻게 준비해야 하는가를 가르쳐주셨다.

　"세례를 받고 첫 영성체 하는 순간은 영혼과 육신이 가장 깨끗한 상태예요. 그래서 죽으면 즉시 천당으로 가게 되며, 이때 하느님께 자기 소원을 빌면 하느님께서 잘 들어주실 거예요."

　영세하던 날, 하느님에게 드린 기도는 지금 생각해도 신기하다.

　'하느님, 첫째는 수녀가 되고 싶어요. 둘째는 어머니보다 아버지가 먼저 돌아가시게 해주세요. 셋째는 어머니가 건강하게 오래오래 사시게 해주세요. 넷째는 예수님을 꼬옥 만나게 해주세요. 이 모든 기도를 꼬옥 들어주세요. 어느 것 하나도 들어주시지 않으면 저 아무 것도 할

수 없어요.'

참으로 간절히 기도했다.

수녀원에 입회한 뒤, 아버지는 중풍으로 누우신 지 2년만에 세상을 떠나셨다. 수련 중이라 병간호도 못하고 임종도 지켜볼 수 없었다.

여든 여섯 살 되신 어머니는 노환이지만 지금도 손수 의식주를 해결하시면서 수녀원에 간 막내딸 걱정으로 하루하루를 사신다. 당신 자신도 힘드신데 오히려 수녀인 딸이 걱정되어 전화로 평안하냐고 묻곤 하신다.

네 번째 기도의 체험은, 하느님이 세 가지 기도를 다 들어주시고 마지막으로 당신에 대한 확신을 주시고자 종신서원 준비 기도에 한판 승부를 거시어 기쁨과 환희, 무아의 경지로 기도 체험을 허락하시면서 나를 사로잡으셨다.

이제 나는 그를 꾀어내어
빈 들로 나가 사랑을 속삭여 주리라.
거기에 포도원을 마련해 주고
아골 골짜기를 희망의 문으로 바꾸어 주리라.
그제야 내 사랑이 그 마음에 메아리 치리라.
에집트에서 나오던 때.
한창 피어나던 시절같이.(호세 2, 16-17)

● 글 | 정복남 글라라 수녀 | 샬트르 성 바오로 수녀회 대구관구

무엇이 이토록 나를

"안녕!"

"그래, 잘 가!"

대학 2학년 때의 어느 여름 밤, 그날도 친구들과 왁자지껄 어울려 걷다가 집 앞 골목에서 헤어졌다. 밤 10시. 무심코 하늘을 보니 머리 위 높은 곳에 작은 별 하나가 희미한 빛을 보내고 있었다. 순간, 어떤 적막감이 나를 휩쌌다. 조금 전까지 웃고 떠들던 내 소리가 아직 귓가에 쟁쟁한데….

영원이란 화두

집에 들어서면서 문득 이런 의문이 솟아올랐다.

'이 지구도 저 별처럼 우주 안의 작은 하나의 점인데, 그렇다면 나는 얼마나 작은 존재인가. 그런데도 나는 왜 이렇게 크게 느껴지고 내가

중심이 되어 살아지는 걸까. 나는 도대체 뭔가.'

뭔지 알 수 없는 불안과 절망감 비슷한 답답함에 사로잡혀 밤늦도록 잠을 이룰 수 없었다. 그날 이후, 나는 늘 무언가 그 이상의 것을 찾으며 현실 세계를 부침(浮沈)했다. 비신자 가정에서 자라나 고등학교 3학년 때 혼자 영세하고 그저 주일미사만 다녔던 당시의 나는 막연하게 절대자를 동경했다. 구체적인 신앙 체험이나 그리스도교적 가치관을 갖지 못하고 있었다.

스물 다섯 살이 되던 어느 여름날이었다. 새벽 미사에 참례하던 나는 한 줄기 밝은 햇살이 흰 제대포와 촛불에 내려 비추는 것을 보았다. 그 순간 나는 '영원'을 보았다고 느꼈다. 그리고 정신이 번쩍 났다. 그 동안 인간의 한계와 이 세상 삶을 넘어서는 영원, 혹은 무한 세계를 찾느라고 갈등하며 암울한 느낌을 계속 품고 살아왔었다는 것을 깨달은 것이다.

'영원의 출구는 어디에 있을까?'

이것이 그날부터 내 마음에 자리잡은 의문이었다. 그러다가 문득 수녀원을 떠올렸다. 이 세상은 내가 다 알고 있고 거기에는 출구가 없는 듯했다. 다만 내가 전혀 모르는 곳은 수녀원뿐이고 거기에는 혹시 그 출구가 있을지 모른다는 생각이 들었다.

'그래, 수녀원에 가서 찾아보자.'

어쩐지 이 문제에 인생의 사활이 걸려 있는 듯했다.

그 이듬해, 나는 수녀회에 입회했다. 그러나 첫해에는 헤맸다. 어디서든 그 출구를 발견할 수가 없었다. 모든 일에 실망을 느꼈다. 평범한 의식주 생활에서부터 신앙적 삶의 뿌리를 다져 가는 것이 수도생활의 기본임을 알아듣지 못했기 때문이었다.

주님, 제가 두 몫 살게요

2년째 되던 어느 봄날 저녁이었다. 외출하고 돌아온 한 자매로부터 충격적인 소식을 전해들었다.

"그 신부님이 옷을 벗고 고국으로 돌아가셨대."

그 신부님이란 내게 하느님과 아버지를 알게 해준 영세신부님이었다. 그날 밤, 나는 도저히 규칙대로 잠자리에 들 수가 없어서 옥상으로 올라갔다. 뒤죽박죽 혼란한 머리를 괴고 얼마나 오랫동안 앉아 있었던지 모른다. 멀리서 통금 사이렌 소리가 들려 정신을 차려 보니, 언제부터인지 열심히 기도하고 있었다.

'예수님, 죄송해요.. 제가 두 몫을 살게요.'

그런데 이상한 일이었다. 나는 내내 성체 등불을 바라보고 있었던 것이다. 그 등불은 1층 성당에 켜져 있고 나는 3층의 옥상에 앉아 허공을 바라보고 있었는데, 아니 분명 두 눈을 뜨고 있었는데….

이상하게도 마음은 고요해져 있었고 예수님의 아픈 마음만이 내 안에 가득 차 올랐다. 그 이튿날, 나는 완전히 딴사람이 되어 있었다. 환희와 기대어린 기상의 순간, 아침 기도를 하려는데 예수님의 존재가 나를 압도하여 기도문이 생각나지 않았다. 어제까지의 인간적 갈등과 맥빠진 소극성은 깨끗이 사라지고 용솟음치는 기쁨과 생명력만이 내 안에 차고 넘쳤다.

처음으로 성당에 맨 먼저 갔다. 꽉 찬 하느님의 현존감 앞에 30분의 묵상과 기도 시간은 달콤하고 영감에 찬 그것이었다. 그 무렵부터 신구약 성서를 읽기 시작했는데, 구구절절이 내게 하시는 하느님의 사랑 말씀에 그만 취해 버렸다.

'내가 그렇게도 사랑받는 주님의 애인이구나. 아름다운 영혼의 짝이구나. 그런데도 나는 목덜미가 뻣뻣한 백성, 배신을 거듭해 온 이스라엘 민족, 불충실한 약혼녀였구나.'

비로소 나의 죄를 깨달았고 진정으로 회개했다. 그리고 주님만을 사랑하겠노라고 맹세했다. 주님을 인격적으로 체험한 것이다. 그러나 이런 특별 현상이 6개월쯤 계속된 뒤 다시 보통의 상태로 돌아왔을 때에는 영원에서 갑자기 개미 쳇바퀴 세상으로 되돌아온 듯, 광활한 자유 벌판에서 갑자기 동굴 속에 갇힌 듯 답답하고 괴로워 견딜 수 없었다. 다만 언젠가 그 '영원'을 다시금 맛볼 수 있으리라는 희망으로 생활을 계속해 나갈 수 있었다.

종신서원 후 3년이 되던 어느 초여름날 밤, 나는 수녀원 뜰을 거닐고 있었다. 싱그러운 바람이 살랑 불어와 나뭇가지를 흔들었다. 순간 그동안 잊고 있었던 '영원'에의 향수가 불현듯 고개를 쳐들었다.

당시 나는 「생활성서」지를 창간하여 운영하고 편집하는 소임을 맡고 있었는데, 무경험과 디스크라는 불건강 속에서 과중한 업무로 쓰러지기 직전이었다. 매달 제 날짜에 새 책을 펴내야 한다는 강박감과 출판에 관련된 여러 가지 복잡한 문제들, 어려운 인간 관계 등으로 인해 심한 마음의 갈등을 겪고 있었다. 그날 밤도 이런 괴로움을 달래며 이리저리 거닐고 있었는데, 문득 이런 생각이 들었다.

'영원의 출구는 수녀원에만 있는 게 아니었어. 온 세상 어디에나 있지. 이 나뭇잎 사이에도, 이 미풍 속에도….'

그것은 내게 큰 깨달음이었고 동시에 큰 유혹이었다. 그날 밤 나는 휘영청 밝은 달을 바라보며 수녀원에 입회할 무렵 내가 품었던 '영원'에의 그 동경이 강렬하게 되살아나는 것을 느꼈다. 밤늦게 잠자리에 들었지만 잠을 이룰 수 없었다. 지나간 내 모습이 떠올랐다.

몸과 마음이 지친 탓에

　무언가에 떠밀려 계속 바쁘게 뛰었던 나. '영원'에의 추구는 이미 뒷전으로 밀려났고 오로지 눈앞의 일에만 전전긍긍했었다. 다발성 전신 관절통과 디스크라는 갑작스런 중병으로 8개월을 누워지낸 이후의 지난 5년간은 특히 공동생활 자체도 힘든 데다 매번 경험 없는 새 일을 맡아 매달리다 보니 몸도 마음도 지칠 대로 지쳐 있었다.

　내가 하는 일이 이해받지 못한다는 느낌에서 오는 고독감도 컸다. 뭔가 헤어날 수 없는 늪에 빠져 허우적거리며 희망 없이 소진되어 가는 생명의 끝을 보아버린 듯했다. 처음으로 수녀가 된 것을 후회했다. 길을 잘못 들었다는 애석한 느낌과 함께…. 시간이 흘러 창 밖이 희뿌옇게 밝아 왔을 때 나는 결심했다.

　'길을 찾아야 한다. 새로 시작해야 한다. 다시는 지금까지와 같은 삶을 살지 않으리라.'

　회한과 결의에 찬 밤, 그 밤은 순식간에 지나갔고 나는 뜬눈으로 다음날을 맞이했다. 아침에 출근하는 길로 하던 일을 정리하기 시작했다. 편집계획서도 앞으로 3개월, 6개월, 1년, 3년 단위로 작성하고 그 외의 일도 내가 언제라도 사라질 수 있도록 정리했다. 꼬박 3일간을, 마치 출가라도 하는 사람처럼….

　그런 다음에 장상 수녀님에게 면담을 청하여 내 마음을 밝혔다. 더 이상 현재와 같은 식으로 무리하면서 수도생활을 할 수 없다는 것, 따라서 얼마 동안 멀리 떠나 쉬면서 성찰과 기도를 하며 깨지기 직전과 같은 내 영육 상태를 다시 회복하여 수도를 계속하고 싶다는 것이 요지였다. 당시 수녀원 사정으로는 매우 어려웠을 나의 청원을 장상 수녀님은 이해해 주려고 애쓰셨다. 몇 달 후, 몸을 움직일 수 없을 만큼 병이 심해진 데다가 끊임없이 간청한 덕택에 마침내 소임을 떠날 것을 허락받았다. 그리고 많은 우여곡절 끝에 한적한 시골의 작은 분원에 머무는 것으로 결론을 보았다.

나는 쉬면서 내가 진정 원하는 것이 무엇이며 어떻게 구체적으로 시작해야 할 것인지 암중모색했다. 그러던 어느 날 성서를 읽다가 문득 예수님이 바르톨로메오에게 '너는 나에게 무엇을 원하느냐?' 라는 대목에서 나 역시 똑같은 질문을 받고 있음을 느꼈다.

나는 지금껏 샘물가에서 다른 사람에게 바가지로 열심히 물을 퍼주면서도 내가 갈증 속에서 물 한 방울씩 튀기는 것을 맛보려고 계속 애를 써 왔다는 것을 알았다. 그리고 내가 진정 원하는 것은 나도 그 샘물을 퍼마실 뿐 아니라 그 안에 아예 잠겨 있으면서 모든 세포가 그 안에 완전히 스며 노니는 것임을 깨달았다. 결국 나는 하느님만을 원했다. 그 분 안에 완전히 일치해 잠기기를 원했다. 그리고 그 상태에서 사는 삶을 간절히 원하고 있다는 것을 깨달았다.

그때부터 나는 하느님 안에 깊이 잠겨 들어갈 수 있는 기도 방법을 찾기 시작했다. 표면적인 삶에 익숙해진 나로서는 기도에 깊이 들어가는 것이 쉽지않았다. 우선 성체 조배와 영적 독서를 열심히 하는 한편 불교의 한 고승(高僧)을 소개받아 참선을 배웠다. 참선의 자세와 행법(行法)은 산만한 정신을 통일시켜 깊은 고요로 몰입하는 데에 큰 도움이 되었다.

수채화도 그리기 시작했는데, 자연을 관조하면서 그리는 투명한 색

조를 통해 사물의 배후에 현존하는 하느님을 감지할 수 있어서 무척 즐겁고 도움이 되는 기도 방법이 되었다. 잘 준비된 단식 또한 영과 육을 맑게 해주어 하느님을 강하게 체험하고 회개하도록 이끌어 주는 방법임을 알았다.

영원을 호흡할 때

매일매일 기도와 그림, 그리고 가벼운 일을 하면서 하느님 현존 의식을 깊게 하는 데에 몰두했다. 점차 하느님 안에 잠겨 들어갔고 건강도 조금 나아졌다. 이듬해에는 이스라엘의 영성쇄신 코스에 등록하여 성지순례와 묵상, 성서 공부를 통해 나 자신을 더욱 쇄신시키며 예수님의 사랑 받는 짝으로서 하느님 안에 깊이 사는 법을 다졌다.

특히 한 달간 성서피정을 하는 가운데 나는 다만 아버지의 사랑을 흠뻑 받는 어린이라는 것, 아버지는 아직 어려서 넘어질 수밖에 없는 내가 귀여워서 안아 주실 뿐 아무 것도 요구하실 리가 없다는 사실을 확실히 깨닫게 되었다. 이것을 깨닫는 그 순간, 실패에 대한 두려움과 무언가 잘 해내야 한다는 강박감 등 그때까지 나를 짓눌렀던 무거운 짐들이 일시에 사라지는 것을 느꼈다.

해방감과 함께 새로운 희망이 솟아오름을 느꼈다. 그리고 다시 시작할 수 있다고 자신했다. 물론 지금도 과중한 직무 속에 건강하지 못한 몸으로 쉽지 않은 나날을 보내고 있다. 그런데도 마음은 '주님 품에 안겨 있는 어린아이인 양' 평화롭다.

나는 바쁜 중에도 개인기도 시간을 따로 내어 고요 속에 계시는 그분 안에 잠김으로써 하나 되는 노력을 매일 충실히 하려고 애쓴다. 그

래야만 만족하고 행복한 마음으로 사람들을 사랑하며 지혜롭게 일해
나갈 수 있다는 것을 절실히 느끼기 때문이다. 또 이런 속에서만 내가
이 순간 '영원'을 호흡하고 있다는 사실을 알기 때문이다.

나는 내 안에서 이런 노래가 흐르고 있음을 느낀다. 기도할 때나 일
할 때나 앓아 누워 있을 때도 늘 흐르는 노래이다.

하느님, 나는 당신이 여기 충만히 계심을 압니다.
내 손잡아 영원으로 이끄시는 분….
당신이 해주신 일 헤아릴 길 없어 오늘도 당신을 찬미합니다.
어느 날 주님 닮아 있는 나를 당신 안에 발견할 큰 소망으로….

● 글 | 김명희 토마스 수녀 | 까리따스수녀회

성탄절의 추억

헨리 반다이크의 기도

무궁화 피는 나라 엄동설한에, 그것도 예수님보다 며칠 일찍 태어난 나는 마치 세례자 요한의 누나쯤 되지 않나 하는 착각을 하곤 한다. 그래서 무슨 거창한 사명감으로 신앙생활을 해야 되지 않나 하는 생각이 들기도 한다. 6개월 전이 아니고 조금 며칠 전인데도 예수님보다 먼저 미역국을 받는 것이 죄송스럽게 생각되는 때도 있다.

그러나 공교롭게도 수도명의 축일이 성탄 지난 바로 그 주일이므로 죄송스러움이 다소 줄어드는 듯한 나름대로의 성탄에 대한 예의를 생각하곤 한다. 그러다가 헨리 반다이크의 '성탄 때의 기도'를 접했다.

그때 이렇게 해보시겠습니까?
허리 구부려 조그만 어린이들이 필요로 하고

바라는 일이 무엇인지 생각해 보시겠습니까?

나이 먹어 가는 사람들의 노쇠와 고독을

기억하시겠습니까?

그대의 친구들이 얼마나 그대를 사랑하느냐고 묻지 말고

그대가 그들을 충분히 사랑하는가를

자신에게 물어 보시겠습니까?

다른 사람들이 압박 당하고 있는 일을

명심하고 있습니까?

등잔불이 더 밝고 연기가 덜 나게 하기 위해 심지를 자르며

그림자가 뒤에 지도록 등잔을 앞에 가져 놓습니까?

그대의 추한 생각을 위해서는 무덤을 만들고

친절한 느낌을 위해서는 정원을 만들고,

그 문을 열어 놓으시겠습니까?

하루 동안 이 모든 일을 할 마음이 있습니까?

그렇다면 그대는

크리스마스를 맞을 준비가 된 것입니다.

미사보 다리던 시절

아주 어렸을 적, 12월 이맘때쯤이면 의례적인 행사가 있었다. 산타 할아버지를 기다리느라고 커다란 양말을 만드는 것도 아니었고, 선물을 주고받느라 포장하는 재미도 아닌, 끈을 질끈 동여매고 뒤로 넘기는 하얀 옷감으로 된 미사보를 말끔하게 다리는 일이었다.

접혀지는 부분만 칼날처럼 빳빳한 구김살 하나 없는 하얀 옷감의 미

사보를 성탄 자정 미사중 맨 처음으로 쓰는 느낌이 상당히 설레었던 시절이었다. 요즘처럼 편리하게 나일론으로 된 미사보가 나오기 전의 시절이다. 옷감으로 된 하얀 미사보를 더욱 하얗고 눈부시게 손질하는 동안, 아기 예수님을 맞이할 준비를 가슴 설레며 기다리면서 기도하던 그 마음이 그 시절 성탄 때의 가장 큰 행사였다.

자정미사에 참례하느라 가족 모두와 함께 캄캄한 밤길을 걸어가노라면 행여 잘 다려진 미사보가 구겨질까 봐 매우 소중하게 들고 가는 기분에 경건한 마음이 절로 들곤 했다.

그래서 그런지 요즘의 성탄 준비의 시끌벅적한 분위기가 어떤 때는 멀미가 나기도 한다. 나일론으로 된 미사보가 나온 후부터는 아기 예수님을 기다리는 마음도 외적으로 화려해 보이는 성탄 준비와 분주한 동적 분위기로 변해 가는 것 같다. 마치 나일론으로 된 미사보의 관리가 아주 쉽고 편리한 것처럼 말이다.

정말 굿이 끝났네!

또 하나 생각나는 성탄 추억이 있다. 그 즈음, 자정 미사에 참례하지 못하는 신자들을 위해 봉성체하시는 신부님의 일행과 함께 봉성체를 마치고 돌아오는 시골길에서 생긴 일이었다.

어느 집에선지 성탄 분위기에 걸맞지 않게 굿하는 소리가 가늘게 들려 오기 시작했다. 그때 나는 한창 수녀원 입회 준비에 여념이 없었고, 또 어릴 때부터 가톨릭만 접하고 자라 왔던 터라 그 소리가 왜 그렇게도 생소하게 들리던지….

그때 신부님이 짓궂은 의견을 하나 제시하셨다. 굿 소리가 들리는 집 앞에서 누군가 성호를 정성껏 그으면 그 푸닥거리가 끝난다는 것이다. 당신도 어디서 들은 소리인데 한 번 실험을 해 보자는 것이었다. 문제는 누가 고양이 목에 방울을 다느냐 하는 것이었다. 지금 생각하면 그때 신부님은 우리를 놀리려고 말한 것인지 모르지만, 그때의 눈높이로는 정작 말씀하신 신부님조차 달달 떨고 있었다.

드디어 굿 소리가 나는 집 앞에 왔다. 어찌나 가슴이 떨렸던지, 아마도 대학입시 때라도 그렇게 두근거리지는 않았을 것이다. 결국 일행 모두가 서로 눈치만 보다가 그냥 지나쳐왔다. 그러나 신부님은 정말 끝이 나는지 다시 가서 한 번 해 보자고 끈질기게 제의하셨다. 그러기를 서너 차례 하다가 누가 먼저랄 것도 없이 우리는 동시에 그 집 앞에 '성부와 성자와 성령의 이름으로. 아멘' 하고 성호경을 후다닥 긋고 말았다.

우아, 그런데 정말 거짓말처럼, 여태 커다랗게 들리던 굿 소리가 그 순간에 딱 끊기는 것이었다. 이에 우리는 동시에 걸음아 나 살려라 도망쳤다. 한참을 뛰다가 숨을 몰아쉬면서 뒤를 돌아봤더니 아무 일도, 아무도 없었다. 뛰어온 발자국만 하얀 눈 위로 어지럽게 널려 있을 뿐이었다.

성호경을 외운 그 순간에 굿 소리가 딱 끊겼으니 얼마나 무서웠겠는가. 그러나 진짜 내가 믿는 하느님의 위대함과 신뢰감, 믿음은 말할 수 없이 벅차 올라, 그 해 내내 아기예수님의 탄생을 작은 마음으로 실감했다.

작은 체험이지만, 그때는 수녀원에 입회하기 전이었으니 얼마나 그 준비가 신명났었는지 모른다. 마치, 해마다 새로 태어나시는 아기예수님과 같이 나도 똑같이 다시 태어나는 기분이었다. 그러면서, 입회 준비를 하는 도중에는 아주 성스럽고 경건하게 정말로 새로 태어나는 기분을 마음껏 만끽하면서 그 해의 성탄절을 보냈던 기억이 새롭다.

쭈굴쭈굴한 할머니 손바닥

아침에 일어나면 비릿한 바다 내음이 풍기는 어느 한 도시에서 본당 사도직 소임을 맡고 있을 때이다. 해마다 성탄절이면 의례적인 행사로 구유 꾸미기가 한창이다. 내적으로 조용히 아기예수님을 맞이하고 싶은 원의와는 달리 소임의 특성에 따라 분주하게 보내야 하는 본당에서는 정작 성탄맞이보다는 성탄 준비에 지칠 때가 더러 있다.

그날도 여러 사람들이 주문하는 입맛(?)에 골고루 맞게 구유를 꾸미느라 몸과 마음이 지칠 대로 지쳐 버렸다. 내적 준비는 미처 제대로 하지도 못하고 자정미사는 다가왔다.

미사 도중, 성체 분배 시간이었다. 무심코 분배를 하고 있는데 언뜻 아기예수님을 정성껏 받아 모시는 쭈글쭈글한 할머님의 손이 갑자기 아주 훌륭한 구유로 보였다. 그러더니 고사리 같은 구유, 묵주반지로 장식한 구유, 향긋한 로션 냄새로 장식된 구유, 맛난 반찬을 만들다 부엌칼에 베인 구유, 그래서 대일밴드로 꾸며진 구유 등 별별 구유가 되었다.

하나도 똑같은 것 없이 아기예수님을 나름대로 받아 모시는 수많은 손바닥 구유들이 정말 성스럽게 눈앞에서 펼쳐지고 있는 것이 아닌가. 그 순간, 뭐라 표현할 수 없는 뿌듯한 성탄절 의미를 깨달았다.

남에게 보여지는 화려한 구유가 아닌, 개인적으로 준비되는 손바닥 구유를 느끼고는 그 동안의 피로가 한꺼번에 확 물러가는 것이었다.

성탄 준비에 짜증냈던 시간들이 부끄러워지고 시간만 탓하며 제 방식대로의 성탄 준비를 할 수 없다고 핑계를 댔던 것도 심히 부끄러웠다. 신자들의 손바닥 구유가 그동안 의례적인 행사 예절로만 성탄절을 지내온 나를 강타한 것이다.

어린 시절의 순수했던 성탄의 기다림에 대한 일깨움이랄까. 아무튼 그날 이후로 내게 오는 성탄의 의미는 달라졌다. 비로소 동중정(動中靜)의 성탄 분위기가 느낌으로 다가왔으며, 이제는 의연하게 내면으로 맞는 진정한 성탄이 온 것이다.

예수님은 수녀님 아들?

정상인들이 이름 지어 준 소위 장애인 몇 급 정신지체라고 하는 친구들과의 종교수업 시간에 있었던 일이다. 복지관 1층에 자리잡은 성가정상을 가리키며 묻는다.

"이 분은 누구?"

"에, 에, 에에수니임 아, 아버지요!"

"이분은?"

"에, 에수님 어, 어, 엄마요!"

"그러면 여기 이 분은?"

"……."

금방 3층 교실에서 목청 터지게 잘 가르쳐 주었건만, 잘 나가다가 그만 여기에서 대답이 멈추어 버리는 게 아닌가. 그때가 마침 성탄 시기인지라, 예수님을 가리키면서 '내가 너무 심각한 표정으로 질문을 했나?' 하는 생각으로 머리가 돌아갈 즈음, 저쪽에서 평소 말이 없던 친구 하나가 손을 번쩍 들었다.

"대답해 봐요."

"수, 수, 수 수넌님– 아, 아들요."

"무어? 뭐라구?"

순수한 마음을 가진 천사 같은 이 친구의 기상천외한 대답은 나를 순간적으로 아찔하게 했다. 마침 지나가던 특수교사 선생님들과 한참을 웃어댔지만, 그날 조배 시간에 가만히 생각해 보니, 이 친구들을 통하여 항상 예수님 말씀을 잉태하면서 예수님을 모르는 이들에게 토해 내라는 메시지로 받아들였다.

어느 누가 감히 예수님을 수녀님 아들이라고 상상이나 하면서 이름을 붙여 주겠는가. 아무런 사심 없는 순수한 이들이야말로 그 해 복지관에서의 성탄절에 크나큰 아기 예수님의 선물을 받은 셈이다.

12월의 기도

누군가 이런 기도를 했다.

'주님, 올 성탄절에는 이런 이들을 기억하고 싶습니다. 집도 없고 힘도 없어 거리로 내몰린 철거민들, 주린 배를 움켜쥐고 추위에 떨고 있는 북한 주민들, 10척 담장 안에 갇혀 있는 재소자들, 직장을 잃고 시름에 잠긴 실직자들, 가족의 생계를 책임져야 할 수재민들, 대학입시를 치를 고3생과 재수생들, 몸과 마음의 병을 앓고 있는 사람들…. 그 옛날 아기예수님이 초라한 마구간에서 태어나셨듯, 사랑을 잃어버린 이들의 춥고 가난한 마음 안에 따뜻하고 변치 않을 별 하나 떠오르게 해주십시오.'

그 해는 자연의 피해라고만 생각하기에는 다소 불안한, 온 인류에 대한 삶의 방식을 반성케 하는 지구촌 구석구석에 유달리 자연의 피해가 심했던 해였다. 게다가 우리들 모두의 잘못으로 큰 고통을 겪고 있다. 그러한 때에 다시금 성탄절이 다가온 것이다. '지극히 높은 곳에서는 하느님께 영광, 땅에서는 그 사랑받는 사람들에게 평화'(루가 2, 14) 하고 마음이 가난한 사람들의 찬송이 곧 들려 올 것이다.

하지만 우리는 알고 있다. 목동들이 깨어 있었기 때문에 누구보다도 먼저 아기예수님을 뵈온 영광을 가졌듯이, 평화는 아무에게나 아무렇게 오는 것이 아니다. 준비되어 있는 자에게만 온다. 그리고 동방의 세 박사들은 아기예수님을 뵈온 다음에 별의 인도 없이 다른 길로 돌아서 갔다. 우리 각자도 성탄을 맞이하면서 지금까지 걸어온 길이 아닌 변화된 다른 길로 신앙의 내적 여행을 새롭게 해야만 하겠다.

어느 철학자의 '12월의 기도'에 '지나간 모든 일에 감사합니다. 다가올 모든 것을 긍정합니다' 라는 구절이 있다. 또 올 겨울만 잘 넘긴다면 내년부터는 경제적으로 다소 희망적이라고들 한다.

이 말은 올해 힘들게 태어나실 아기예수님을 잘 맞이할 때 인류 모두에게 희망을 줄 수 있는 중추적 역할을 수행한다는 뜻이 된다. 즉, 하느님의 창조 사업에 진정으로 동참하는 것과도 같다고 볼 수 있다. 우리 각자의 마음 안에 태어나시는 아기예수님을 따뜻하게 보듬자. 우리 마음 안에 아기예수님이 마음놓고 태어나실 수 있도록 아늑한 구유를 잘 만들자.

● 글 | 김선예 화밀리아 수녀 | 서울 성가소비녀회

이 책을 읽는 분들에게

'수녀를 포함한 두 사람이 나룻배를 타고 강을 건너다가 불가피하게 한 사람이 강물에 빠질 수밖에 없는 상황이라면 누가 빠져야 하느냐?'

이 물음에 대한 정답은 수녀이다. 왜냐하면 수녀 아닌 다른 사람은 강물을 오염시키기 때문에 안 된다는 것이다. 나룻배에 같이 탄 사람이 국회의원, 대학교수, 공무원, 언론인 등 그 어떤 직종의 인물이라고 해도 물에 빠져야 하는 측은 수녀일 수밖에 없다. 그만치 수녀는 깨끗하고 순결한 이미지로 다가오는 세파 속의 정결 자체이기 때문이다.

실제로 수녀들은 하느님을 위해 몸과 마음을 다 바쳐 사랑과 희생의 삶을 살고 있다. 가장 사랑받는 귀염둥이, 예수님의 정배(淨配)요 여종이다. 교회 안에서는 말할 것도 없고, 병원, 교육기관, 복지시설 등 사회 각 분야에서 수녀들이 활동하고 있다. 본당사목을 맡아 전교 일선과 교회 행정의 현장마다 배치되는가 하면 학교 강단에는 유치부에서 대학까지 맡고 있다. 특히 고아원, 양로원, 장애인 시설은 수녀들의 작은 밀알 역할이 가장 두드러지는 곳이다.

수도생활의 진면목은 정결, 청빈, 순명의 복음 삼덕을 묵상하고 실천하는 영성생활에 있다. 누구나 수녀원에 들어간다고 해서 저절로 수녀가 되지 않는다. 세속의 때를 완전히 벗겨내 영성을 지닌 사람으로 새로워지고 끊임없이 재훈련을 쌓고 있는 것이다. 그러므로 수녀들의 인식은 눈에 띄지 않는 곳에 더 깊숙이 살아있다고 말할 수 있다.

가르멜, 글라라, 도미니꼬회 천주의 모친 등 몇몇 수도회는 하느님을 만나고자 광야에서 은수했던 수도자들의 후예로서 봉쇄 안에서 복음적 포기로 사도직을 도모하는 관상생활을 하고 있다.

이러한 봉쇄와 은수 생활은 바깥 세상과 고립되기 위한 것이 아니라 보다 깊은 유대 속에서 심오한 영성생활을 통해 교회의 생명 자체 안의 침투로 해석할 수 있다. 하느님의 뜻에 충실한 기도생활을 살기 때문에 이 세상 누구보다 역사적으로 하느님의 계획을 잘 파악하고 있다고 볼 수 있다.

우리 나라에 있는 수녀회는 본원 모원을 합쳐 90개가 넘고 유기서원과 종신서원을 받은 수녀의 수는 9천 명을 헤아린다. 종신서원을 받기 전에는 수녀원에서 깨끗이 닦은 영성을 세파에 부딪치는 현장체험을 갖기도 한다. 혼탁한 세상을 정화할 수 있는 방법을 찾아 기도와 실천의 삶을 사는 것이다.

혼탁한 이 세상은 성직자들과 수도자들의 애덕과 겸손과 희생이 아니면 어찌할 수 없는 지경에 이르러 있다. 특히 깨끗하고 정결한 표상이랄 수 있는 수녀들의 글을 모아 읽을 수 있다면 혼탁한 세상에서나마 하늘을 비추는 별빛처럼 희망의 등불이 되리라는 생각을 가져왔다.

나는 1990년 초부터 8년여 동안 평화신문 편집국장으로 일하면서 성직자들과 수도자들의 글을 접할 기회가 많았던 터라 사제들의 글을 모은 『치마 입은 남자의 행복』을 출간한 바 있다.

신자들은 사제들의 진솔한 삶을 통해서 자신의 삶과 신앙적 깊이를 되돌아 볼 수 있는 계기가 되었고, 또 가톨릭을 미처 접할 기회가 없던 분들로부터는 세상을 살아가는 지혜가 어떤 것인가에 대해 깊은 이해와 소중한 지표를 찾았다는 내용의 격려를 받았다.

이번 수녀들의 정갈한 삶이 묻어나는 이야기야말로 세상을 살아가는 모든 이들에게 간절한 기도가 되고 기쁨이 될 것임을 확신해 마지않는다. 자신을 내어주는 사랑으로 그리스도를 전하는 모습에서 가장 힘있는 활력소를 얻게 될 것이라 믿는다.

이 책을 만들도록 격려와 함께 글을 주신 수녀님 한 분 한 분에게 무어라 감사의 인사를 드려야 할 지 모르겠다. 특히 미술 작품을 이 책에 사용할 수 있도록 허락한 동정성모회 손숙희 수녀님과, 가족 글모음에서 어머니께 올리는 소중한 편지를 싣도록 배려한 부산 성 베네딕도수녀회 이해인 수녀님에게 감사드린다.

또한 하느님과 교회와 수도공동체의 생활을 진솔하게 전달함으로써 신앙 실천의 지표로 삼고자 노력하고 있는 '도서출판 사람과 사람' 김성호 사장, 그리고 원고 수집을 도와주신 한국천주교중앙협의회 발행 경향잡지 김진복 편집장과 한국세나뚜스협의회 발행 「레지오 마리애」 박광호 편집장 등 세 분 형제님에게 고마운 인사를 전한다.

2000년 5월 성모성월에

이충우 | 신앙유산연구회장

하느님 귀염둥이의 행복

이충우 엮음

펴낸곳 | 도서출판 사람과 사람
펴낸이 | 김성호

제1쇄 발행 | 2000년 8월 1일
제2쇄 발행 | 2000년 9월 20일

등록번호 | 제1-1224호
등록일자 | 1991년 5월 29일
주소 | 서울 마포구 대흥동 801-4 2F(우 121-080)
대표전화 | (02)702-1874~5 팩스 | (02)702-1876

값은 표지 뒷면에 있습니다

ⓒ 이충우, 2000, Printed In Korea
판권 본사소유 | 잘못된 책은 바꿔 드립니다.
ISBN 89-85541-59-5 03810